為了治療安娜的病，
吉諾前往遺跡，
搜尋保存醫學書籍的水晶球——
吉諾利烏斯
2
哥布林千金與
轉生貴族的
幸福之路
為了未婚妻
竭盡所能運用
前世知識
U0075377

「安娜史塔西亞・賽文森瓦茲同學！
我要解除與妳的婚約！」
凱特

安娜史塔西亞

這樣一來，我又要變成獨居老人了。
無所謂。
我已經過得比前世還要幸福。
因為我已經遇見
讓我無比珍惜的人。

新天新地
[插畫] とき間

哥布林千金與轉生貴族的幸福之路

為了未婚妻竭盡所能運用前世知識

2

Shinten-Shinchi PRESENTS

Kadokawa Fantastic Novels

CONTENTS

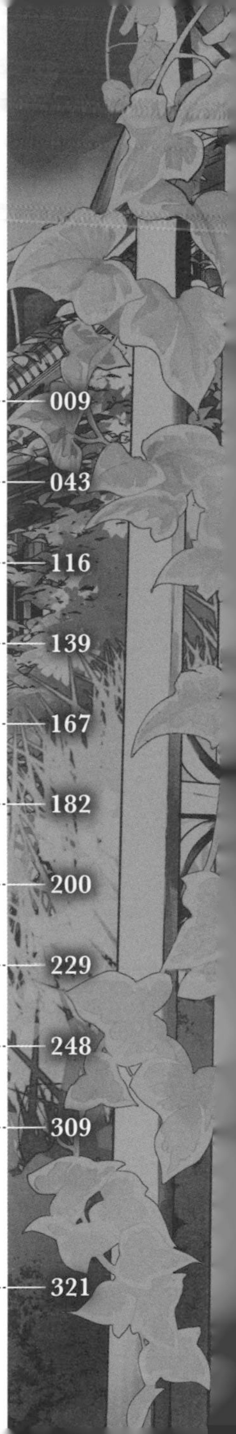

第一章　在博物館約會中發現的世界真相

◆◆◆吉諾利烏斯視角◆◆◆

人其實沒有自己想像中那樣幸或不幸——這是某位偉人的名言，但是他錯了。走過兩種不同人生的我這麼想。

終生未婚孤獨終老的前世，以及有溫柔純潔的女性陪伴的今生。無須爭論，肯定是後者遠遠幸福多了。幸與不幸的定義並沒有偉人所言那樣含糊，是否有愛人陪伴的人生明暗程度有殘酷的差別。這是我經歷過兩種人生的體悟。

今天我接下來要和心上人——安娜一起去博物館。在前往迎接她的馬車當中，我不由得回憶起往事。

與安娜——安娜史塔西亞．賽文森瓦茲小姐的相遇，始於賽文森瓦茲公爵家向我貧窮子爵安東魯尼家提親。權大勢大的第一公爵家指名我這個區區貧窮子爵家四男——吉諾利烏斯．安東魯尼的原因有二。一是我創立的商會急速成長，被認定能力符合賽文森瓦茲家繼承人的水準。

另一個理由則是賽文森瓦茲家的獨生女安娜遭受詛咒。那張被詛咒的臉龐，讓安娜在尋覓夫婿的路上飽受折磨。

雖然安娜以往的婚事都以破局收場，實際見到她之後發現她是個好女孩。原以為自己喜得良緣，安娜卻提議讓婚事破局，因為她覺得我被迫和她結婚會變得不幸。

『拜託不要放棄！長得不好看又怎樣！只不過是面部肌肉分布跟別人不太一樣而已吧！妳為什麼要因為這點小事就一臉絕望呢！不要放棄！不要放棄得到幸福的機會！妳有資格幸福！妳也可以渴望幸福！別露出這種放棄一切的笑容！妳的人生才正要開始啊！』

前世我也因為醜陋的外貌受盡委屈，彷彿在她身上看到過去的自己，忍不住說得慷慨激昂，甚至還衝動向她求婚，這場婚事才終於談成。

由於子爵家配不上公爵家，我成了巴爾巴利耶侯爵家的養子，住處也從安東魯尼領地搬至王都，然後開始和安娜一起上學。

儘管這個國家是階級社會，卻只有學園奉行實力主義，是王位繼承權爭鬥帶來的影響。雖說是實力主義，也不是只看成績決定排名。外貌優劣、話題趣味性、積極性……以成績為基礎，再添加這些要素，學生之間自然會決定排名。因為實力主義已然扎根，學園會將各家族的干涉控制在最低限度。自幼就被灌輸實力主義的孩子們在外部干涉極低的教室中，形成了一個隔絕於階級社會、只屬於孩子們的世界。

性格溫順的安娜，地位不可能高到哪裡去，讓我很不甘心。為何如此完美的女性沒有得到正確的評價呢？

我試圖提升安娜的地位，結果讓她的成績躍升至學年第二，更被選為在學研究生。安娜地位上升後，旁人態度也隨之改變，聚在安娜身邊的人越來越多，她也轉變了不少。以往在課堂上鮮少發言的她開始勇敢發言，還會積極攬下重要的工作。

即使輕視安娜的人慢慢減少，唯獨弗洛羅集團還是會持續欺負安娜。可是安娜也成長許多，獨自一人解決了霸凌問題。

『沒辦法，畢竟我外表如此醜陋。』

裁縫工具遭到弗洛羅集團惡作劇時，安娜說了這種話。因為想看到安娜的笑容，我才決定不擇手段，然而看到她笑得如此哀戚，我才頓悟到最根本的問題還是沒有解決。我想我必須解開安娜的詛咒，要比以前更加盡力解決這個問題。

我大概能猜到安娜的詛咒。極度魔力過剩症——這種魔力性疾病只有魔力大到相當於「魔導王」程度的人才會罹患，不但部分肌膚會變成綠色，還會長出岩石般的凸瘤。經過調查後發現，安娜確實身懷「魔導王」等級的巨大魔力。

我利用回春化妝水賺到的巨額資金，開始大範圍收集解咒相關的情報，好不容易才得到線索——也就是被稱為「萬靈藥」的傳說神藥。這個世界存在舊世界遺跡（地下城），並從中挖掘出不可思議的魔道具，萬靈藥也是遺物魔道具（古代遺物）的一種。

調查舊世界遺跡情報時，我發現了驚人的事實。那就是描繪舊世界遺跡的插圖竟酷似前世的高層建築物。

過去我一直以為自己是轉生到異世界，然而這裡或許是前世世界的未來。為了確認真相，我決定前往博物館。以前居住的安東魯尼領地沒有博物館，但是王都這裡有。

安娜已經改變了。受詛咒影響導致外貌異於常人的她，以往不喜歡拋頭露面，尤其很少和在眾人面前就會被讚頌美貌的岳母一同外出。不過最近她經常邀岳母外出，彷彿想彌補失去的母女時光。

安娜現在已經不排斥外出了，我便下定決心邀安娜去博物館，她當然也欣然同意。所以今天我準備和安娜一同前往博物館。

好啦，差不多快到賽文森瓦茲家了，我終於可以和安娜見面了，真想早點見到她。

◆◆◆安娜史塔西亞視角◆◆◆

在吉諾先生的邀請下，我今天要和他一起前往博物館。

由於天生的詛咒，我全身上下有好幾處岩石般的凸瘤，絕大部分的肌膚也是綠色，甚至連耳朵都是尖的。因為這副長相，大家都笑我是「哥布林千金」。從小站在眾人面前就讓我痛苦不堪，所以我漸漸不敢踏出家門。

可是現在不一樣了。

『安娜，妳能不能別管其他人，只相信我說的話？我覺得妳好可愛。妳能不能相信這句話，覺得自己很可愛呢？我會不停地說，直到妳找回自信為止。不管幾千次、幾萬次還是幾百萬次，我都會對妳說：安娜，妳好可愛。』

吉諾先生對我這麼說。我不再因為外貌醜陋而貶低自己，也相信吉諾先生說的話，覺得自己很可愛。既然吉諾先生都說我可愛了，就算聽見別人笑我「哥布林千金」，我也能不當一回事。

……仔細想想，多虧有吉諾先生，我才改變了這麼多。我不禁回想起和吉諾先生初次相遇的情景。

以往相親時，對方總會把我說得很難聽。

『我想不想談這門婚事？我當然很不爽啊。妳覺得世上有男人想娶妳這種怪物當老婆嗎？』

這些殘酷的話語聽了無數次後，我也不知不覺放棄了結婚和幸福的希望，和吉諾先生相親時也是如此。他的才能優秀到深受父母認可，而且長相俊美，素有「黑冰花郎君」的美稱。我不認為這種擁有一切的人會看上我，所以覺得這次也會以失敗告終。

我還以為自己在作夢。

『請妳嫁給我，我發誓一定會讓妳幸福，所以妳也別放棄自己的幸福。』

但是吉諾先生跪下來親吻我的手背這麼說。

如今吉諾先生對我說的「不要放棄幸福」成了我的心之所向，我想努力慢慢改變自己。既然吉諾先生這麼重視我，我也能拿出勇氣改變自己。

在那之後，吉諾先生也一次又一次地改變了我。

『我再好好宣誓一次。無論如何，我永遠都站在妳這一邊。不論發生任何事，哪怕妳殺了成千上萬的人也一樣。我，吉諾利烏斯・巴爾巴利耶，在此賭上家名起誓。』

因為吉諾先生如此發下重誓，我也不再害怕孤立，舉手投足間都充滿自信。我變得可以不在乎他人眼光自由地創作刺繡作品，因而在刺繡競賽一舉奪冠，還當上了在學研究生。在課堂上也變得勇於發言，還交到了朋友。

我的世界原本灰濛濛一片，此刻變得耀眼奪目、五彩繽紛，這全部都是吉諾先生的功勞。

正當我沉浸於往事時，就收到吉諾先生抵達的通知，於是我壓抑興奮之情趕往吉諾先生等候的玄關大廳。

「安娜。」

如此呼喚我名字的吉諾先生，還是一如既往地完美無瑕。明明有張如冰雕藝術品般清新俊美的長相，眼神中卻飽含溫柔與誠懇。

「紅色外套很符合妳的風格，背心和洋裝的配色很可愛，緞帶和首飾的點綴也恰到好處。真的很適合妳，可愛極了。」

太棒了！吉諾先生稱讚我了！

我好高興，忍不住笑逐顏開。我就是想讓吉諾先生稱讚可愛才會用心打扮。

因為害怕別人看見我醜陋的外貌會心生不快，以前我總是刻意讓自己的服裝或髮型儘量低調。可是吉諾先生稱讚我很可愛，還說想看我盛裝打扮的樣子，我最近也開始挑戰服裝打扮了。

來到王都鬧區後，我從私訪用的無家紋樸素馬車下車，和吉諾先生一起在街上閒逛。最近我也開始會和母親外出，不過都是去美術館或王都花園等貴族才會去的地方，幾乎不會來到鬧區。和吉諾先生一起欣賞新鮮的景色讓我好開心，心臟也跳得飛快。

俊美的吉諾先生似乎很引人注目，擦肩而過的女性都緊盯著他看，讓我覺得自己配不上他，不禁低下頭去。發現自己低頭後，我立刻挺直背脊抬起頭來。

我決定相信吉諾先生所言，覺得自己很可愛。我再也不會低下頭，也不會被外貌的自卑感給打敗。

「哎呀，那邊在做什麼呢？」

「應該是街頭表演吧。街頭藝人都會聚集在這裡，那個是雜耍表演。」

賽文森瓦茲家也會邀人來家裡的劇場演出，可是都是管弦樂團或歌劇團之類的表演。因為街頭表演被認為是供平民欣賞的演出，貴族不會邀請這些表演者來家裡，這是我頭一回見識到這種表演。

「好懷念啊，以前我也常玩呢。」

「妳會雜耍嗎？」

「是呀。以前我會跟布麗琪用暗器玩雜耍。」

我已經發誓不再對吉諾先生有所隱瞞。雖然拿暗器玩耍實在不是貴族千金該有的行為，不該對外提及此事，我只會對吉諾先生據實以告。

「妳、妳會用暗器玩雜耍啊？」

「只是模仿布麗琪的動作耍著玩而已。」

儘管他十分驚訝，卻沒有不愉快的感覺，只擔心我有沒有受傷，接受了這種不入流的行為。吉諾先生果然了不起，用無比寬容的大度接受我的一切，真是個包容力十足的人。

「差不多該吃午餐了吧。想吃什麼呢？」

「要不要試試月花亭的鰕虎魚料理呢？」

「就吃那個吧。為什麼選那間店呢？」

「因為那裡是《暗殺者拜昂》這本小說的舞臺，主角會在那邊吃鰕虎魚料理。」

「妳真的很喜歡看書耶。那是什麼樣的小說？」

我和吉諾先生邊聊邊前往餐廳。雖然這段對話沒有太大意義，卻令人心情愉悅且印象深刻。

看到端上桌的料理，我不禁嚇了一跳。儘管點了紅燒的鰕虎魚料理，卻能直接看到一整尾魚，而且還是不怎麼可愛的魚。

「啊啊，安娜是第一次在庶民餐廳用餐吧。貴族吃的魚料理為了不呈現出魚的原型，一般來說都會切片後再調理，但是平民的魚料理就是這樣，因為自己釣的魚通常都很小。如果是小到沒辦法切片的魚，就會保持魚的原型進行調理。」

「非常抱歉，我沒想到會是這種料理。」

「沒關係，我完全不在意魚的外型，而且我很喜歡吃魚。」

「可是就算是魚料理，不覺得這種魚很奇怪嗎？」

「我不介意。而且外表醜陋的魚不見得難吃，其中也有相當美味的魚。鰕虎魚也是一樣，美味程度跟牠的外表完全相反。」

彷彿讓我安心，吉諾先生先吃了一口鰕虎魚。他看起來真的一點也不排斥，反而還因為美味而大吃一驚，讓我暫時鬆了一口氣。

吃完飯後，我們前往博物館參觀。

第一次在博物館看到的「遺物」全都是奇形怪狀的東西，完全看不出用途為何。原來在遠古時期曾經有過使用這些物品的時代呀，感覺很浪漫呢。光是想像那個時代就覺得有趣極了。

吉諾先生在博物館的樣子跟平常不太一樣。他看到「遺物」時會瞠目結舌，還會用哀傷的眼神盯著「遺物」看，表情比以往豐富許多。他看著這些「遺物」的心情，跟懷想遠古浪漫的我截然不同。

◆◆◆吉諾利烏斯視角◆◆◆

待會兒要跟安娜一起去博物館，為此我來到賽文森瓦茲家，走下馬車進入玄關大廳。等了一會兒，安娜就從二樓階梯上現身，一看到我便露出燦爛笑容。

今天安娜穿著逛街用的洋裝，不是平常那種完全看不見腳踝的蓬鬆奢華禮服。不蓬鬆的洋裝裙是數層白蕾絲疊加的構造，洋裝外層搭配黑色基調的背心與綴滿緞帶的紅色外套，首飾則以珍珠串上紫色尖晶石。不但是罕見的紫色，又是品質極佳的碩大尖晶石，我猜價格可能不太可愛，但是設計非常可愛。

安娜今天整體的裝扮都在在凸顯出她的可愛之處。雖然她適合高雅的禮服，穿上可愛的服裝也非常好看。我忍不住開口讚美，安娜便開心地露出靦腆的笑容。

好可愛！無人能敵！

我再次審視安娜的服裝，首飾的紫色尖晶石是我的眼瞳顏色，背心的黑則是我的髮色。我開心極了，忍不住笑了起來。安娜身上穿著我的顏色。

「聽好了，安娜，一定要在太陽下山前回家，絕對不能聽信這小鬼的花言巧語喔！妳要知道男人都是禽獸，絕對不可輕忽大意。」

平常我跟安娜都是在家裡碰面，今天卻要外出。或許是安娜離開視線範圍讓他很不安吧，公爵甚至跟到玄關大廳對安娜再三叮囑，安娜的表情也越聽越陰沉。

「喜歡哪間店就跟我說，我馬上把整間店買下來。」

「討厭！我才不會做這種粗鄙之事！您在吉諾先生面前胡說什麼呀！」

遭到安娜訓斥後，公爵像枯萎的蔬菜般變得無精打采。我和安娜拋下公爵，坐上馬車前往鬧區。安娜現在會和岳母外出，不過只會去前世所謂的花園或美術館，也就是貴族才會去的地方，幾乎沒去過鬧區。

鬧區大街上有許多街頭藝人。這個國家對於表演內容沒有太多限制，在酒場批判王族會被逮捕，吟遊詩人卻能寫歌諷刺王族。由於是少數能公開批判貴族的手段，吟遊詩人的歌多以貴族為題材。

我聽到有人拿安娜寫歌，便牽著安娜的手立刻離開現場。雖然是讚頌安娜當上在學研究生的歌曲，卻使用了「哥布林千金」一詞，我可不想讓安娜聽見這個詞彙。

「哇啊！是小熊面具！」

安娜被攤商販售的小熊面具吸引過去。她很喜歡可愛版小熊，實在太可愛了，讓我不禁笑逐顏開。

「給我一個吧。」

起初安娜有些顧慮，最後還是開心地將面具擁入懷中。

看到我拿出錢包付錢，安娜有些吃驚。貴族購物時通常不會自己付錢，會由侍從現場支付，或是由侍從出示紋章，吩咐商家到家裡取款，總之都是侍從的工作。

我曾經遭到安娜的專屬僕人布麗琪指責這麼做不像上級貴族，我說想用自己的錢送安娜禮物後，布麗琪就沒再多說什麼了。

安娜沒見過單位比銀幣還小的貨幣，用充滿好奇的眼光盯著我的錢包裡面。好可愛，真的太可愛了。

我順從安娜的心願，選擇在魚料理餐廳吃午餐。她說在前不久讀過的小說中看到過這間店，看文字描寫覺得很好吃，然而那裡終究是平民才會去的店。

貴族的餐桌上不會看見用整條魚盛盤的光景，都會事先切片，在看不出是什麼魚的狀態下做成料理端上桌。可以切片的大型魚是貴族的魚，無法切片的小型魚是庶民的魚。眼前餐盤上的魚依然是完好的型態，很有平民餐廳的風格。

安娜有些恐懼，但是我毫不在意，畢竟我在前世也吃過烤魚。為了向安娜表示我並不排斥，我率先品嘗紅燒魚。用完餐後，再來就該去博物館了。

博物館位在離鬧區有段距離的寧靜地區。我和安娜走下馬車後，望著建築物好一會兒。

這棟雙層磚造建築年代悠久，外牆豎立著木材製成的格子狀圍欄，還有牽牛花纏捲其上，綻放紫色花朵的牽牛花一路高長到屋簷處。

「我覺得選擇種植牽牛花很不錯。沒想到充滿時代感的建築和嬌豔的一年生牽牛花搭配得如此協調。古老建築配上多年生藤蔓植物的歲月流逝感很棒，可是我也很喜歡這種搭配。」

安娜說這種搭配很協調。古老建築和攀附其上的嬌豔牽牛花帶來的不平衡感，我也覺得協調得恰到好處。

前世是個獨居老人的我，感受性跟十幾歲的年輕人根本合不來，然而安娜和我的感受性卻如奇蹟般一致，全部都是安娜的功勞。

安娜喜歡的繪畫、刺繡，以及讓她感動的小說……因為想知道安娜的一切，我將符合安娜喜好的事物逐一鑑賞體驗。神奇的是，即使以往沒有任何感觸，只要安娜說喜歡，我也會覺得喜歡；只要安娜稱讚，我也會覺得不錯。光是和安娜在一起，過去不知變通的老人感受也產生了有趣的變化。

果然沒錯！

我忍不住想放聲大喊。博物館的館藏全都是我熟知的東西。

「這麼小的容器居然能封印魔物，古代人的技術真的很高超呢。」

安娜看著魔動電子鍋感到十分欽佩，我也將視線移向說明文字。

——此魔道具的用途長年以來眾說紛紜，在王國曆二百八十八年從雙子塔挖掘出文獻後，論戰才告一段落。據文獻的描繪記載，似乎有個綠色肌膚、懂得人類語言的魔物被封印在此魔道具中，由此可確定此魔道具的用途是為了封印強大的魔物。如今此魔道具以文獻發現者羅伯特·比可博士之名被稱為「比可封印魔道具」。此外，文獻中的魔物則被冠上「比可大魔王（註：典故出自《七龍珠》中被電子鍋封印的「比克大魔王」）」一名——

……到底是看了什麼鬼文獻啊？這是煮飯的魔道具，哪能封印魔物啊。

但是也難怪學者會誤解。在我們那個時代，使用說明書全都改成用智慧型手機等裝置閱讀，已經沒有紙本說明書了，只有動漫狂熱者才會收藏紙本漫畫或小說。現在這個時代缺乏通訊環境，要閱讀使用說明書實屬不易。

這是夏克製造的智慧型手機吧，好懷念……前世母親就是使用這個機型。母親不會用智慧型手機，同樣的方法我跟她解釋了好多次，然而不管解釋多少次，她還是不太會拍照，自拍時總用後置鏡頭，所以母親的臉經常會卡在照片角落。

分贈遺物時我拿到了這支智慧型手機，所以我偶爾會開機思念母親。

博物館裡全是令人懷念的物品。和再也無緣相見的人們共度的回憶鮮明地浮現腦海，所以我和安娜之間的對話也越來越少。儘管如此安娜的臉上也沒有一絲不悅，依舊面帶微笑地陪在我身邊，果然是如春風般溫婉體貼的女性。

「吉諾先生，這裡漂著好多船呀。」

參觀完博物館後，我們決定前往王都中央市場，途經橋上時，面帶微笑的安娜發出如此感嘆。這條穿過平民區的河川是王都物流的命脈，許多船隻在河面上來來往往。

這條河會流到王都中央市場，要去市場的話搭船比較快。安娜似乎很想搭搭看，我們便走下馬車決定搭船前往。在租船商租借雙人小船後，我和安娜一起坐上船。

抵達目的地後可以直接把租借船留在原處，所以常用來運輸大型貨物，平民偶爾也會使用。貴族不會搭船，主要靠馬車在王都內移動，我也是第一次在王都搭租借船。

這一帶人口密集，每一處空間都被利用得淋漓盡致，河邊建築櫛比鱗次的畫面宛如前世的威尼斯。或許是從船上眺望街景的感覺很新鮮，只見安娜喜孜孜地東張西望，實在太可愛了。

鑽過橋下時，橋上有許多人都盯著我們的船。若是以前的安娜受到如此注目禮，肯定會低頭遮擋自己的臉龐，不過現在不一樣了。她勇敢挺直背脊露出沉穩的笑容，絲毫不在乎周遭的目光，真的變成到哪裡都毫不遜色的人。

「唔呵呵，我想起來了。以前跟你一起到湖畔時，也是像這樣搭乘小船。」

安娜如此向正在划槳的我笑著說。

「是啊，當時玩得很開心，是我的寶貴回憶。」

「我也是。在那片湖發生的一切，是我……永生難忘的回憶……」

彷彿在觸碰珍貴之物般，安娜將指尖放上左手無名指的戒指。那個戒指是去湖畔時，我送給安娜的禮物。布麗琪曾叮囑我送上戒指時要一併傳達心意，然而我實在沒信心親口告訴安娜。

所以我用自創的戒指設計將心意傳達給安娜。設計靈感取自安娜喜歡的白紫雙星花，那種花的花語是「永恆不朽的愛」。

臉頰變得熱燙，當時的情景也浮現腦海。我偷偷瞥了安娜一眼，發現她也面紅耳赤地低下頭，我便繼續默默划槳。

「哎呀，沒見過這種水果呢。」

王都中央市場攤商林立，看到其中一攤販售的水果糖，安娜發出驚呼。

「那是山楂，是五月花的果實。」

「哇，原來五月花的果實可以做成點心呀？」

「是啊。這種點心叫做糖葫蘆，姊姊也很喜歡。我還在安東魯尼家時，姊姊都吩咐我從商會回來時要幫她買回去。」

山楂是形似蘋果，跟小番茄差不多大的水果。安娜看到的是將六顆鮮紅山楂串成一串，再淋上麥芽糖的點心。

對貴族來說，山楂只是藥和酒的原料，對庶民來說卻是甜點。話雖如此，山楂的酸度堪比檸檬，直接吃也不好吃，所以都會像這樣淋上麥芽糖，像蘋果糖那樣食用。

「唔嗯～」

微微歪頭煩惱的安娜真的有夠可愛。我詢問她在煩惱什麼。

「我在煩惱要吃這個糖葫蘆，還是要吃剛剛的布利尼。」

明明是家財萬貫的賽文森瓦茲家千金，卻在煩惱該買哪一種食物，不過安娜就是這種人。會購買昂貴珠寶飾品，也是基於家族品格的考量。她不會為了自己而買東西浪費錢，食物也不會買到吃不完的地步。

「那麼我買糖葫蘆吧。安娜買布利尼就好。只要我們兩人分著吃，就兩種食物都能吃到。」

布利尼是類似可麗餅的食物。安娜說的「剛剛的布利尼」，指的是夾入魚卵、香菇和燻肉等食材的布利尼薄餅，攤商告訴我們這是這個市場的招牌料理。

後來決定我和安娜先把各自的糖葫蘆和布利尼吃一半，再將剩下的交換吃。對安娜這個公爵千金來說邊走邊吃的難度太高了，不用餐具而是用手拿著吃也算是大冒險吧，於是我們在休息區的長椅上坐下。

我將糖葫蘆含進嘴裡。山楂接近蘋果的多汁口感，配上麥芽糖的爽脆口感簡直妙不可言。而且，具有接近蘋果的獨特風味且酸度更勝一籌的山楂，和比一般糖漿還要甜膩濃稠的麥芽糖，搭配起來也是相當絕妙。

真好吃，難怪這麼受平民女性歡迎。

「好好吃呀。」

吃了一口布利尼的安娜發出感嘆，看來確實是不負「招牌料理」之名的美味。將切細的香菇、燻肉和魚卵用發酵鮮奶油拌勻的食材，的確令人食指大動。

由於各自吃完一半，我把糖葫蘆遞給安娜，並從安娜手中接過布利尼。看著剩下一半的布利尼，我才赫然驚覺。

這！難道這就是！間、間、間接接吻嗎！

在我成為巴爾巴利耶侯爵家養子前，還是安東魯尼子爵家四男時，經常和姊姊去市場閒逛。

我大口咬下拿在手上的點心，姊姊也常把吃不完的輕食硬塞給我。把吃過一半的食物交換吃也很正常，所以完全沒想到會引發如此重大的問題。

「對不起，安娜，差點讓妳品嘗吃到一半的食物了，我再去買新的吧。」

「……沒、沒、沒、沒關係。」

安娜一副深思熟慮的表情，連耳根子都紅了。

「妳不必勉強自己。」

「……吉、吉、吉諾先生……跟大姊……也、也會這樣……交換吃吧？」

所謂的大姊，是我在安東魯尼子爵家的親姊姊。安娜和姊姊互通書信後感情越來越好，不知不覺也會用家人之間的稱呼相稱。

「對啊，小時候經常這樣。」

「我、我、我、我也、也要交換吃！」

安娜不讓我去重買，所以還是決定吃彼此吃到一半的食物。

前世我是個醜男，女性連看到我都覺得厭惡，不知不覺我也開始主動遠離女性。前世這樣做幾十年早已養成習慣，於是這一世也總是和家人以外的女性保持距離。

這樣的我包含前世在內，這是第一次碰上間接接吻。至於真正的接吻……糟糕，不小心回想起我和安娜初吻的畫面了……

我羞到臉快要燒起來，只得拚命忍住想放聲大叫在地上打滾的衝動。我當初怎麼敢做那種事呢？現在想想覺得不可思議到了極點，覺得這一切並非現實，事後還幾度懷疑自己是不是產生了幻覺。

我不知不覺把布利尼吃完，坐在長椅上的我們一句話也沒說。我不知道安娜是什麼表情，因為太害羞了，我根本不敢往她那裡看。

回到巴爾巴利耶家的房間之後，我陷入沉思。這裡有許多製品都是我所熟悉的，果然很有可能是前世世界的未來。

仔細想想，這個世界的語言大部分都和前世的語言發音雷同。雖然這個國家的長度單位是共尺和共里，前世廣泛使用的單位則是公尺和公里，共尺及共里的距離也等同於公尺及公里。從晴空塔的存在來看，黎貝王國的康托爾地區就是前世被稱為關東地區的地方。縱然文和字語言不同，卻有很多發音接近的單詞。

一天二十四小時，一年分成十二月的概念也跟前世相同。儘管形狀有些差異，卻有類似刀叉的餐具，文化上也有許多共通點。

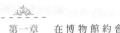

如果這裡是前世世界的未來，安娜能解咒的可能性便頓時大舉提升。包含極度魔力過剩症在內，幾乎所有魔力性疾病在前世都有確切的治療方法，遺物中應該也有記載安娜這種魔力性疾病診斷與治療方法的醫學書。大醫院、醫科大學、藥理大學、醫療研究設施、大規模圖書館……這些地方一定會有魔力性疾病的相關資料。

我對本國鄰近地區的地理觀念有些生疏，但是黎貝王國的康托爾地區可就熟悉多了。我知道晴空塔的座標位置，只要從晴空塔往外類推地理位置，就能猜到大學醫院或醫療大學的埋沒地點。去那些地方挖掘，應該能找到記載治療安娜的方法，也就是解咒方法的資料。

然而，現階段就認為這裡是前世世界未來仍言之過早。畢竟和前世世界仍有幾個重要的不同點，還不能排除是異世界的可能性。如果真是異世界，去康托爾地區大概也只是白費工夫，屆時還得循其他途徑找出解咒方法。

有幾個能證明此處是異世界的證據，首先是晴空塔的所在地。日本原先是島國，晴空塔目前的所在地卻和大陸相連。

前世也有「日本總有一天會因為大陸板塊移動和大陸相連」的說法，可是我不認為陸地相連的原因是大陸板塊移動。

由於日本是地震大國，建築基準法規定必須在高層建築物施加強力保存魔法。儘管放眼全世界也是數一數二的強力保存魔法，耐用年數最長也只有數萬年。

要靠大陸板塊移動達成陸地相連，應該需要上億年的時間，然而每個建築物的插圖都絲毫沒有風化的痕跡，仍然維持當時的模樣。可能是保存魔法還有效，或者是失效之後沒有經過太長時間，沒有幾億年這麼久。

……這樣啊，是土之「魔導王」吧。如果是土之「魔導王」，就有辦法讓我國和大陸相連。只要他起心動念，就有可能用土埋沒整片大陸。

原來如此。若是把土之「魔導王」想成陸地相連的原因就合理多了，也能說明舊世界遺跡為何都往地底下延伸。

先前我以為舊世界遺跡本來就是建造成地下設施，可是如果是土之「魔導王」將整座都市掩埋，只剩高樓上層部分突出土地，這些舊世界遺跡自然會是往地下延伸的設施。前世高度超過六百公尺的晴空塔，為何在這一世只剩下一半左右，這個問題也說得通了。

如果舊世界遺跡就是前世的高樓，也能說明每座舊世界遺跡都是一層一層往下的構造，畢竟前世的高樓構造也是層層疊蓋。

再來就是人種分布不同。這一帶在前世應該是東洋人的居住地，可是這個國家的人長相比較接近西洋人。雖然受人威脅而丟棄安娜教科書的希拉同學是東洋人的長相，這種人算少數。

……唔嗯，這麼一想，前世兩千數百年的世界史中也有幾次民族大遷徙的紀錄。若是經過數千年甚至更久的歲月，卻連一次民族大遷徙都沒有，反而才不自然也說不定。包含為了逃離魔物的大遷徙，這個世界歷史中留下的民族大遷徙次數和規模都遠超於前世，西洋人就是在這個過程中來到東洋的吧。

最後一個暗示此處是異世界的最強力證據，就是魔物。我對這裡是異世界深信不疑，就是因為有魔物在。前世沒有魔物這類的生物，人類是地上的主宰，這個世界卻有魔物存在，因此仍有人類鞭長莫及的地區。只要在魔物的支配領域，連人類都會受到魔物威脅。

我對魔物的知識不足，沒有足以考察的情報。

我的商會在國內主要都市皆設有據點，據點之間交易商品或金錢時，自然會有遭到魔物襲擊的危險，可是在王都周邊或主要都市的連通道風險則較低。流通停滯會大大影響經濟發展，因此定期會有騎士團負責討伐魔物。

我的商會馬車也被魔物襲擊過好幾次，不過也是數個月一次的程度，只有運氣極差的人才會在主要都市連通道遭遇魔物。我只有在上山採集黑冰花的時候才遭遇魔物襲擊。

必須對魔物了解得更透澈才行。說到魔物就想到冒險者公會，明天就去一趟吧。只要詳細調查，就能確定這裡到底是異世界還是前世的未來，也能進一步決定解咒方法的搜索方針。

隔天我來到王都的冒險者公會。一聽到冒險者公會，或許很多人會以為是地痞無賴的聚集地，可是這裡的職員全都穿著整齊的制服，坐在辦公桌前默默工作。每個人在鴉雀無聲的室內閱覽桌上資料的模樣，就像一板一眼的公所。

這個公會有這種氛圍，是因為王都附近很少出現魔物。既然沒工作，冒險者就不會過來，這裡就成了單純處理總部業務的事務所。

向櫃檯小姐表明我想看魔物的相關資料後，她便帶我到資料室，甚至還端出熱茶和茶點。服務態度會這麼好，是因為我一身商人的裝扮吧。對公會來說，商人和貴族是尊貴的客戶。

「喂，我說妳們啊，對待我跟那位小哥的態度未免差太多了吧？」

資料室有位看似冒險者的男子對櫃檯小姐們這麼說，只見他沒有受到熱茶和茶點招待。公會對冒險者一向如此，對公會來說他們只不過是外包工作人員而已。

「你去照照鏡子不就知道原因了嗎？」

「是啊，那還用說。」

聽到男冒險者面帶苦笑的埋怨，這些女性事務員用親暱口吻回了幾句玩笑話，隨後三人就這樣有說有笑地鬥起嘴來。看她們默默處理事務的樣子，我還以為她們是個性死板的人，沒想到這麼親切。

我隨意拿了幾本魔物相關資料開始閱讀，書上詳細記載了哥布林、龍、半獸人和食人鬼等各種魔物的棲息地、素材部位和打倒方法等資料。雖然每種魔物都附有肖像圖，果然都是前世從未見過的生物。

考量晴空塔等設施施加的保存魔法，不管經過再久都不會超過兩萬年，實在很難想像短短兩萬年內就會出現這麼多樣化的新品種生物。看來這裡並非前世的未來，而是異世界的樣子。

「喂，小哥，怎麼一張苦瓜臉啊？」

我靠在椅背上雙手環胸陷入沉思，方才和事務員聊天的男冒險者過來找我攀談。他的年紀應該三十左右，是個渾身肌肉的平頭巨漢，臉上還有好幾道傷疤，看起來就像身經百戰的冒險者。

「我在思考魔物的事。就是魔物到底是什麼呢？」

「哦～你在想這麼難的事情啊？怎麼樣，小哥，我在明天的試驗應該會升上金級，要不要問我啊？不過跟冒險者打聽情報，當然需要一點費用就是了啦。」

男子用大拇指摩擦中指和食指，一邊這麼說著還眨了眨眼。他做的是錢的手勢。

明天可能會升級，表示他是來王都參加升格試驗，今天來資料室就是為了準備考試吧。既然覺得金級唾手可得，代表他的實力不錯，而且休息時還不忘接點外快，看來在這方面應該也很有才華。

唔嗯，或許值得一試。實際和魔物交手過，而且還是身經百戰的冒險者，直接聽聽這種人的說法應該能得到其他線索。而且不管這裡是前世的未來還是異世界，都必須仰賴遺物魔道具才能替安娜解咒。要得到遺物魔道具勢必得和魔物一戰，事先收集魔物情報並沒有損失。

「那麼就麻煩你了，把你知道的魔物情報都告訴我吧。」

我用大拇指彈了一枚金幣給鄰桌的冒險者。如果對方是貴族，我不會做出拋擲硬幣的行為，既然我現在喬裝成平民，就要配合平民，而且是冒險者的作風。

「小、小哥，你給我金幣啊？這種時候的行情價應該是銅幣或石幣喔？」

「我知道。而且冒險者都是做信用買賣，所以只要願意支付高價，你們也會努力提供相應的情報吧？」

我和商會的馬車護衛這些冒險者打過交道，這點道理還是知道的。

「真服了你。」

這麼說著，男子搔搔頭髮。

「該從哪方面開始說明呢？小哥在思考的是『魔物是什麼』吧？那麼，你知道魔物和動物的區別嗎？」

「我學到的是魔物十分凶殘，危險程度和動物大不相同。」

因為沒必要教得太詳細，學園只教這些。學園是培育王宮官員人才的地方，除了騎士之外，在王宮任職者幾乎不會碰上魔物，就算碰上了也有護衛處理。想學習更專精的魔物知識就得選修應用科目，但是我沒有修習這方面的課程。

「那麼你知道有多凶殘、多危險嗎？」

「具體不太清楚。」

「那麼就從這裡說起吧。魔物只要看見人類就會毫不猶豫上前襲擊。動物中的肉食野獸也會襲擊人類，但是魔物的動機完全不同。肉食野獸是為了覓食才襲擊人類，只要吃飽就不會攻擊。然而魔物不管肚子吃撐、正在吃飯還是身上有傷，只要看到人類就會攻擊。肉食野獸也是只會在自己的勢力範圍內攻擊人類，超過太遠就會放棄，因為誤闖其他動物的勢力範圍刺激到對方，自己也會有生命危險。不過魔物就不一樣了。只要發現人類，哪怕遠遠超出地盤也會不停追趕，就只為了攻擊人類。」

「只為了攻擊人類？」

「沒錯。雖然魔物也分吃人和不吃人的，草食性魔物就不會吃。不吃人的魔物看到人會立刻上前襲擊，就算遠遠超出勢力範圍也會窮追不捨，就只為了殺人。這方面跟動物截然不同。」

我知道這種性質的生物，就是前世的軍用戰鬥獸。採購和維護軍用魔像都需要高額資金，培養軍事魔法師更是所費不貲，缺乏資金無法採用上述對策的國家，就適合用戰鬥獸這種兵器。由於戰鬥獸能繁衍後代，只要投入飼料費和時間，就能用廉價的投資換取戰力極強的兵器。

戰鬥獸這種兵器的問題很多，除非配有我方識別信號發信器，否則零配備的標準型戰鬥獸會不分敵我攻擊所有人。可是若想將敵對民族趕盡殺絕，見人就殺的戰鬥獸就是低成本又有用的兵器，在民族紛爭四起的開發中國家相當受歡迎。

零配備的戰鬥獸性質跟現在聽到的魔物簡直一模一樣。軍用兵器絕對不可能被敵軍籠絡，這是用魔法生物技術製造的成果。

然而戰鬥獸和魔物還是有明顯區別，其中之一就是外表差異。林德蟲、馬可西亞斯、狼人、牛頭人、矮人……前世的戰鬥獸都神似古書籍中描繪的傳說生物，但是這個世界的魔物一點也不像傳說生物。

另一項差異則是戰鬥方式。在魔法技術發達的前世，戰鬥獸也是用魔法戰鬥的兵器。比如從馬可西亞斯背上那對翅膀擊發的火焰散彈魔法，熱量足以讓岩石蒸發。相對的，這個世界的魔物卻只會用肉搏戰。

在魔法技術發達的前世，只要使用身體強化魔法，普通女高中生也能跑得比馬還要快，還能用魔法使出遠程攻擊。雖說魔物的肌力優於人類，倘若對魔法一竅不通，甚至打不贏前世的女高中生。

弱到完全無法和軍事兵器比擬，外表又有顯著差異，所以至今我從未將兩者聯想在一塊兒。

「還有啊，小哥，這點情報還抵不了金幣的價值，我就破例再告訴你一些吧。」

除了魔物和動物的差異之外，還提供了許多有益說明的這位男冒險者，拉著屁股下的椅子往我靠近後，在我耳邊悄聲說：

「其實我認識一個從翼狼之森生還的人。」

「真的假的！」

「安靜點，你太大聲了。」

翼狼之森位於人類的生存圈外，就算是冒險者也鮮少有人前往。一般的冒險者都會在魔物稀少的主要都市周邊活動，成為上級冒險者後，活動區域就會拓展至魔物較多的邊境。雖然會被魔物成群攻擊，收入也相對優渥。

順帶一提，這個世界所謂的「邊境」並非國境邊界，而是人類生存圈的邊界。縱使翼狼之森周遭位於國土中央偏西的地帶，也被稱為「邊境」。

即使是上級冒險者，也會止於邊境。要是曾經去過人類生存圈外的地帶，那就是舊世界遺跡的挑戰者了。

我一定要找那個人問清楚。翼狼之森也是有力候補名單之一，果然付他金幣是正確的選擇。

「可是啊，一枚金幣不足以換取這個情報，得追加費用才行。你意下如何？」

這是當然的。只要攻略情報外洩，就有被其他人捷足先登的危險，自然不能輕易洩漏。即使要說，也會開出高額的情報費。

賽文森瓦茲家圖書館中的資料也只提到「有強大魔物存在」。至於有哪些魔物，棲息規模有多大，還有遺跡內部構造這些對攻略有用的情報，幾乎都藏在檯面下。

「我會付錢。給情報提供者一枚大白金幣，給你這個引薦人一枚白金幣，如何？」

「大、大白金幣——！」

「噓，你太大聲了。」

「喔喔，抱歉。」

這次換我提醒他降低音量。大白金幣的價值足以買下小康中級貴族的家，以商會主的收入實在拿不出手，然而岳母每月給我的化妝品營收都是國家預算的規模。

聽到這筆金額，男子一口答應下來。

「……那個……您該不會是貴族大人吧？」

男子忽然露出卑躬屈膝的諂媚笑容，用戰戰兢兢的口氣問我。

「我確實是貴族，不過現在是以商人身分前來，不必對我使用敬語啦。」

儘管我這麼說，男子依然表現得誠惶誠恐。由於我再三懇求他不要使用敬語，他才無可奈何地照做。

在那位冒險者的引薦下，我見到了從翼狼之森的生還者。那是一位住在王都、手拄拐杖的男人，已經從冒險者業界引退，目前在老家經營的打鐵舖幫忙。他帶我到打鐵舖的其中一間房內，隔著一張做工粗糙的歪斜桌子與我對坐。那位男冒險者則在外頭等候，這不是他能參與的話題。

「這話題的價值實在配不上大白金幣啊……」

男子露出歉疚的笑容。他曾是敢於挑戰舊世界遺跡的資深冒險者，想必心中早已深植「必須提供價值符合報酬的情報」這種冒險者的價值觀吧。

男子從準備階段開始細說，似乎想努力提供符合金額的話題。果然如「翼狼」之名所示，森林中滿是翼狼，他的話題來到小隊全軍覆沒的場面。

「快要抵達遺跡時，那傢伙出現了。普通翼狼是灰色，但是那傢伙全身漆黑，還有一對驚人的白色翅膀。那對翅膀一張開，翅膀就射出好幾發火焰彈。」

「你說什麼？」

我忍不住站了起來。

我在王都附近山上看見的翼狼並沒有翅膀。翼狼這個名字的由來，就只是背部兩側長出水平狀的突起而已，男子卻說那個翼狼有白色翅膀。

而且背上的翅膀還擊發了大範圍的無數火焰散彈！那不就跟馬可西亞斯一樣嗎！

要使用魔法絕非易事，要是想像馬可西亞斯一樣擊發火焰散彈，就得將魔物的氣脈和魔力脈調整成跟馬可西亞斯一模一樣。

光是這樣還不夠。低智商的野獸無法自行組織複雜的魔術迴路，也無法製造出適合魔術迴路的混元魔力——揉合魔力與「氣」的物體。既然無法讓野獸使用魔法，就必須事先在野獸體內設置魔術迴路，製作出能生成特定波長混元魔力的器官。馬可西亞斯的翅膀就是這種生成器官，那對翅膀的用途不是飛翔，而是火焰散彈的發射器官。

偶然有同樣的發射器官，又偶然能使用同樣魔法的可能性微乎其微。難道戰鬥獸馬可西亞斯最終會演化成魔物翼狼？還是擁有翅膀的翼狼是出現返祖現象的個體？

「你很驚訝吧。不過這絕非虛言。確實有這種能使用魔法，身體能力異常優秀的極罕見個體，那就叫做『變異個體』。」

雖然鮮為人知，人類生存圈外似乎存在變異個體。正確來說，據說只要有強大的變異個體長居，該處就會被視為人類的生存圈外。

他讓我看了當時被火焰彈攻擊的傷疤，只見膝蓋附近有一處增生性疤痕。他現在得倚賴拐杖，就是因為增生性疤痕導致的痙攣和肌肉損傷。

我陷入沉思。馬可西亞斯的每一發火焰散彈熱量都足以蒸發岩石，直擊人體應該會導致血液沸騰而死亡。不管再怎麼幸運，都不是留下疤痕就能了事。

……這樣啊，是維護的問題吧。因為缺乏維護又歷經了世代更迭吧。不只外型改變，失去翅膀這個魔法發射器官，連脈和魔法迴路都劣化了嗎？戰鬥獸應該也需要維護，我曾經看過探討高額維修費的新聞。

我忽然想起和前世的軍事宅同事聊天的內容。

有次我問他為何每隻戰鬥獸的外表都很像傳說生物，他的回答是「因為這樣賣相比較好」。調整外觀的原因並不是追求機能性，而是基於販售策略的考量。為了提升購買意願強行製造，才會因為缺乏維護導致容貌發生巨變吧。

工程師業界有很多阿宅，只要聊到自己喜歡的話題就會滔滔不絕，用愉快的口氣說個沒完。那個軍事宅也一樣，只要聊到軍事相關話題就會樂此不疲地說個不停。前世我總是疲於應付，此刻他的淵博知識卻派上了用場，真是塞翁失馬焉知非福。

「還有這些。」

他將一只皮袋放在桌上，似乎是在翼狼之森的舊世界遺跡撿到的「遺物」。「遺物」可以當成類推舊世界遺跡構造的資料，把能帶走的東西帶回來，就能當成下次挑戰的參考。遺憾的是他的隊伍已經瓦解，再也沒有下一次了。

他從袋中將「遺物」一一取出放在桌上。有某部動畫的公仔，還有動畫角色的壓克力鑰匙圈……那棟大樓裡有次文化類型的店家嗎？還是有阿宅的住處？

「這是！」

我忍不住起身。他拿出的是一本書。

我看過那本書的書名！

書上寫著「人間合格」四個字。

我拿起書翻到版權頁一看，發現出版社是「丸川股份有限公司」。我在前世曾經聽過這間公司，出版社所在的「東京都千代田區」也是熟知的地名。我連忙閱讀文章開頭。

這個開頭！絕對不會錯！是我知道的作品！

小說《人間合格》是不得志的主角獲得外掛技能「丑角（Trickster）」後大開無雙的主角威能系文學名作。主角威能系作品推出當時曾背負低俗和下流的罵名，經過歷史更迭才終於躋身文學之列。

在以和歌為文學中心的時代創作的小說《輝源氏物語》，當時也被評為低俗下流；以歷史假名遣文言小說為主流的時代，用平易近人的口語創作的《我是狸貓》，當時也被評為低俗。後世這些作品都從低級娛樂蛻變成高尚文學，主角威能系作品也步上了同樣的後塵。我會知道這部作品，是因為被列入教科書題材。

錯不了，連我知道的文學作品都有，這裡真的是前世世界的未來。

雖說如此，魔物的前身居然是軍用戰鬥獸啊……這個世界的人生活飽受魔物威脅，大都市有城牆包圍城區，農村也建造溝渠圍住村落，因為懼怕魔獸，不得不過著閉門不出的生活。城外每年都有人因魔物而喪生，騎士團與冒險者總賭命與魔物奮戰。人類會飽受魔物折磨，居然是因為人類自作自受……

總而言之，如果這裡是前世的未來，萬靈藥就是迷信了吧。

就算魔法技術的進步能讓建築保存上萬年之久，日本的建築必須在幾十年內重建。建設業界是政權政黨的有力支持主體，為了不讓他們失業，法律才會強制規定建築必須定期重建。晴空塔之所以還是我熟悉的形狀，是我生活的時代離文明滅絕的時代只有短短數十年。

我生活的時代並沒有能治百病的靈藥，每種病都需要各自的療法和藥物，醫學應該沒有進步到在短短數十年內就開發出萬能神藥的程度。

雖然萬靈藥這條路斷了，卻同時帶來了巨大的希望。包含極度魔力過剩症在內，前世所有魔力性疾病都有確切的療法，舊世界遺跡某處應該有資料記載治療安娜的方法。

舊世界遺跡附近也會有變異個體吧。沒問題。對不會使用身體強化魔法的現代冒險者來說或許是一大威脅，但是會使用魔法的我完全可以應付。

再怎麼說，我也有魔像工程師的長年工作經驗。足以對抗魔物的警備用魔像，從設計到製造我都可以一手包辦。

終於明確找出替安娜解咒的方法了，我渾身充滿幹勁。

◆◆◆安娜史塔西亞視角◆◆◆

和吉諾先生一起上學來到座位上後，吉諾先生馬上就和安索尼同學去教務處了。當時他正將書包裡的書放在桌上，所以他的書包敞開，內容物一清二楚。

書包裡放著好幾本書。最近的書越來越多都設有書背，他書包裡的那三本書也不例外，書背上寫著書名。我無意做偷看這種低俗之舉，卻不小心瞥見了。

《讓人茅塞頓開的閒聊術　讓你放心和女性對話》、《與女性靈活對談的二十堂課》，以及《魅力紳士傳授的女性談話訣竅》。

……吉諾先生不知該如何與女性對話嗎？

吉諾先生確實幾乎不會主動和千金小姐談話。雖然在對方攀談時會予以回應，卻也僅止於客套的交流。班上同學對異性也會以名字相稱，唯獨吉諾先生只以姓氏稱呼女性同學。

能讓吉諾先生無須客套自在對話的女性，除了家人之外就只有我、布麗琪和母親吧。我知道他也把母親當成家人。

我不希望吉諾先生與其他千金小姐交好。然而，既然吉諾先生為此所苦，我想要協助他解決問題。

「吉諾先生，你現在有什麼煩惱或困擾嗎？」

在兩人獨處的回程馬車中，我不經意地提問。

「不要緊，安娜不用擔心任何事情。」

吉諾先生露出溫柔的笑容，應該是想讓我安心吧。

吉諾先生能力出眾，不但在插班考試拿到全科滿分的成績，連未解決的數學問題都解開了，而且插班後始終握有學年主席的證明「日輪獅子」胸針。年僅十歲時就創立商會，並以卓越手段帶領商會急速成長，如今吉諾先生的商會也即將躋身國內大企業之列。

優秀到讓我望塵莫及，任何事都難不倒他，一定不需要我的幫助吧。

可是他不肯告訴我，還是讓我有些寂寞。為了博得吉諾先生的信賴，我必須繼續磨練自己。

好想成為能替吉諾先生分憂解勞的女性，我到底該如何是好呢……

第二章　攻略舊世界遺跡與薇薇安娜進城

◆◆◆吉諾利烏斯視角◆◆◆

發現這裡是前世未來後過了五個月，我和安娜也升上學園的最高年級。

最近我總是疲憊不堪。在巴爾巴利耶家馬不停蹄地接受禮儀和教養等上級貴族教育，在賽文森瓦茲家學習公爵家經營、和安娜一起喝茶，還要去商會露臉聽報告和下達指示，這就是我目前的生活。

現在又加上製作魔像的工作。

雖然使用了睡眠壓縮魔法「克爾柏洛斯之眠」，長期使用這個魔法會產生疲勞。儘管很難受，這一切都是為了安娜，所以我還撐得下去。

為了製作魔像，我在郊外買了一棟房。魔像需要各式各樣的物件，必要的設備也會增加，起初準備的研究所太狹窄了，沒有多餘的空間擺放追加的設備。

和準備研究所那時不同，現在我有化妝水的毛利收入，就算是貴族的豪宅也能當場付款買下。我用魔法擴張地下室，將此處當成魔像的製作據點。

地下設施只有通風口，沒有出入口。為了維持隱密性，除了研究所的設備移轉外禁止閒雜人等進入。郊外這間房的地下設施安全性遠高於那間研究所，所以我把化妝水的相關設備也都移轉過來，一開始買的研究所只剩下出入這間地下設施的作用了。

製作魔像就是為了尋找醫學書籍，這點自不待言。我不惜投入大量資金推動計畫，不是全靠我親手製作，而是先製造量產用機材，萬一碰上麻煩，我也能繼續製作魔像。

同時我也在探測可能有醫學書籍的地方。光是知道醫療機關所在地還不夠，大醫院和醫療大學都是大型設施，要挖掘整片用地時間根本不夠，必須選擇探測到某個程度、知道醫學書籍在何處的設施。被泥沙大量掩埋的地方也不行。雖然對「魔導王」來說堆積數百共尺的泥沙只是一點小誤差，對一般人來說差別就大了。

看著偷偷拍攝的賽文森瓦茲家祕藏的周邊國地圖，我鎖定了幾個預定挖掘地點。

◆◆◆

「那我出門了，安娜，保重身體。」

今天我利用學園的長假，準備前往黎貝王國的康托爾地區，表面上的名義是去邊境處理商會事宜。舊世界遺跡位處邊境之外，我也確實會跨越邊境，因此不算說謊。

我沒有說目的地在邊境以外。如果是安全的都市，自然難逃賽文森瓦茲家的法眼，要是我不在原本該去的城市，可能會引發大騷動。邊境因為危險少有人跡，賽文森瓦茲家也鞭長莫及，適合將四處行商作為藉口。

我也沒有和安娜事先商量。當初要去貧民窟時，安娜就以危險之由試圖阻止我。這次是貧民窟完全無法比擬的危險邊境，她當然會阻止，所以我打算事後再跟安娜報告，說是商會董事會臨時決議的結果。

看到安娜悲傷的面容，儘管我心亂如麻，仍舊必須撐過這一關。為了找到治療安娜的方法，這趟我非去不可，這攸關安娜的幸福。

「吉諾先生才是，你一定、一定要保重身體。」

安娜眼泛淚光。我已經告訴她在當地僱用了大量上級冒險者，她還是十分擔心。

「好，我會儘量早點回來，好好期待土產吧。」

道別結束後，我坐進馬車。安娜不是送到玄關前而已，而是到大門口送別。淚眼汪汪的安娜實在太可愛，雖然我想將她緊擁入懷，還是強忍了下來。這裡可是賽文森瓦茲家正門口，這麼做太不體面了。

「吉諾先生，這個給你。」

這麼說著，安娜將一條刺繡手帕遞給我。將刺繡手帕送給前往戰場的騎士祈求平安，是這個國家的習俗，安娜是仿效這個習俗吧。

我對安娜的愛意高漲到非比尋常，費了好大一番工夫才控制住，並趁尚未失控之前趕緊坐進馬車。

我在搖晃的馬車中攤開安娜贈送的刺繡手帕，刺繡工藝比以前收到的那條手帕還要精細，可見安娜的刺繡手腕明顯進步許多。看這纖細又複雜的刺繡工法，就能知道安娜花了多少心血製作這條手帕，我心中滿是對安娜的愛意。

我一定會讓妳幸福——我在心中如此暗自發誓。

雖然是搭乘馬車出門，我不打算靠馬車走完全程。因為光是單程就要花兩到三個月。

這個時代沒有柏油鋪設的道路，頂多只有大都市的主幹道才鋪有石板，城鎮之間的連通道都靠人一步一步自然踩平，馬車在未經整備的道路上行駛會非常慢。我現在坐的這種普通馬車是由兩匹馬拉行，也能承載不少貨物，然而只要有粗壯樹根突出路面就無法通行，只能走下馬車和所有人一起從後面推，在樹根旁放置石頭減緩落差，勉強讓車輪跨過樹根。泥濘也一樣，得將木板放上泥濘以防車輪陷入。每次遇到障礙物就必須停下車進行這些作業，所以徒步前往自然會快得多，馬車的優點就只有一次載運大量貨物而已。

所以我只會搭乘馬車到離王都稍遠的城鎮，將馬車寄放在那裡，之後再靠魔法和魔像走陸路移動。縱然空路是最快的方法，我馬上就放棄了。畢竟遠看也十分醒目。

歷經三天左右的路程抵達城鎮後，我在旅店寄放完馬車和馬匹就準備進山。為了以防萬一，從旅店到山中這段路上我都用隱形魔法掩去身影，畢竟賽文森瓦茲家和巴爾巴利耶家可能會派護衛跟著我。

入山後我便召喚出魔像。我叫出三具上半身是人型，下半身是蜘蛛的阿拉克涅型魔像作為護衛並開始移動。

如我所料，魔物的實力很弱。就算我一個人正面迎戰，大概也能輕鬆取勝，即使如此還是遇見了幾次沒有魔像保護就相當危險的場面。就像遊戲一樣，魔物不會大搖大擺地出現在隊伍面前，每種魔物都是壓低聲息偷偷靠近，再從死角發動攻擊。而且會挑選睡覺這種破綻百出的時刻，沒有魔像就很難應付這種偷襲。

和冒險者一起攀爬王都附近的高山時，他們從來沒遇過偷襲，因為從腳印、糞便、體毛等跡象就能立刻察覺附近有魔物出沒並採取警戒態度。他們果然是專家。

離開王都二十一天後，我終於抵達目的地——聖瑪麗蓮醫科藥理大學的舊址。我曾因為腰部受傷住過這間醫院，住院時會在大學庭院裡散步排遣無聊，所以對設施內部有一定程度的了解。而且此地位處人類生存圈外的最深處，周遭空無一人，可以盡情使用重機魔像，我才會選擇這個各項條件都符合的設施。

額外召喚警備魔像加強守備後，我用重機魔像展開挖掘工作。

來此途中看見的軍事相關設施舊址都變成了巨坑，應該是「星墜」的痕跡吧。那是土之「魔導王」的最強魔法，據說全力施放後連地軸都會傾斜，只需一擊就能讓地球上的所有生物死絕。

這間聖瑪莉蓮醫科藥理大學也不例外。位於山丘上的這座設施，和最近的車站高度落差應該超過一百共尺。我記得坡道十分陡峭，要從車站搭乘巴士前往。如今最近的車站附近早已被一百共尺的泥砂掩埋，這座設施沒被掩埋的部分，也只有幾處較高的建築物尖端而已。

這間大學的校區在前世滿是患者與學生，十分熱鬧，如今成了空無一人的廢墟。彷彿在述說那些流逝的歲月般，草木生得茂盛。

看到如此景象，我才強烈意識到過去所在的那個世界已經滅亡了。

為什麼世界會毀滅呢？文明如此繁盛的日本，為什麼會被泥砂掩埋？妹妹的子孫是否有享盡天年？我忍不住黯然神傷地想著這些事。

持續大約三天的挖掘作業後，圖書館才終於現形。不愧是大學圖書館，我接二連三找到水晶球，數量甚至超過兩千。一顆水晶球約能保存千冊書籍，可見藏書量超過兩百萬冊。

前世幾乎已經不再使用紙本，通常會用水晶球這種記憶媒體保存資料，也會替水晶球施加強力保存魔法以利長期存放，這些水晶球的資料應該都完好無損吧。

而且還發現了水晶球讀取器，上頭施加的保存魔法也是高強度等級，不愧是供多數人使用的設施備品。儘管無法運作，似乎可以將零件拆解再利用。

挖掘作業進行的同時，我也花了三天時間設置轉移魔法陣，並帶著水晶球用魔法陣回到王都郊外那間房的地下設施，將移送過來的遺物交給那些事務用魔像整理。

這一個月我都沒有洗澡，所以我先洗了個澡，再立刻著手製作水晶球讀取器。我好歹也是前工程師，只要有現成的範本，還有收集到一定程度的零件，就算沒經驗也能做出讀取器。

做出讀取器後，再來就是翻找醫學書籍了。我從書名和目次掌握大致內容，並且將書名和目次輸入空白水晶球，又額外製作兩臺讀取器讓事務用魔像處理這些事。

◆◆◆安娜史塔西亞視角◆◆◆

為了參觀刺繡展覽會，今天我和艾卡特莉娜同學來美術館。以往對外表充滿自卑的我總極力避免外出，但是最近我已經戰勝外表的自卑感開始外出。因為我敢外出了，艾卡特莉娜同學便邀我參觀這場展覽會。

「大家都在關注特別獎得獎作呢，真不愧是我的朋友。」

看到我的作品旁邊聚滿人潮，艾卡特莉娜同學露出得意揚揚的神情。

每年這個時期舉辦的展覽會，王國內所有著名的刺繡家都會參展。本來我沒有任何實際作品可以參加，刺繡科老師為了發表將繪畫點描法應用於刺繡的新技法，便特別為我安排參展。

由於是史無前例的技法，我的作品得了獎，也引起眾人的好奇。

「呵呵呵，我真是幸運，居然能在新技法的最高權威身邊隨時接受指導。往後也要繼續麻煩妳嘍。」

「只要妳不介意，我願意傾囊相授。」

艾卡特莉娜同學露出孩子般的笑容。她真的對刺繡懷有滿腔熱忱。

「要不要一起去最近引發熱議的咖啡廳？我想跟妳聊聊展覽會的作品。」

離開美術館後，艾卡特莉娜同學便這麼說，我當然欣然同意。不愧是王國最具權威的刺繡展覽會，每件作品都十分優秀，不過在美術館內無法好好聊天，我也想立刻和刺繡愛好者討論這些作品。

艾卡特莉娜同學帶我來的是下級貴族的咖啡廳，白色內牆搭配深褐色木板地的設計十分可愛。不同於每個座位都有獨立包廂的上級貴族咖啡廳，這裡是以隔板劃分座位的半開放包廂。明明是室內空間，卻在未鋪設木板的地方種了樹木，這些樹木也起到了區分座位的作用。天花板上有常春藤攀附並垂落四處，營造出綠意盎然的氣氛。明明在室內卻有戶外的感覺，是相當與眾不同的店。

我們的座位也是半開放包廂，周遭擺放的仙客來綻放出桃色花卉，彷彿要包圍整個空間似的，真是美極了，難怪會這麼受歡迎。

茶都還沒端上桌，艾卡特莉娜同學就像打開話匣子一樣聊了起來。我也有好多話想說，便與她聊得不亦樂乎。

艾卡特莉娜同學每年都會來參觀展覽會，並將參加那場展覽會設為當前目標。為了做出必要的實績，她目前以拿幾個小型競賽的獎項為目標。

被她視為目標的那場展覽會，毫無實績的我卻因為老師介紹而得以先行參展，有些人可能也會心生不滿。然而從艾卡特莉娜同學身上完全感受不到這種負面情緒，只深切感受到她一心追求自己刺繡技術的熱情。

不只是刺繡，艾卡特莉娜同學也經常在考試前作出勝利宣言，可是就算輸了也不會心生嫉妒，而是爽快表揚對方精采的表現，從來不會執著於結果。

艾卡特莉娜同學關心的不是和周遭的比較優勢，而是自己設立的目標。她只會努力與自我拚搏，個性相當耿直，讓人不由得肅然起敬。

「呵呵，妳的表情終於開朗一點了。」

「咦？」

「巴爾巴利耶同學去行商之後，安娜史塔西亞同學的臉色就一直很難看。」

最近這幾天我都因為擔心吉諾先生而悶悶不樂，艾卡特莉娜同學因為擔心我，才會邀我出來散散心吧……真是我的知心好友。

「咦？真難得耶，妳們居然會在這裡。」

如此開口向我們搭話的人，是站在半開放包廂門口的安索尼同學。沒想到一放寒假就在街上遇見班上的男同學。

「我們剛參觀完刺繡展覽會，正在稍微聊聊天。安索尼同學呢？」

「我跟賈斯汀去鐵匠街看完劍正要回家。每次去完鐵匠街我們都會來這間店，如果妳們不介意，要不要跟我們一起喝茶？」

聽了艾卡特莉娜同學的提問，安索尼同學如此回答，於是我們決定和安索尼同學以及賈斯汀同學一起喝茶。

我們的話題從日常閒聊自然進展至畢業後的發展。明年我們就要畢業了，對於有權選擇未來的安索尼同學和賈斯汀同學來說，這似乎是相當迫切的煩惱。

「我……不想加入家裡的騎士團，想加入王國騎士團成為近衛騎士。」

賈斯汀同學這麼說。

賈斯汀同學是三男，沒辦法繼承萊昂家，所以得靠自己的力量取得爵位。要是加入萊昂家的騎士團，似乎就能確保未來的光明前途，要從萊昂家獲封陪臣爵位也不難，然而賈斯汀同學卻想加入王國騎士團。比起地位或收入，他更渴望最強騎士團騎士這個名譽。

「未婚妻也答應了嗎？」

艾卡特莉娜同學向他提問。

王國騎士團的待遇實在不算優渥，必須靠一己之力取得爵位。將來工作不安定，未婚妻也會受其影響，艾卡特莉娜同學就是在擔心這件事。

「當然，我們商量很久了。」

賈斯汀同學這麼說，笑得有些靦腆。

「那個，你都會跟未婚妻……艾列諾亞同學商量事情嗎？」

我忍不住問道。吉諾先生都不會和我討論煩惱。而且他之前也會偷看和女性交流的教學書，連行商這件事都沒有和我事先商量。

到邊境行商可是攸關性命的危險工作。畢竟是商會的工作，我可能無從置喙，即使如此還是希望他至少能事先跟我談談，我或許就可以阻止他了。

「嗯？對啊，這一年幾乎都會找她商量。」

「你為什麼會找艾列諾亞同學商量呢？」

「因為我信任她啊。」

信任、嗎……這樣啊。吉諾先生之所以不找我商量，是他不信任我吧……

雖然還想問詳細一點，我就此打住。現場這些人當中只有安索尼同學還沒論及婚嫁，還有單身者在場，不適合一直談論未婚妻的話題。

安索尼同學到現在還沒談論婚事，是因為托利布斯家規定由實力者繼承爵位而非長子。由於要等所有兄弟成年後再進行實力判定，爵位繼承人的決定才會推遲，在繼承人未定的狀況下也很難談論策略婚姻。這個國家的主流是策略婚姻，這種習俗想必會帶來許多不便之處，但是身為家族掌權者，自然不能忽視托利布斯家族的傳統。

「喂，賈斯汀，你說得具體一點啦。這種說法安娜史塔西亞同學哪裡聽得懂啊？」

如此開口的是安索尼同學，應該是發現我不敢延續話題才會暗中幫忙吧。他總是這麼細心又善解人意。

「聊這種事很害羞耶。」

這麼說完，賈斯汀同學便說起自己對艾列諾亞同學產生信任的過程。

賈斯汀同學還是中等生時曾經在重要的劍術比賽中輸給年紀小的對手。當時他正值對劍術能力過度自信的年紀，因此這場敗北讓他大受打擊。他變得自暴自棄，艾列諾亞同學卻始終不離不棄。有時他也會對艾列諾亞同學惡言相向，但是幾天過後艾列諾亞同學還是會回到他身邊。

「我對艾列說過很多難聽的話，可是她還是一直對我伸出援手。大概就是因為這樣，我才會對她百分百信任吧。」

伸出援手啊……然而吉諾先生無所不能，總是沉著冷靜，根本無法想像他自暴自棄的模樣。

「真是對你死心塌地的完美未婚妻呢。」

「哇哈哈，她說她只是不肯放棄而已啦。」

賈斯汀同學用大笑掩飾害羞，同時回答艾卡特莉娜同學的評論。

原來如此！不肯放棄！艾列諾亞同學就是因為永不言棄，才會博得信任！

不要放棄幸福——終歸還是這個道理。我會加油！

「妳會問這種事，代表吉諾利烏斯做了什麼讓妳苦惱的事嗎？」

真是敏銳，不愧是安索尼同學。

「……那個……我想成為能替吉諾先生分憂解勞的女性……」

「這個可能不容易喔。畢竟吉諾利烏斯也不會找我們商量。他不是這種個性的人吧？」

「找那小子商量的時候，他都會設身處地，口風也很緊，是無可挑剔的商量對象，可是他從來沒找我們談過自己的煩惱。」

吉諾先生也不會找安索尼同學或賈斯汀同學商量啊……他到底會找誰呢……

不知不覺變成我在跟班上男同學商量煩惱了。我居然會找男性商量煩惱，感覺好不真實。

「怎麼了？一臉難以置信的樣子。」

「像這樣和班上的男同學商量煩惱，以前的我根本連想都不敢想。我覺得自己身邊的狀況也在不知不覺中變了很多。」

我如此回答安索尼同學的問題。認識吉諾先生以後，我的世界真的澈底改變了，我忽然對此深有體會。

「身邊的狀況改變，是因為安娜史塔西亞同學也變了呀。因為妳對自己有自信了。」

「自信？」

「是呀。對自己沒自信，就會把周遭的輕蔑視為理所當然，沒辦法找身邊的人商量。妳現在敢找我們商量，就代表妳對自己有相當的自信心了。」

艾卡特莉娜同學這番話說進了我的心坎裡。以前我從來不會依賴他人，是覺得一定會給別人添麻煩。原來我在不知不覺中對自己產生自信了，這也是吉諾先生的功勞。因為有他在，我才能改變自己。

「對了，艾卡特莉娜同學會找別人商量嗎？我初等科就跟妳同班了，可是從來沒看妳說過『喂～聽我說幾句～』這種話耶？妳對自己的自信應該比別人多一倍吧。」

魁梧又健壯的賈斯汀同學模仿千金小姐的動作，用假音說話的樣子實在太有趣了，讓我忍不住輕笑出聲。

「必要時我還是會找人商量。我還有許多不足之處，不可能一個人將所有事情都做得盡善盡美，但是我會努力不讓自己只為了討拍就找人商量。」

艾卡特莉娜同學挺直背脊，坐姿端正地如此回答。

「只有永不示弱，能帶著優雅微笑獨自登上斷崖的人，才是值得稱讚的貴族千金。必須極力避免聆聽他人的怨言，以及向他人訴苦埋怨。」

真、真不愧是艾卡特莉娜同學，這番話真是英勇可敬。

拜隆家以嚴格的千金教育聞名遐邇。艾卡特莉娜同學以前說過，她曾經全程保持優雅微笑登上只要稍有不慎就會摔死的斷崖，登頂後不僅沒有累得手腳發抖，更沒有叫苦連天，還優雅地吟詠詩歌。聽到有過真實經歷的人說這種話，話語的分量確實截然不同。

◆◆◆吉諾利烏斯視角◆◆◆

翻找醫學書籍好幾天後，我終於找到相關線索，書名是《魔力性疾病與治療魔法》。我立刻翻閱，然而這本是寫給治癒魔法師的專門書籍，我這個外行人完全看不懂，儘管如此還是釐清了幾個重點。

極度魔力過剩症這種病，會在全身上下長出岩石般的凸瘤，皮膚變成綠色，部分身體會發生變形，產生犄角狀突起或尖耳朵。魔力必須到達「魔導王」等級才會罹患此病，可是一般人其實也會罹患類似的疾病，名為「慢性魔力循環不全」。罹患此病後，側腹部會長出幾個紅豆大小的石狀突起物，身體各處也會長出直徑約一共尺的綠色斑點。一般人的魔力保有量有限，所以只會體現出這些病徵，不過疾病的本質跟極度魔力過剩症一樣。

關鍵的治療方法須用光魔法來進行治療。由於會在短時間內引發劇烈變化，患者承受的負擔也會很大，用治癒魔法對付重症還有可能會引發休克死亡，重症患者以效果緩慢的魔法藥物進行治療。

極度魔力過剩症就是極重度慢性魔力循環不全。一般人只要罹患重度就會休克死亡，因此患上極度魔力過剩症就一定會喪命。在這種情況下，除了以魔法藥物治療之外別無他法。

終於找到一絲希望。雖然還想繼續研究，我該回去了。將書名和目次建檔的工作交給事務用魔像，我帶著事先準備的「土產」走出宅邸。

首先得去回收馬車和馬才行。設置人類能安全通過的轉移魔法陣會耗費數日之久，所以移動距離較近時用轉移魔法陣反而沒效率。這段距離靠馬車移動需要三天，於是我讓半人馬型魔像拉車。魔像可以輕鬆走在未經開闢的道路上，也不像馬需要休息，因此短短幾小時就跑完了馬車三天才能走到的距離。

我在森林裡稍候，等天亮城門開放後才進城。

貴族基本上不會說謊。畢竟我在出門前跟安娜他們說此行是去行商，所以在這座城裡行商兩小時左右，再乘坐馬車前往王都。

◆◆◆

「吉諾先生！」

安娜不是在玄關大廳等我，而是跑出玄關來到馬車旁，感覺來得有些倉皇，我也忍不住一下馬車就跑向安娜。對貴族來說奔跑有失禮數，然而我實在難以控制，畢竟我已經兩個月沒見到安娜了。

「太好了，幸好你平安無事……」

安娜淚眼婆娑，我對安娜的愛意也盈滿心頭，忍不住將她緊擁入懷。從安娜纖細柔軟的身體傳來的體溫，帶來了滿滿的幸福感。

安娜以為我去邊境行商，所以才會掉眼淚吧。邊境就是這麼地危險，行商者有相當大的機率喪生。

若要遵循禮儀，順序應該是先回商會或巴爾巴利耶家，向賽文森瓦茲家提出告知，待對方同意後再來訪，可是我一到王都就直奔賽文森瓦茲家。雖然違反禮儀，我想儘早讓安娜安心。來到玄關的安娜會如此慌張激動，也是因為得知我違反禮儀唐突來訪的消息。

「這些是這次的土產。」

我將土產放在桌上這麼說。

在名為「赤瑪瑙」的第四十三會客室中，閒雜人等已被支開，如今只剩下四個人。公爵和岳母坐在同一張沙發上，我和安娜相互坐在對面。

「這是什麼呀？」

「哦，這是什麼？」

岳母拿起腳鍊，公爵拿起手鐲，兩人仔細端詳並向我提問。

「是遺物魔道具。」

「什麼！」「天呀！」「咦咦！」

公爵、岳母和安娜都紛紛發出驚呼。

不同於無法像魔道具那樣拿來使用，只有骨董品價值的「遺物」，現代也能使用的遺物魔道具非常貴重。不過我前世是製作遺物魔道具的工程師，只要是工作相關的物品，我都能夠親手做出來。

「……這些東西的用途為何？」

為了回答公爵的問題，我起身站在稍遠處開始說明。

「先從送給公爵的土產說明起吧。像這樣戴上這只手鐲，扭轉上頭的寶石後……」

我邊這麼說邊實際操作，手鐲便發出「叮」的硬質金屬聲，一層薄薄的光膜罩住我。

「就會張開結界。如果是弓或輕度魔法攻擊，結界會不動如山。就算有好幾名騎士同時砍來，劍大概也不會傷害到您。」

所有人都聽得目瞪口呆，但是我繼續說明：

「剛才的手鐲是防禦用，這把短劍則是攻擊用。只要按下劍柄部分的寶石說出『保護我』這三個字……」

我實際操作並如此說出指令後，短劍就離開我的手浮在半空中。

「公爵，請您試著往我這裡丟東西好嗎？」

「喔、喔喔。」

公爵有些含糊地應了一聲，將放在桌上的餅乾扔向我，原先浮在空中的短劍便立刻動作將餅乾擊落。

「就會像這樣自行動作。因為命令是『保護』，只會進行防衛，不過下達攻擊命令就會攻擊敵方。因為實際操作太過危險，我就不示範了。」

我繼續說明其他物品。接下來是具備自動防禦機能的腳鍊。只要戴在身上，就能時常展開宛如包覆使用者全身的感知膜。感應到入侵感知膜內的物體或魔法後，只要偵測到一定程度以上的衝擊，就會在身體表面展開防禦膜，是魔像衝突安全技術的沿用。以往一旦遭受偷襲，可能會有來不及展開結界的風險，這個魔道具補足了這項缺失。

墜鍊則是解毒道具。只要啟動就會自動診斷毒性，並且發動對應的解毒魔法。前世我曾經做過類似的戶外用品，被蟲蛇叮咬時可以作為應急處置。我應用這項商品的原理，將內部編寫的魔法從毒性診斷魔法更改為解毒魔法。

搜索挖掘出土的水晶球時，我很快就搜到了幾本解毒相關的辭典，並由此發想出這個道具。在這次的土產中，這個道具最讓我勞心勞力，算是我的自信之作。我總不可能直接服毒示範，所以只用口頭說明。

我接著說明送給安娜和岳母的土產。她們的腳鍊是女性化的設計，同樣也具備自動防禦機能。短劍也一樣，只有設計偏女性化，機能完全相同。為了設計成女性風格，我將解毒道具的墜鍊改為胸針。其實我本來想做成能隨身攜帶的戒指，但是沒辦法做成那麼小。至於結界道具則做成女性化的髮飾。因為髮飾也有流行性，我以還會配戴其他髮飾為前提，將外型設計成符合兩人髮色的低調款式。

為了讓魔力堪比「魔導王」的安娜戴在身上也不會毀損，我當然也在所有魔道具上都施加了抗魔塗層。

說明完畢後，三人都愣在原地。

「……太驚人了，每一樣都是國寶等級呢。」

最先恢復原狀的岳母說。

「嗯，這我實在不能收啊。」

「別這麼說，請收下吧。在我心中各位才是無價之寶，拜託你們了。」

我雙膝跪地並低下頭。這是最高等級的懇求方式，相當於前世的下跪磕頭。

「只要挑一樣獻給王家就一定能獲封爵位，你要白白浪費這份榮譽嗎？」

「身為貴族這種想法或許不值得讚許，不過比起爵位或名譽，我更重視家人。我不想看到安娜因二位遭逢不測而傷心難過。」

「對你來說，家人應該不是只有我們吧？送給安東魯尼家或巴爾巴利耶家豈不更好？」

岳母果然值得信賴，即使國寶級的寶物就在眼前，她依然先考量我的立場。

「沒問題，安東魯尼和巴爾巴利耶家每個人都有一份。」

「你說什麼！」「「咦咦！」」

安娜靜靜起身來到跪著的我身旁，蹲下來與我視線同高。

「吉諾先生，你這次真的是去行商嗎？」

「……我是、去行商啊。」

安娜充滿質疑的眼神讓我招架不住，我心虛地別開目光。

「果然不是吧？只有舊世界遺跡裡才有遺物魔道具，你帶了這麼多遺物魔道具回來，表示你去了舊世界遺跡，行商只是順便而已吧？」

安娜緊盯著我的雙眼變得溼潤，眼淚滴滴答答跌出眼眶。

「為什麼！為什麼要去那麼危險的地方！」

安娜抓住我肩膀處的衣服拚命搖晃，哭著大聲抗議。舊世界遺跡雖是一攫千金的代名詞，絕大部分的人卻連去都不想去，原因在於幾乎無法生還。這也是安娜淚流滿面抗議的原因。

「對不起，有個東西我無論如何都想送給安娜，然而根據掌握的情報，那個東西就在舊世界遺跡裡。」

「我不需要那種東西！我需要的只有吉諾先生！要是吉諾先生有個萬一……我……我……」

安娜說到一半就泣不成聲，將臉靠在跪著的我肩膀上不斷抽泣。

「……對不起。我答應妳，絕對不會再做危險的事了。」

我沒有說「不會再去」。因為在這次讀到的醫學書籍上提到，假若不治療慢性魔力循環不全，容易引發內臟相關疾病導致短命。而且書上還寫到症狀越嚴重，罹患內臟相關疾病的機率也越高，必須及早進行治療。

極度魔力過剩症，就是極重度慢性魔力循環不全。如果安娜真是這種病，短命的傾向應該會更加顯著。要是從出土的資料中找不到治療方法，我就得去其他遺跡挖掘才行。

所以我答應她不做**危險的事**。**不危險**的話就沒問題。

「知道了，快站起來吧，我們會收下這份禮物。反正我們倆蒙主恩召之後，這些東西也會傳給你們。」

「嗯，要我收下可以，但是要附上幾個條件。不准再做這種事，也不准再讓安娜流眼淚，這就是我的條件。」

「謝謝兩位。」

起身後，我攙扶安娜坐回沙發，安娜又在我身邊啜泣了一會兒。

三人都沒有問我「無論如何都想送給安娜的東西」是什麼，或許是心裡有數吧。

萬靈藥——傳說中吃了能治百病的魔法藥。這些人並不知道萬靈藥存在的機率微乎其微，然而我也不打算更正這個誤會。我所追求的是安娜的治療方法，想要的效果跟萬靈藥並無二致。

「我說老公啊，吉諾說我們是家人喔？公爵這種生疏的稱呼也差不多該換一換，讓他喊你岳父了吧？」

「那可不行！要是這小子得意忘形，玷汙了安娜的純潔該怎麼辦！」

「父、父親！」

未婚夫還在場，卻聽見父親談論性方面的話題，可能讓安娜覺得很丟臉吧，只見她滿臉通紅地提出抗議。

◆◆◆

「大姊要來王都了。」

和安娜喝茶的時候，安娜把這件事告訴我。她口中的大姊，就是我在安東魯尼家的親姊姊。

安娜和姊姊會互通書信，現在感情變得非常好。

我現在才知道姊姊要進城的事。雖然我跟她也會互通書信，安娜和她的交流比我更為頻繁。

「畢竟她這個人就是好奇心的代名詞嘛，應該想到處走走看看吧。」

「……那個……大姊這次前來的目的並不是觀光……而是要找結婚對象。」

「姊姊不是已經訂婚了嗎？」

「呃……那個……婚事破局了。」

「啥？」

一問之下才知道，姊姊的婚事似乎才剛破局沒多久。至於破局的原因，安娜希望我親自聽姊姊說明。

「呵呵，好久不見，吉諾。你是不是又長高啦？」

在賽文森瓦茲家玄關前走下馬車的姊姊，一看到我就說這種話。

「妳怎麼會從賽文森瓦茲家的馬車下來，而不是安東魯尼家的馬車？」

「我在路上遇到這些人，問能不能載我一程，所以就上車了。」

「……在那之前又是怎麼來的？」

「搭共乘馬車呀。」

「連護衛都沒帶嗎？」

「不需要啦。」

姊姊笑著揮揮手。

這傢伙在幹嘛啊？哪有貴族千金會一個人搭共乘馬車。

「馬車是我看到大姊的信才臨時準備的，我覺得女性獨自搭共乘馬車太危險了。」

安娜一臉歉疚地說。

「原來是這樣啊。謝謝妳，安娜。」

應該一臉歉疚的是姊姊才對，這位當事人卻毫不在乎，還一臉天真笑嘻嘻地看著安娜。

站著說話也不妥，我決定先讓姊姊稍事休息再好好問清楚。來迎接姊姊的人只有我和安娜，公爵還在王宮工作，岳母則有事外出了。

「所以，聽說妳的婚事告吹了？」

休息一會兒後，我在茶會上對姊姊拋出疑問。在名為「虎目」的第三十四會客室中，只有我、安娜和姊姊三人。

「……又、又不是我的問題。」

神情不滿的姊姊雙手環胸，將臉別向一旁。

「原來是姊姊的問題啊。妳做了什麼好事？」

跟她一起生活這麼多年，我非常清楚。她知道自己有錯時就會露出這種表情。

「……就只是……跟冒險者去狩獵魔物的事情被發現了而已。」

這個人在搞什麼啊？這根本不是貴族千金會做的事，她為什麼要犯險？

「怎樣啦！吉諾去採集黑冰花的時候狩獵魔物了吧？我也想試試看啊。」

訂婚時我選了黑冰花當成「誓約之花」送給安娜。因為安娜在信上說有機會想看看黑冰花的鮮花，我才會到王都附近的山頂採集，沒想到姊姊居然有樣學樣跑去狩獵魔物。

「你該不會……在生氣吧？」

姊姊一臉嘔氣地將臉轉向一旁，卻偷偷瞥了我一眼。雖然她露出那種表情，其實偷偷在擔心我有沒有生氣。

我反而覺得婚事破局也好。姊姊的前未婚夫家是以歷史悠久為傲的男爵家，家風嚴格，會徹底掌控媳婦的一舉一動，個性奔放的姊姊嫁過去一定會吃盡苦頭。當時姊姊是從候選者中挑了最帥氣的人瘋狂追求才決定訂婚，但是這場婚事根本不可能有結果。

然而我不能接受她偷偷跑去狩獵魔物。如果姊姊是用自己的零用錢僱用冒險者，不可能僱得到實力堅強的人。安娜也同樣擔心，所以我們把姊姊唸了一頓。

最後她同意下次去狩獵魔物之前會找我跟安娜商量，這件事才告一段落。下次姊姊要出發時，我會派上級冒險者的護衛陪同，安娜也會從賽文森瓦茲家派遣資深護衛。

我和安娜都沒有阻止姊姊去狩獵魔物，因為我們知道這人說了也不會聽。

由於這件事告一段落，我便將話題轉到姊姊尋找結婚對象這件事。

「話雖如此，真虧父親願意找賽文森瓦茲家幫忙呢。」

我跟安娜訂婚後，安東魯尼家與賽文森瓦茲家就成了親家，有事相求也很正常。不過，權大勢大的第一公爵家和貧窮子爵家的差距，遠大於總公司社長和子公司小職員的差別，讓父親愧不敢當，所以平常幾乎不會提出請求。

「……我、我剛剛才寫信通知父親。」

「啥？」

我忍不住發出驚呼。她是到王都之後才把信寄出去嗎！所以父親還不知道她跑來找賽文森瓦茲家幫忙？她該不會要未經家主許可就請第一公爵家幫忙找結婚對象吧！貴族的婚姻都是策略婚姻，她未經家主同意，就把安東魯尼家的策略要求告訴其他家族了嗎！

依照姊姊的個性，絕對不可能花高額運費用急件把信送到父親手上。為了讓父親晚點發現，她應該會用最慢寄達的方法，父親可能一個星期後才會收到信。公爵和岳母行事都很俐落，一星期應該就能替姊姊迅速找到結婚對象。

「你們在這裡呀。」

隨著這句話走進會客室的人正是岳母。

「我聽安娜說過妳的擇偶條件了，可是還是想過來和本人親自確認。」

和姊姊打完招呼後，岳母坐在沙發上說。

聽了岳母的說明，我才明白整體狀況。尋找新結婚對象的委託，似乎是安娜收到姊姊的信之後接下來的。賽文森瓦茲家接下這份委託後，已經開始網羅人選了。

已經無法回頭了吧。大貴族家已經動員這麼多人，事到如今安東魯尼家也不能反悔，父親只能乖乖承認姊姊的委託。

「爵位或即將繼承的爵位必須在騎士以上、伯爵以下，年齡二十至二十三歲，身高一百八十五公分以上，堪比舞臺劇演員特隆．希文的美男子，身材要好，不要禮儀規範太嚴格的家族，舞技超群，喜歡戶外活動，絕對不能有胸毛，是這些條件沒錯吧？」

「是的！完全正確！」

……我快昏倒了……這是什麼地獄條件？策略方面的要求一個也沒有，不必要的條件反而一大堆，根本不是委託其他家族的內容。

「很好，跟事前得知的情報沒有差異。我們已經找到符合條件的人選了。」

「什麼！已經找到了嗎！」

姊姊瞪大雙眼喊了一聲，我也十分驚訝。居然能在這麼短的時間內找到符合這些亂七八糟條件的人選，真不愧是國內情資能力首屈一指的賽文森瓦茲家。

「沒錯，是在王宮任職的子爵喲。今天我出門就是為了這件事。情況已經談妥了，後天以後隨時都能和妳見面，妳什麼時候方便呢？」

「那就後天吧！最快的那一天！」

竟然已經進展到這一步了嗎……岳母的本領真是令人生畏。

除了當事人之外，正式相親時雙方父母也必須出席，當事人在相親前也會先見面確認彼此是否適配。姊姊就是想事先和對方碰面吧。

岳母已經幫她找到符合這種亂七八糟條件的人選，接下來已經沒得拒絕了。只要見面後對方男性也給出滿意的答覆，婚事基本上就談成了。

後天姊姊的信一定還沒寄達，就算我馬上用超急件聯絡父母親，他們也不可能在後天前趕到王都。看來父親似乎會在一切塵埃落定之後，才得知真相了。

昨天姊姊來到王都，今天她要和安娜一起去王都觀光。

『今天我要把安娜包下來，吉諾你就自己看著辦吧。』

說完這句話，姊姊就跟安娜一起出門了。不拘一格的姊姊居然能和品行端正的安娜變成好朋友，實在不可思議。希望她別搞出什麼大烏龍給安娜添麻煩。

由於姊姊出門了，我也像平常一樣在賽文森瓦茲家接受繼承人教育，這時有人忽然來訪。

「久疏問候，近來可好，巴爾巴利耶先生？」

這麼開口問候的人，是瓊斯子爵家的埃利克。因為藥草茶的生意往來，瓊斯家和我的老家安東魯尼子爵家關係匪淺，我小時候就認識他了。

從小就認識的他口氣如此恭敬，是因為我變成巴爾巴利耶侯爵家養子，家族爵位也上升了。

我先請他改回以前那種隨和的語氣，又因為許久未見，我們便向彼此報告近況。

他現在似乎是王國騎士團的騎士團員。騎士團旗下並非所有人都是擁有騎士爵位的騎士，也有人隸屬於騎士團卻沒有騎士爵位，這種人被稱為騎士團員，埃利克就是如此，身分仍屬平民。

以前他是個皮膚白皙的小胖子，現在不但身材精實，肌膚還曬成小麥色，加入騎士團後形象澈底轉變了。

聽到他隸屬第四騎士團，我疑惑地歪過頭。王國第四騎士團的職務是防衛本國邊境，天天都要和魔物對戰，雖然危險，得到爵位的機會也多。埃利克是次男無法繼承瓊斯家，這種人自然會選擇危險任務以獲得封爵，好讓自己不落入平民階層，所以這點並不意外。

讓我意外的是，埃利克居然在王都。第四騎士團的勤務地點基本上都在邊境才對。

「我和薇薇安娜一直都有書信往來，她在信上說要去王都找結婚對象，於是我就急忙休假趕過來了。」

他是為了安慰姊姊，才特地休假從邊境趕來王都嗎？看他如此為姊姊著想，身為弟弟的我十分感激。可是我覺得姊姊沒有這麼沮喪，反而因為能和符合自己要求的男性相親，滿腦子都是粉紅泡泡。

「我也猜到薇薇安娜不會灰心沮喪。因為她在信裡寫道『天下第一的賽文森瓦茲家要幫我找結婚對象』，感覺開心到快跳起舞來了。」

既然如此，他為什麼要勉強自己趕來王都呢？如果只是要見姊姊一面，趁長假期間回瓊斯家的時候來安東魯尼家玩就好了。

「拜託你別告訴薇薇安娜……那個……其實我……想跟她告白。」

他喜歡姊姊嗎！天啊……我完全沒發現……

「也對，吉諾利烏斯在這方面很遲鈍嘛。」

埃利克用憐憫的眼神笑了笑。

「你知道姊姊明天就要跟相親對象見面吧？即使如此還是要告白嗎？」

「我……正有此意。」

他露出豁然開朗的笑容。

「我一直很喜歡她，但是我是次男無法繼承家業，所以才想等拿到騎士爵位後再跟她告白，沒想到薇薇安娜在我拿到爵位之前就訂婚，讓我錯失告白的機會。雖然我現在還沒當上騎士，要是錯過這個大好機會，我就再也沒辦法告白了，所以說什麼都要趕來王都。」

「大好機會嗎？」

儘管不想說出口，岳母找到的人選完全符合姊姊的條件，而且還有爵位。她馬上就要跟接近理想的男性相親了，現在算是大好機會嗎？

「我說的機會不是這個意思。」

一問之下才知道，他不會和有未婚夫的女性告白。所以埃利克這話的意思是，在姊姊談妥下一場婚事之前的空窗期，就是他告白的大好機會。

真像埃利克會做的事，耿直就是他的優點。這麼耿直的人怎麼會被放縱不羈的姊姊吸引呢？

「她……是個溫柔體貼的人。」

在名為「水寶玉」的第三十六會客室，埃利克望著窗外的春日晴空說。

我懂他的意思。姊姊今天會把我留在家裡，和安娜一起出門也是如此。繼承人教育課程已經徹底塞滿我的生活，姊姊這麼做是為了不打擾我學習，這是她的貼心。

我覺得很開心。姊姊的體貼方式相當隱晦，眼前這個人卻能察覺到。

◆◆◆安娜史塔西亞視角◆◆◆

「等等！那是什麼！大得太離譜了吧！」

看到王都的大聖堂，大姊驚訝地瞪大眼睛。用這種方式形容年長的姊姊似乎不太妥當，可是她的反應真的好可愛。

這座圓頂大聖堂縱深八十二共尺，寬七十三共尺，高度五十五共尺。包含相關設施在內，是深寬總和超過一百五十共尺的大型設施。說到王都的著名觀光景點，就會想到這裡。

「呵呵，爬到最上面會是什麼樣的景色呢？還真是好奇耶。」

「請、請等一下，大聖堂是信仰的象徵，隨意攀登會惹怒信徒，後果不堪設想呀。」

「別擔心，我以前曾經穿著裙子爬樹差點被退婚，所以不會再穿著裙子爬高了。」

大姊露出爽朗無比的快活笑容。

她說這次婚事會破局，不單單是因為她去狩獵魔物，而是過去種種行為的累積。大姊自由闊達的個性，與對方的家風完全不對盤。

每個貴族都有各自的家風，婚嫁後就必須配合夫家的禮儀作風，我覺得非常辛苦。

吉諾先生是入贅，所以我不必擔這項苦差事，但是吉諾先生應該很辛苦。為了多少減輕吉諾先生的負擔，我必須好好努力。對吉諾先生和父母親，我都能坦然說出接近真心話的建議，所以我最適合擔任居中調節的工作。

首先得讓自己成為深得吉諾先生信賴的女性，為吉諾先生分憂解勞。若是他不肯向我訴苦，我也無從得知他的負擔。安娜，要加油呀！

唉呀，我已經在思考婚後的生活了呢，未免想得太遠了，真是丟人。

參觀完幾個著名觀光景點後，我和大姊決定到咖啡廳稍作休息。街上有好幾間上級貴族常去的咖啡廳，這間店是母親推薦的。

「等一下！我從來沒看過這些蛋糕耶！看起來好好吃喔！真不愧是王都！給我這個、這個和這個！」

看到店員用推車送來的蛋糕，大姊表現得非常興奮，在排成一列的蛋糕裡指名要吃胡蘿蔔蛋糕、基輔蛋糕和錫爾尼基鬆餅。用這種方式形容年長的姊姊似乎不太妥當，但是她看到蛋糕如此雀躍的樣子真的好可愛，讓人看了就覺得幸福洋溢。

「對了、對了，我帶了伴手禮來給妳喲。我想瞞著吉諾偷偷送妳，現在正是時候。」

大姊從僕人拿著的包包中取出一片被布包裹的板狀物體交給我。

「天呀！這是！」

將布解開後，裡頭是一幅肖像畫。

「這是我拿家裡的肖像畫給畫家臨摹的，是吉諾五歲的樣子喔。」

「謝謝大姊！我真的、真的、真的好開心！」

我喝著茶，目不轉睛地盯著畫像看。畫中是吉諾先生與他母親站著的模樣。

吉諾先生那雙水汪汪的紫色大眼！實在、實在太可愛了！將手高舉過頭牽著大人的樣子，也可愛到讓我差點昏了過去！我差點就要發出尖叫，然而畢竟是公共場合，所以還是拚命忍下來。

「對了，安娜，妳在信裡說想聽聽吉諾創立商會時的事，不如現在說給妳聽吧？」

「我要聽！請務必說給我聽！我想知道所有細節！」

大姊開始說起往事。當時吉諾先生年紀還小，個性卻十分穩重，跟大姊的行事作風相比，都快分不出誰才是兄姊了。

唔呵呵，當時的光景就好像浮現在眼前。

「吉諾他啊，從以前就不太依賴我。明明可以多跟我撒嬌，但是他完全沒有，總是想照顧我。我真想問他：『我是姊姊，你才是弟弟吧？』」

大姊一臉不滿地環起雙臂，話語中能感受到對吉諾先生滿滿的關愛。他們真是一對感情和睦、羨煞旁人的姊弟。

「我想他天生就是這種個性。不只是我，連在戴比哥哥和父親面前都不肯示弱……看到弟弟這樣，我這個做姊姊的覺得有點寂寞。」

不只是大姊，吉諾先生連在家人面前都不肯示弱嗎……

吉諾先生從來不讓我看到軟弱的一面，我還以為是他對我不夠信任。不過，既然在安索尼同學等人和家人面前，還有在家人中最親暱的大姊面前都不肯示弱，那麼或許是其他原因所致。

遇見吉諾先生之後，原本我只敢在他面前說出真心話。多虧吉諾先生，我才能慢慢改變自己，所以現在我也能在母親面前坦承自己的脆弱。

……總覺得吉諾先生跟以前的我好像。他就像過去那個被外表的自卑感澈底擊垮，封閉內心的我。

「即使如此，他遇到安娜的事就會找我幫忙，還一副束手無策的樣子。那個木頭人明明被漂亮女孩搭話也毫無反應，遇見安娜後就像變了個人，讓我很驚訝呢。安娜，他真的很愛妳喲。」

大姊忽然露出調皮的笑容說出這種驚人之語，害我一時無法招架，臉頰都熱了起來。

◆◆◆吉諾利烏斯視角◆◆◆

「而且咖啡廳也超誇張的！蛋糕的種類五花八門！還瀰漫著熱茶和玫瑰的香氣！」

結束王都觀光回來的姊姊興奮無比地聊著觀光話題。與鄉下領地無緣的新奇體驗，讓好奇心旺盛的姊姊超級滿足。沒有將用布包著的板狀物交給僕人處理，而是小心翼翼抱在懷裡的安娜也笑容滿面。她們似乎都很開心，真是太好了。

聽姊姊講了一會兒，我才告訴她有人在等她。埃利克現在就在賽文森瓦茲家的溫室等候，於是我請僕人帶姊姊過去。

「有訪客在等大姊嗎？是誰呢？」

有其他訪客來找同為訪客的姊姊很稀奇，安娜一臉不解，我便將埃利克的事情告訴她。

「天呀！告白嗎！」

安娜眼中綻放燦爛光輝，看起來十分好奇，我便對安娜稍稍提及這兩人的關係。

「可是大姊明天就要相親了，該怎麼辦？」

「行程應該可以照舊，埃利克也作好玉碎的覺悟了。」

帶著玉碎覺悟的告白——這似乎觸動了安娜的心弦。她露出沉浸在夢境中的陶醉眼神，喃喃自語地說著「真是太夢幻了」、「跟戀愛小說一模一樣」。

今天是姊姊的相親日。由於只有兩位當事人和作媒的岳母參加，我就像平常一樣接受繼承人教育。

方才姊姊和相親對象會面結束，男性準備離開宅邸時，我也在玄關大廳和他打了聲招呼。他身材高挑，跟特龍．希文十分神似，外貌的確符合姊姊的要求。雖然前未婚夫也十分俊俏，這位更是儀表堂堂，姊姊應該沒得挑剔了吧。

我們只在玄關大廳送行，只有姊姊陪他走到馬車處。

「姊姊，那是什麼？」

姊姊回來時拿著一個藤編提籃，剛才她手裡明明沒拿東西啊。

「他說是伴手禮！好像是盧歐涅嘉的斯卡斯卡喲！我一直很想吃吃看呢！」

斯卡斯卡是在蛋糕本體塗上酒香奶霜的一種蛋糕，我聽安娜說過這種甜點最近在王都貴族女性之間掀起熱潮，盧歐涅嘉則是以斯卡斯卡出名的王都人氣店家。

會選擇話題甜點送給女性當伴手禮，看來這位相親對象對待女性也很有一套。

「好想趕快吃喔，我們來喝茶吧。」

姊姊這麼說著，愉悅地高舉拳頭。

◆◆◆安娜史塔西亞視角◆◆◆

「呵呵，安娜，今天來舉行睡衣派對吧。」

抱著枕頭來到我寢室的大姊看起來一臉得意。

「睡衣、派對？」

「就是邊吃零食邊聊天，聊到想睡的時候再一起睡覺。」

「哇啊！感覺好有趣！」

「對吧？貴族不會做這種事，可是平民常常會玩喔。」

於是我和大姊開起了睡衣派對。因為現在還不睏，我就邊吃零食邊和大姊聊天。

話題自然是吉諾先生以及今天的相親。在目前可確認的範圍內，對方全都符合大姊的條件，讓我暫時鬆了口氣。

偶爾大姊會陷入沉思。選擇結婚對象是左右一生的重要決定，自然會讓人心生苦惱。

「……安娜，妳現在應該不會考慮吉諾以外的人選吧？妳是看到吉諾哪一點才覺得『非他不可』呢？果然是長相嗎？」

「要是說我不是被他的俊美外貌吸引，那是騙人的，但是讓我對吉諾先生產生好感的因素並非外貌。那個……是因為他、他、他有把我放在心上。」

親口說出這些話讓我害羞不已，不過大姊現在真的很苦惱，所以我也得老實說清楚才行。

「妳整張臉都紅了！好可愛呀！」

「呀！」

我忍不住發出慘叫。因為大姊用力將我抱在懷裡，讓我招架不住倒在床上。

「安娜，妳最看重的是對方有沒有把妳放在心上嗎？」

「……是呀，我覺得這是最重要的。」

「為什麼？」

「因為人生還很長，只要活在世上，未來就會碰上許多難關。不過雙方始終珍惜彼此的話，哪怕再苦的難關也能順利度過，邁向幸福的未來——我是這麼想的。」

「度過難關啊……安娜，妳是因為這樣才選擇吉諾嗎？」

「不，剛認識他時我還沒有這種想法。第一次見到他的時候，我根本無法想像未來的自己能露出幸福的笑容，當時我已經對幸福徹底絕望了。」

「妳為什麼會開始設想幸福的未來呢？」

「……那個……吉諾先生……」

「吉諾怎麼了？」

「……吉、吉諾先生……非、非常珍惜我……我才能改變自己。」

「呵呵，安娜，妳紅得像蘋果一樣，真是個小可愛。」

依然壓在我身上的大姊，用手指戳了戳我的臉頰。

「那個，大姊，妳差不多該放開我了吧？」
「哎呀？妳的胸部比想像中還有料耶。」
「呀啊！別、別、別、別說這種話啦～」

◆◆◆吉諾利烏斯視角◆◆◆

姊姊相親完隔天，我們在賽文森瓦茲家進行下午茶會。在別名「紅玉髓」的第四十會客室中只有我、岳母和姊姊。公爵在王宮處理宰相的工作，安娜則去學園處理在學研究生事宜。
「昨天的對象如何？經過一天，妳應該能平復心情好好考慮了吧？」
岳母向姊姊問道。
「那個人非常帥氣，真的是我心目中的理想對象，讓我非常驚訝。」
「那就好。」
「啊，但是我沒確認他的胸毛。」
「……那就好。」
廢話！哪有貴族千金會對初次見面的男性確認這種事啊！
三人聊了一會兒後，僕人走進會客室，告知埃利克想來見姊姊一面。
「帶他過來吧。」

姊姊對僕人這麼說。

「無所謂，妳可以去和他單獨見面，不必顧慮我們。」

「沒關係。他說今天就要回去了，我想是來道別的吧。既然如此，讓他和大家一起道別也比較省事。」

岳母神情愉悅地表示他們可以單獨見面，姊姊卻如此回答。

「其他人也在啊……」

被僕人帶進會客室的埃利克顯得有些尷尬。

「是啊，既然要道別，和我們統一道別比較省事吧？」

「……是沒錯啦……呃……這個……」

這麼回答姊姊的疑問後，埃利克打開僕人放在桌上的紫檀木盒，裡頭放著一株紫雲英。

「要送我嗎？」

「嗯……對啊。」

「為什麼送我紫雲英？」

儘管姊姊一臉不解，還是向埃利克道謝並這麼問道。

「聽說吉諾利烏斯去山上採黑冰花，妳在信上寫下『有沒有人能為我去山裡採花啊，真希望有人送我山裡的花』，所以……」

「所以你就跑到山上去採？你也太傻了吧！紫雲英根本不用跑到山裡去，這附近就有了！」

「抱、抱歉，我對花不太熟悉，只是覺得這花很漂亮……所以就採回來了……對不起。」

「我不是要你道歉！你為什麼要做這麼危險的事！我只是在信上隨便寫寫而已，不要當真呀！要是你受傷了怎麼辦！……你臉上的擦傷……是怎麼來的？」

「哈哈……被魔物攻擊的……」

「真是的！我就知道！」

隨後姊姊便開始說教。埃利克也開始找藉口，比如「我好歹也是騎士團員，這點小傷是家常便飯」、「我沒時間所以沒有爬那麼高」，可是依舊難消姊姊的怒火。

在一頓說教之後，姊姊留下一句「你都特地採給我了」，還是收下花了。埃利克和我們道別後就準備回到旅店，他說今天會啟程離開王都。

姊姊原本站著逼問埃利克，但是埃利克一出房間她就癱坐在椅子上，毫無禮數可言。她就這樣一句話也沒說，只是默默地盯著桌子瞧。

「……吉諾……你看到可愛的女孩子都不會心動嗎？」

「不會。」

我立刻斷言。前世我因為長相醜陋吃盡苦頭，總會澈底否定自己下意識將目光追隨美人的舉動。如果我只把注意力放在美人身上，就會變成同樣用外表評判他人的人，那就跟嘲笑我醜陋的那些人沒兩樣，所以我後來才對外貌完全不在乎。

現在即使看到美人，雖然能理解他們被歸類在「美」的範疇，但是我心中毫無波瀾。看到美人的心情跟看到蜈蚣差不多，只會產生強烈的抗拒感。

「那麼除了心動之外，你挑選結婚對象時會以什麼為基準？」

「性格吧。將心動當作選擇結婚對象的基準似乎不太妥當。儘管妳現在喜歡的舞臺劇演員是特隆．希文，不久前還是雷林．葛斯林吧？尤其是妳，心動的對象總是換來換去。」

「唔，這……或許是吧。」

「姊姊，或許妳總是對男性的美貌心動不已，然而把美貌當成結婚對象的挑選基準，這件事本身就有問題。」

「為什麼？」

「上了年紀後，每個人都會失去美貌，以夫妻相守的時間來看，失去美貌後的時間應該比較長。妳該重視的不是馬上就會失去意義的剎那，而是歷經歲月後依舊有意義的事物。我認為這樣才會讓妳走向幸福。」

雖然這次的婚事無法由我方婉拒，由對方取消談親的可能性比較大，若真如此，下次挑對象的時候不要只看長相了——我語重心長地對姊姊這麼說。

依照前世的經驗，我明白容貌是短時間內就會衰敗的因素。學校最美的校花老了以後也變成普通的老奶奶，走在學校裡總讓多數男學生頻頻回頭的她，流失青春後也成了普羅大眾，根本沒有男人為她回頭了。何必對這種轉瞬即逝的事物如此重視呢？

而且結婚對象是年老色衰後也得常伴左右的人，我認為不該將美貌當成挑選對象的基準。

「這樣啊……幸福、啊……」

姊姊這麼說著，又陷入沉默。

「……我問你，幸福到底是什麼？要怎麼做才能得到幸福？」

「找個像安娜一樣完美的人結婚就行了。」

「好好好，謝謝你的放閃。問吉諾好像不太對……珍妮佛夫人，您認為怎麼做才能幸福呢？幸福又是什麼？」

「這個嘛，我認為愛才是幸福的真諦。」

「愛嗎？我覺得……應該不只如此。比如和帥氣男性走在一起的優越感和奢侈感，這一類事物也很重要。」

「能體會到優越感固然開心，可是我不建議將優越感視為幸福的依據。縱使擁有好東西能讓妳沉浸在優越感當中，不過隨時會被其他人超越，畢竟盛極必衰。一旦被超越，當初有多依賴優越感，就會體會到同等強烈的屈辱。就算從優越感得到幸福，也會被後續在屈辱感得到的不幸抵消。總和來說，好一點可能無損無利，一般來說都會吃虧。」

「會吃虧嗎？比他人優越的話，應該不會吃虧吧？」

「我覺得吃虧的機會也不少喔。所謂的優越感，是拿自己與他人比較後得到的幸福感吧？一旦將這種比較之心當成幸福的依據，就會永遠陷在競爭的漩渦當中。光是成天與人相爭，就夠累人了。」

聽到姊姊的反駁，岳母用溫柔的笑容如此回應。

我的意見也和岳母相同。以自己的優越之處立足的人，總會深陷在可能會被超越的恐懼，一旦真的被超越，將會嘗到加倍的痛苦，我在前世看過太多這種人了。

這些人往往會勉強自己。在小群體中居冠的名譽明明微不足道，這些人卻害怕失去，甚至不惜扯他人後腿。他們成天被沉重的壓力逼著跑，才不得不這麼做。如此一來連人際關係都跟著瓦解、遭到孤立後，他們又更依賴自己的優越性。被優越感這種假餌鈎上岸後，就會一路衝向不幸的深淵。

我當然不打算否定他們為了維持地位所做的努力，然而身為旁觀者的我認為，如果他們不拘泥於成果，一定會活得更加快樂。

「再來就是財力了吧。這對窮困的平民來說是非常重要的問題，不過對我們這些貴族沒什麼關係。如果只要滿足物質生活，根本不必費吹灰之力。」

「可是很多貴族也很看重結婚對象的財力呀。」

「那是當然，但是這些人只想擁有比他人更高價的寶石，藉此沉浸於優越感而已。為了達成這個目的，當然得看重財力。與其尋求結婚對象的財力，改變只會追求優越感的自己豈不更好？想靠財力沉浸於優越感的人，只要別人擁有的寶石比自己更加昂貴，就會渴求更高級的寶石。就算奮發努力買了新寶石，看到別人擁有比自己更高價的寶石，又會想得到更高貴的。窮極一生買下無數寶石也無法滿足，永遠都在羨慕別人擁有自己得不到的寶石，不覺得這樣太累了嗎？」

「……或許是吧……感覺真的很累。」

彷彿將岳母這番話細細咀嚼並消化般，姊姊用喃喃自語的語氣回應。

「想得到幸福，就必須將不與他人比較的心情視為依據，可是我認為愛情還是最重要的。體會到被重要之人深愛的實感會讓妳開心到泫然欲泣，而且為了深愛之人，妳也能鞭策自己好好努力吧？這種心情是無可取代的。能愛他人，被重要之人所愛，人生就能充實又圓滿。所以就算是微不足道的小東西，還是該好好珍惜其中飽含的愛意，這株紫雲英也是如此。」

「這個嗎？這禮物只會讓我傷透腦筋而已耶？」

看到姊姊指著紫雲英，岳母輕笑起來。

「是呀，妳一定很傷腦筋吧。我猜妳確實不希望埃利克涉險，但是看到埃利克為妳奉獻至此，妳心中一定也藏著幾分喜悅吧。在我看來，這可不是只會給妳添麻煩的禮物。」

「這……」

「就算是在街上花店就能便宜買到的紫雲英，只要其中飽含贈送者的心意，就是無可挑剔的禮物。薇薇安娜，只要妳提醒自己別忽視藏在言語或禮物中的情意，盡可能感受到他人對妳釋出的愛意，好好珍惜向妳示愛的人，就一定能得到幸福。」

「……選擇結婚對象的時候，也該選擇愛我的人嗎？」

「儘管他人釋出的愛意有很多形式，妳得特別珍惜真心愛妳的人。我覺得選真心愛妳的人結婚比較好。」

「為什麼要選真心愛我的人呢？」

「因為發自真心的愛情才能長久呀。陪在身邊一輩子的人無時無刻都珍惜著妳，即使是時間早晚的問題，任誰都會慢慢喜歡上這種人。要是能跟真心愛妳的人結婚，你們自然就會變成相愛相惜的夫妻。我認為家人深愛彼此才是最幸福的事。」

「……這樣啊。」

這時候不該回答「這樣啊」，而應該是「原來如此」吧。雖然姊姊忘記使用敬語，我並沒有提醒她。姊姊緊盯著桌面拚命思考。平常她作決定總是快狠準，難得看她如此深思熟慮。

「……珍妮佛夫人……相親的事……」

盯著桌面沉思了一會兒後，姊姊這麼開口說。

「不用急著下結論，妳好好考慮，決定了再告訴我。」

「不，我已經決定了。對不起，我還是選其他人吧。」

「姊、姊姊！妳在說什麼啊！」

妳開出那種亂七八糟的條件，岳母還幫妳找到了符合條件的對象耶！妳居然要拒絕！貧窮子爵家竟敢拒絕第一侯爵家！太不像話了！岳母的「決定了再告訴我」只是場面話啊！

就算退一百步真要拒絕，也應該先起身行謝罪禮，怎麼能坐著說話呢。

「知道了，妳要選剛剛那位吧？」

姊姊默默點頭。妳好歹也回句話吧。

我戰戰兢兢地觀察岳母的臉色。雖然很難從她的表情看出情緒，她不但沒有生氣，反而還十分雀躍。

「呵呵，別擔心，我們家不會介意這種事。安娜在談親時也失敗過很多次，我已經很習慣處埋這些事了。」

發現我在偷看臉色的岳母瞥了我一眼，露出愉悅的笑容。

「姊姊，妳為什麼忽然改變心意？不是說對方符合妳的條件嗎？」

「你該不會……在生氣吧？」

姊姊將臉別向一旁用斜眼偷瞄我，用賭氣的口吻這麼說。儘管她一臉不悅，卻明顯在擔心我有沒有生氣，真像姊姊會做的事。

「我對岳母的溫情由衷感激，至於會不會生姊姊的氣，要視妳的回答而定。岳母都幫妳找到符合那種離譜條件的對象了，妳到底有什麼不滿？」

「……我之前只看臉就選了前未婚夫，結果失敗了吧？所以我才加上『家風不要太嚴』的條件。而且他長得帥，興趣也符合我的理想，我才覺得這次應該沒問題了……可是我懷疑自己是不是弄錯了。」

「弄錯什麼？」

「我能理解吉諾說的『以夫妻相守的時間來看，失去美貌後的時間應該比較長』這句話，所以懷疑自己是不是又失敗了。而且又想到安娜對我說『應該選會珍惜自己的人』，珍妮佛夫人也說『應該選真心愛我的人』。」

「安娜說了什麼？麻煩說清楚一點。」

「……現在不是聊安娜的時候吧？不要帶偏話題。」

姊姊露出傻眼的表情，用食指戳戳我的臉頰如此提醒。我對安娜心目中的理想男性非常且充滿好奇，才不小心把注意力都放在這件事上，確實是我不對。

「總之，安娜和珍妮佛夫人都說了一樣的話，聽完珍妮佛夫人的說明，我也深有同感，可是總覺得世上沒有珍惜我的人……」

姊姊往放在桌上的紫雲英瞥了一眼。

「原來如此。收下這個禮物之後，妳就忽然愛上埃利克了吧？」

「才不是呢！怎麼可能因為這點小東西就愛上他！我才不是區區一株紫雲英就能收服的廉價女人！」

聽了我們之間的對話，岳母輕聲笑道：「你們的感情真好。」

「吉諾，你碰上戀愛問題就是個呆頭鵝呢。薇薇安娜已經發現了吧？那株紫雲英飽含了真心的愛。」

聽岳母這麼問，滿臉通紅的姊姊默默點頭。

「……再看這株紫雲英……我才心想，將我隨手寫在信上的內容牢記在心，還特地跑到魔物棲息的山裡採花的人，還有這次相親的人，我跟哪個人結婚才能幸福呢？這麼一想，就覺得這株紫雲英比相親對象送的流行點心好太多了。我知道埃利克很真誠，也一直對我很溫柔……所以，如果要選真心珍惜我的人，應該就是他了吧。」

原來如此。姊姊從小到大都把男性的外貌視為第一要件，這樣的姊姊居然不選外貌符合理想的男性，我還以為是她收到紫雲英的那一瞬間愛上埃利克。沒想到她並非如此，而是在理性思考過後才選擇了外貌以外的因素……

「怎樣啦……婚事破局之後，我也學聰明了啊。」

看我嚇得愣在原地，姊姊有些不滿地說。她真的成長了。

「而且埃利克瘦下來以後也變帥了。前天見到他的時候，我確認過他有沒有胸毛，他滿臉通紅抵抗的樣子挺可愛的，我覺得這樣也不錯啦。」

居然強迫檢查他有沒有胸毛嗎！妳在搞什麼啊！別說是配偶了，對方甚至還不是妳的未婚夫，哪有貴族女性會對男性做這種事啊！

我要收回前言，姊姊的思想還是很膚淺。

「我要稍微出去一趟。」

「唔呵呵，妳要去找剛剛那位吧？路上小心。我已經幫妳準備好馬車和護衛了。」

岳母對起身的姊姊這麼說。姊姊還在對埃利克說教的時候，岳母對僕人下了指示，應該就是要準備馬車和護衛吧。岳母的行動力真是驚人。

「姊姊，雖然問題跟平常一樣堆積成山，總之先恭喜妳。下次我會送妳祝賀禮物。」

「話說得太早了啦，婚事又還沒正式定案。呵呵，不過我會拭目以待。就算婚事沒談成，你也要記得送我禮物喔？」

我祝福準備離開房間的姊姊。大概是聽到我突如其來的祝賀感到很害羞，姊姊滿臉通紅。然後她留下這句話之後，便跑出房間。她畢竟也是貴族千金，真希望她別在走廊上奔跑。

◆◆◆

「馬上把狀況告訴我！」

一坐上巴爾巴利耶家會客室的沙發，父親就開口說。貴族的聊天禮節是閒聊幾句之後才切入主題，父親卻直搗核心，看來是焦躁到連閒聊的心情都沒有了吧。

姊姊相親的六天後，安東魯尼家的父親才臉色大變地趕來巴爾巴利耶家。得知姊姊委託賽文森瓦茲家尋找結婚對象的消息，他連忙趕來王都。

之所以先來找我，是想先了解狀況再去賽文森瓦茲家拜訪吧。

只有父親一個人，是因為他先獨自騎馬趕來。母親現在正乘著馬車飛奔而來，戴比哥哥則以護衛身分與母親隨行。從家人分別進城來看，也可見他們有多慌張。

我先將姊姊對賽文森瓦茲家提出的條件告訴父親。

「有沒有……胸毛！那個蠢丫頭！」

父親果然氣得面紅耳赤。

「這可不行！我得立刻去拜訪賽文森瓦茲家撤回這些條件！」

「等一下，賽文森瓦茲家已經找到人選，他們六天前也見過面了。」

看到父親氣勢洶洶地站起身，我連忙這麼出言制止，父親聽得目瞪口呆。果然在父親看來，岳母的行動力也非比尋常。

「已……已經結束了嗎！還見過面了！」

「是啊，是完全符合條件的人選，姊姊也在岳母面前確認與條件相符了。」

「然後呢！是哪一家的少爺，叫什麼名字！」

興奮的父親緊緊抓著我的雙肩。

「……這……呃……見面以後，姊姊對岳母說『我還是想選其他人』……」

父親昏過去了。

姊姊和埃利克訂婚了。埃利克辭去王國騎士團，移居至賽文森瓦茲領地內，因為岳母賞了領地和男爵位階給他。為了勝任岳母賞賜的城鎮負責人工作，他現在在當地拚命學習。

埃利克和姊姊被要求提升禮儀規範水準，以符合爵位晉升。本來可以賞賜更高等的爵位，但是考量到不擅長禮儀規範的姊姊，所以只賞了男爵位階。往後姊姊要是學會禮儀規範，爵位似乎也會往上提升。

爵位有直臣爵和陪臣爵兩種區別。直臣爵是王家封賞的爵位，陪臣爵則是貴族家賞賜的爵位。包含賽文森瓦茲家在內的幾個大貴族都有賞賜爵位的權限，埃利克獲封的就是賽文森瓦茲家的陪臣爵。

雖然直臣爵的官方地位高於陪臣爵，這種說法不適用於實際狀況。陪臣爵等同於受到家門頂點認可的證明，對一門貴族來說至關重要，家門內的排行通常也會以陪臣爵為基準決定，只有直臣爵的貴族會被歸類為旁系。

得到陪臣爵，又被任命管理賽文森瓦茲領地內的城鎮，埃利克於名於實都算是賽文森瓦茲家的人了。姊姊不但開出離譜條件請賽文森瓦茲家找結婚對象，還把準備好的人選一腳踢開，岳母卻對她如此照顧，我在岳母面前真的抬不起頭來。

「不必跟我道謝，這麼做是為了我們家著想，而且照理來說是我們該謝罪才對。」

跟岳母開茶會時，我開口道謝，岳母卻這麼說。

「為了賽文森瓦茲家？」

「吉諾未來是這個家的家主，他們是你的家人吧？如果不先把他們拉入陣營，總有一天會變成一大弱點。」

「那麼『照理來說是我們該謝罪』，又是什麼意思呢？」

「薇薇安娜是這個家繼承人的親姊姊，在婚姻市場上可是價值不斐。這種人居然會被退婚，應該不太正常吧？」

確實如此。姊姊的前未婚夫家從以前就對姊姊很頭痛，所以得知婚事破局後，我只覺得是意料中的結果。然而我和安娜訂婚後，姊姊的處境也隨之改變。

「對方本來就對薇薇安娜很頭痛，卻只因為一點蠅頭小利就同意退婚。」

岳母的意思是，前未婚夫家只因為上級貴族的小額資助就同意退婚。從中作梗的上級貴族是巴頓侯爵家，婚事破局後，他們本來想把依附巴頓家的人送給姊姊當未婚夫。姊姊去狩獵魔物一事，也是巴頓家跟前未婚夫家告狀的。

他們確實隨隨便便就捨棄了姊姊。要是不想屈服於巴頓家的壓力，應該要透過安東魯尼家向賽文森瓦茲家求助。如果事關中央政壇，也可以大大方方向上級貴族提出要求。之所以沒這麼做，表示他們當下就決定和姊姊切割。

「要對薇薇安娜保密喔。」

岳母又補了這句話。沒說出這件事是岳母的貼心。貴族看重名譽，要是知道自己被賤價拋售，對普通的貴族女性算是一大創傷。我覺得姊姊不會傷得太重，但是多少還是會受傷吧。

「那麼，姊姊寫信請安娜尋找結婚對象也是……」

「是我拜託安娜，向她提議賽文森瓦茲家會幫忙尋找結婚對象。」

原來從一開始就是岳母在幕後指使啊？既然如此，能在轉眼間就找到符合條件的相親人選，就是為了不讓其他家族介入其中吧。整件事的線索越拼越齊了。

總之事件圓滿落幕。如果依附巴頓家的人和姊姊結婚，姊姊就會被夾在兩個家族之間，她又不擅長這種事，若要負責調節兩大家族的利害關係，應該會非常辛苦。

「……除了姊姊之外，您該不會也對安東魯尼家採取了應對措施吧？」

「那當然。比如安東魯尼領地的特產藥草茶，現在大半都是我們家在收購，武器和防具也是我們家在供給，如今安東魯尼家再也不會被其他家族施加經濟壓力了。此外我還派出護衛和密探，所以薇薇安娜就算獨自搭共乘馬車前來也不會被誘拐。安娜不知道這件事，所以聽到薇薇安娜獨自前來才會這麼慌張。」

……岳母之所以會發現巴頓侯爵家的陰謀，也是派了密探臥底吧。等我正式掌管這個家之後，手腕能不能像岳母一樣高明呢？和岳母聊天的時候，我心中總是充滿不安。

◆◆◆

「太好了！終於找到了！」

從聖瑪莉蓮魔法醫科藥理大學回來兩個月後，我終於找到有效治療安娜疾病的藥物作法了。幸好當時為了保險起見，選擇了設有魔法醫學系和魔法藥學系的大學，魔法藥學的相關文獻十分齊全。

順帶一提，我已經確定安娜罹患的就是極度魔力過剩症。我採取安娜的唾液，測量她的一日體溫變化，只要逮到機會就偷偷進行診斷，才終於確定了她的病症。

我請安娜將唾液滴入小瓶子裡進行採集。我把小瓶子塞進口袋時，布麗琪的眼神驟降至絕對零度。

再來就是原料。查明製作魔法藥必要原料的現代學名後，我又調查了取得方法。因為附有圖解之類的說明，所以並不困難，除了某種原料之外，其他的只要花錢就能取得。

取得不易的原料是一種特殊醣苷（註：由糖與非醣物質結合而成的一類化合物），可以從現代被稱為「紅京天」的植物中萃取出來，這種植物在本國的傑拉爾德領地山岳地帶就有生長。

然而現代通常會用這種植物製作讓騎士強身健骨的藥丸，不但數量稀少，又跟領地的軍事能力有直接關聯，所以被傑拉爾德家嚴格看管，沒有在市場上流通。

得想想該怎麼拿到手才行。首先是針對傑拉爾德領地的調查，我要豪擲千金找出這個家族的弱點。每個領地或多或少都會面臨困境，要找應該能找到。

再來就是接觸傑拉爾德家的相關人士。傑拉爾德家的嫡長子在近衛騎士團，首先就跟位在王都的他交涉看看吧。在那之前我還想去接觸那些近衛騎士收集嫡長子的情報，該怎麼做才好呢？

◆◆◆

為了學園的劍術大賽，今天我和學園生來到王宮的練兵場。

代表學年主席的「日輪獅子」胸章持有者，擁有校方認可的多項特權，變更課程內容就是權利之一。這場劍術大賽就是我動用這項權利所舉辦。

起因是安索尼這些武門貴族的同學。過去我曾利用胸章特權，為安娜舉辦刺繡競賽這種只有女孩能參加的活動，後來安索尼他們也要求我舉辦男生能參加的活動。

所以我舉辦了劍術大賽。話雖如此，校內平常也會舉辦模擬戰，所以我將形式更改為和近衛騎士進行模擬戰。不但能和被譽為王國最強的近衛騎士團騎士對戰，而且還能向他們討教，讓武門貴族欣喜若狂。

「恭喜你進入主賽。」

「喔，謝啦。」

在練兵場進行的是預賽，在此勝出的十名學生就能和近衛騎士一較高下。由於班上的賈斯汀拿下勝利，我出聲道賀，他也笑著道謝。

如此進入主賽的十名參賽者中，就有七名是特級班的學生。本校以課業成績分班，雖然特級班的學生成績優秀，他們的劍術也很強。可能是因為特級班很多上級貴族吧，教育費和中下級貴族有著天壤之別。

「可是沒想到預賽就打得這麼激烈。」

「因為獎品太豪華了，參賽者自然會增加。」

聽賈斯汀這麼說，我如此回答。

「沒想到獎品是布耶拉．匹斯特大師打造的金剛石劍，起初聽到消息的時候還以為是在開玩笑呢。」

安索尼笑道。布耶拉．匹斯特大師是王國第一刀匠，他將為主賽優勝者和學園生最優秀者特製一柄劍，素材還是稀有金屬金剛石。這位刀匠平常不會隨便接單鑄劍，還得多虧公爵的助力。得到刀匠協力而被岳母稱讚的公爵表現得意氣風發，有種被岳母玩弄於股掌之間的感覺。

「可是要在主賽取得一勝也很困難喔。對方全是隊長階級，而且連我大哥都來參加了。」

賈斯汀苦笑著說。

沒想到獎品是大師鑄造的名劍，讓男學生興奮不已，不過反應熱烈的不只是學園生而已。原本預定由近衛騎士團的普通騎士配合這場賽事，結果在獎品的誘惑下改由隊長階級出賽。所以我才把得獎資格設為優勝者和學園生最優秀者，而非優勝者及準優勝者。這些根本贏不了的高手參賽後，獲得名劍的機率變得微乎其微，也會澆熄學園生的熱情。

我利用預賽和主賽間的空檔尋找傑拉爾德家的嫡長子。接觸身為近衛騎士的他，是我舉辦本場賽事的最重要目的。

近衛騎士將在鬥技場參加主賽，絕大部分的近衛騎士都前往比賽現場為同袍聲援，我要找的那個人卻獨自一人在做自主訓練。先前為了舉辦賽事接觸其他近衛騎士時，我就打聽到這方面的消息。

來到練兵場後，我馬上就找到看似目標的人物。那頭亂翹的深褐色頭髮和碧藍色雙眼，以及在騎士當中也格外魁梧的精壯身軀，保護帶傷左腳的動作，確實就是傑拉爾德家嫡長子查爾斯·杰·傑拉爾德少爺。

他因為在近衛騎士團締造的功績獲封爵位，中間名就是他擁有的男爵位姓氏。仍屬傑拉爾德子爵家的他獲封男爵位後，名字後方就有兩個姓氏。

順帶一提，身為該領域權威且做出巨大貢獻的每位學園老師，大多都有複數姓氏。比如坎達爾老師以姓氏尊稱就是吉爾古德·坎達爾老師，不過大家之所以喊她坎達爾老師，是學園規定須以最後一個姓氏稱呼。因為正式稱呼太過冗長，不適合日常使用，才會訂下這種規則。

「抱歉，紅京天是不外傳的。」

我事前得知他喜歡騎士那種直截了當的交涉方式，便單刀直入詢問能不能把紅京天讓給我，果不其然被拒絕了。

「既然如此，貴領地面臨的嚴重問題就由我來解決吧。你就將紅京天讓給我作為交換條件，如何？」

「嚴重的問題？」

「是啊。貴領地有狗頭人棲息吧？」

杰·傑拉爾德少爺的神情變得扭曲。

鄰近山岳地帶的傑拉爾德領地，地理位置不利交易，所以領主整備道路橋梁試圖活化領地。此舉確實促進了流通性，領地也變得豐饒富足，卻也引發了其他問題。環境破壞似乎影響了生態系，導致領地內有魔物出沒。

「……我是近衛騎士，傑拉爾德也是騎士家族，我們能親自討伐領地內的魔物。」

「可是成群首領來襲時，長劍和弓矢都無用武之地吧？所以你才討伐失敗，還弄傷了腳。」

少爺的表情變得更扭曲了。

狗頭人的戰力不強，就算成群出現在傑拉爾德領地也能輕鬆討伐，傑拉爾德家卻失敗了。因為長劍和弓矢都傷不了那群狗頭人。不只少爺負傷，騎士團也遭受極大的損害。

這種狗頭人應該是變異個體。說到能展開物理兵器和魔法都無法損害的魔法保護膜的戰鬥獸，就是「狼人」了。狗頭人或許就是「狼人」變異的結果。

「你想重振騎士團的士氣，再次發起挑戰吧？面對劍弓也難敵的對手，你覺得有勝算嗎？」

這就是他不去參觀賽事，強忍舊傷獨自訓練的原因。他作好賭命一戰的覺悟，準備再次挑起討伐。

「……傑拉爾德家須保全騎士家族的名譽，不能求助其他領地的騎士團。」

真是相當有貴族和騎士風範的回答，將名譽看得比性命還重。

「不需要招攬別家的騎士團入領，要到貴領地的只有假扮成商人的我而已。我一個文門貴族入領並不明顯，沒有人會覺得你向其他家族求助，也不會產生謠言吧。」

「什麼？你打算自己一個人解決嗎？」

「是的。只要交給我處理，我馬上就能一個人解決所有問題。」

「……」

「此外，只要我不走漏風聲，就能保全傑拉爾德家的名譽，我也準備了保密契約書。只要給我幾共里的紅京天，不但能保全家族的名譽，騎士團還能在無人傷亡的狀況下討伐狗頭人，應該算是不錯的交易吧？」

「……如果你有傷亡該怎麼算？」

「這部分我也會妥善處理，絕對不會給傑拉爾德家和少爺添任何麻煩。我也準備了這方面的契約書。」

「小鬼，這活動挺有趣的嘛，比我在校時好玩多了。」

和杰．傑拉爾德少爺交涉完畢來到鬥技場後，賽文森瓦茲公爵就笑容滿面向我攀談。

主賽場地並非練兵場，而是設有觀眾席的鬥技場。練兵場的觀眾只有學園生，但是這座圓形鬥技場除了學園生以外，還有不少其他觀眾前來觀賽，公爵也是其中一人。他今天本來要去王宮處理宰相事務，卻休假跑來觀賽。聽公爵說，有許多部署特地設置了休息時間，就為了來觀看這場賽事。

不只是王宮相關人士，也有許多觀眾從王宮外蜂擁而至，岳母似乎也來了。設計成越往後方走高度越高的觀眾席，早已人滿為患。

裁判由近衛騎士擔任，所以比賽期間我並不忙，便站在圓形的競技空間一角觀看賽事。

主賽由十名學園生和十名近衛騎士進行淘汰賽，所有近衛騎士都是隊長階級，學園生連要取得一勝都不容易。

雖然我這麼想，比賽出乎意料地精采。儘管學園生很難在第一回合勝出，反過來說只要取得一勝就有極高機率成為學園最優秀者，成功取得名劍。考量到下一場賽事，近衛騎士會選擇保留體力的戰法，學園生的戰法則是在第一回合就全力以赴，才造就出如此精采的賽事。

會場歡聲雷動，因為安索尼擊敗了近衛騎士。

他用的武器是托利布斯一族傳統的雙劍。那組雙劍沒有護手，具有獨特的流線造型，看起來就像前世的廓爾喀彎刀。他的動作也展現出該族特有的不規則性，搭配他本身的敏捷速度，就算習慣了也很難應付。雖然實力是近衛騎士更勝一籌，他不習慣托利布斯一族的戰法，才會因為疏於應對被一舉突破。

結果突破第一回合的學園生只有安索尼一人，但是安索尼在第二回合就輸給了「王國五劍」其中一人。儘管學園生止步於此，會場的氣氛卻變得更加熱烈。尤其是「王國五劍」的內戰展現出超高技術的對決，更是將會場氣氛炒熱到最高點，所有觀眾應該都是為此而來的吧。

優勝者是第一大隊副隊長亞朗．弗萊契軍官，他也是「王國五劍」其中一人。身為主辦者的我走上鬥技臺，將裝在精美木盒中的金剛石劍交給他和學園最優秀者安索尼。

隨後我開始朗讀贊助超過一定金額的貴族姓名及各自的一小段介紹。這次能募集到足以將名劍當成獎品的巨額資金，就是這個原因。只要贊助超過一定金額，就能宣傳各領地的產業，贊助金額越多，宣傳字數也會增加。聽到消息後，許多貴族都贊助了相當可觀的金額，這是我參考前世知識提出的方案。

「各位會場的觀眾請聽我一言！這場賽事是學園生和近衛騎士團的模擬戰，然而學園最強的學生卻沒有出賽，而且這名學生居然打敗了那位『浴血軍官』！」

結束頒獎和贊助商介紹後，我正準備進行閉幕致詞，我身旁的弗萊契軍官卻高聲一呼。不愧是騎士，聲音真是宏亮。

「浴血軍官」是在學園內指導劍術的退役武官教師，我在插班考試時贏過了他，所以弗萊契軍官說的「學生」就是我。要贏過技術精湛的劍士並不難，因為我跟這個世界的人不一樣，能使用前世高效率的身體強化魔法。

縱使平常的我會全力迎戰，最後應該也會讓老師勝出。不過安娜陪我一起準備插班考試，還在教會祈禱我能順利合格，所以我絕對不能輸。

「『浴血軍官』斯爾坦老師是我的師父。師父年事已高，無法參加必須在一天內連戰數回合的賽事，可是這並不代表他實力消退。就算歲數增長，假若只需一戰，他的實力絕對遠勝於我。如此寶刀未老的師父，居然敗給一名非武門貴族的學生！」

原來他是懷特老師的徒弟啊。看他用名字稱呼老師，表示他們不是學園裡的師生關係，而是行過拜師之禮的真正師父吧。

「各位，你們不想看看他的英姿嗎！我想看！我想賭上這把金剛劍，向這名學生挑戰模擬戰！贊同的人請給我一點掌聲！」

什麼？這我可沒聽說啊？

「真不好意思。不過要和文門出身的你一決高下的機會確實不多。斯爾坦老師的戰敗之仇，我可要替他討回來喔？」

見我驚訝的反應，弗萊契軍官勾起得意的笑容低聲說。

會場仍舊瀰漫著賽事的熱情氛圍，見到宛如事先安排的突發橋段，觀眾們都欣喜若狂，整座鬥技場響起震耳欲聾的掌聲。

原來如此。杰．傑拉爾德少爺說：「我想等劍術大賽結束後再跟你進行交涉。」所以他應該知道這場驚喜活動，想親眼確認我的劍術實力再行考慮。

那就無法拒絕了。為了解開安娜的詛咒，我只能接下這份戰帖。

「請用這把劍。」

披著兜帽的男子將雙手劍遞給我。在鬥技場內的休息室穿上防具後，我正準備從劍架上隨意挑選一把劍。劍架上的其他劍都有被使用過的痕跡，這把劍卻像新的一樣閃閃發光。

居然準備了全新的劍，可見他們從一開始就打算把我扯進來的樣子。我接過劍道了聲謝，便回到鬥技臺上。

跟學生進行模擬戰時，我也會使用輕微的身體強化魔法。畢竟我不用魔法公平競爭，轉眼間就輸掉的話，武門學生就會氣得破口大罵「不准放水」。因為贏過「浴血軍官」的我直接敗陣，他們會覺得我在放水。

面臨單挑對決，騎士會賭上名譽全力應戰，只有老師才會對徒弟或學生明顯放水，換句話說就是對實力不如自己的人做的事。我這麼做會讓對方感覺受辱，很難發展成正式決鬥，所以這次我也用了一點身體強化魔法。我已經受夠決鬥糾紛了。

在裁判的指示下，我和弗萊契軍官的比賽正式開始。不愧是「王國五劍」，力量和速度都強到學生無可比擬，而且本領確實高強，很難應付。

看到弗萊契軍官將劍高舉過頭，我立刻壓低身體往對方左側一踏，瞄準身體攻擊，這種戰法在前世的劍道被稱為「面拔胴」。然而他早就舉腳踢往我閃躲的方向，我急忙放開一手的劍柄，用掌心接住弗萊契軍官的膝蓋，用力推壓讓他失去平衡並拉開距離。因為失去平衡，軍官的追擊並沒有傷我分毫。

這個國家的劍術規則和前世的劍道截然不同。拳打腳踢都沒問題，還可以抓住對方封鎖行動，甚至推倒對方。

「真令人驚訝，你居然能接下剛剛那一擊？」

弗萊契軍官露出愉悅的笑容。從比賽開始後，弗萊契軍官就一直用巧妙的假動作完美掌握我的一舉一動。在魔法加持下，速度和力量都是我略勝一籌，所以才能打得不相上下，但是在技術方面完全不是他的對手。

不過這樣就夠了。能和「王國五劍」打得勢均力敵，杰．傑拉爾德少爺也會認同我的實力吧。而且我沒必要勝過弗萊契軍官。若是在大庭廣眾下擊敗他，他或許會對我懷恨在心。全力迎戰卻不敵對手，是減少人際關係摩擦的最佳良策。

包含前世在內，我擁有將近一世紀的人生經驗，已經不是拘泥於小勝小利的孩子了。我們已經打了一段時間，差不多可以敗下陣來了。

「吉諾先生──！加油呀──！」

我忍不住驚訝地看向觀眾席。是安娜的聲音！觀眾席上的安娜正在奮力大喊為我加油！

因為是劍術大賽，絕大多數的觀賽者都對劍術有興趣，大部分都是來為同袍弗萊契軍官加油的騎士團相關人員。聲音宏亮的騎士們齊聲為弗萊契軍官送上聲援，安娜也不讓他們專美於前，拚命扯開嗓子為我送上聲援。

貴族千金必須輕聲細語，在眾目睽睽下放聲大喊應該是相當丟人的事。儘管如此安娜還是用盡全力喊出聲音，為我送上聲援……

我絕對！不能輸！人際關係的摩擦？這種問題不就是等著我去克服嗎！

我沒辦法繼續增強身體強化魔法，這樣會讓我的動作變得不像人類，於是我追加使用超頻──能暫時提升頭腦處理速度的魔法。思考處理速度提升三倍左右後，反射速度也以同倍率上升，弗萊契軍官的動作感覺也變慢了。

視線的軌跡、手臂和肩膀的位置、腳尖的方向……這樣看下來才發現，軍官的每個動作都是為了引我上鉤。有相當卓越的技術，才能將速度及力量更勝一籌的我玩弄至此。

然而對方不上當，假動作就只是毫無用處的動作。我不受他的假動作蠱惑，以最短、最快的動作將劍壓上他的頸項。

「到此為止！勝者是巴爾巴利耶少爺！」

會場頓時沸騰，我將身體轉向帶著滿面笑容鼓掌的安娜，單膝跪地後用雙手將平放的劍抬到頭頂。這是騎士的禮節，意義是「獻上勝利的榮光」。

全場觀眾用如雷的掌聲祝福收到勝利獻禮的安娜。尖叫聲不斷的女性用充滿好奇的目光看向安娜，騎士則對安娜吹口哨大聲起鬨，害安娜面紅耳赤地低下頭去。

好可愛，實在太可愛了。能看到這樣的安娜，我就覺得這場比賽贏得有價值。

「會場內的各位觀眾，請聽我一言。這場模擬戰以我的勝利劃下句點，不過如各位所見，弗萊契軍官整場比賽的表現都遠超於我，我的勝利只不過是種種幸運累加的結果。我想將金剛石劍讓給弗萊契軍官，以此讚揚他精湛的技術。」

我如此大聲宣告後，觀眾便起身鼓掌接受這個提議。

每位近衛騎士都是渴望名劍才會參加這場賽事，我則不同。我已經成功和杰．傑拉爾德少爺交涉，還得到能獻給安娜的勝利榮光，這樣就夠了。

「真的可以嗎？這可是金剛石劍喔？是布耶拉．匹斯特大師鑄造的劍喔？」

弗萊契軍官滿臉歉疚，但是我無所謂。讓我拿這把劍，等於是讓剛開始學小提琴的孩子拿史特拉底瓦里琴，只是暴殄天物罷了。

◆◆◆安娜史塔西亞視角◆◆◆

「成功了！太厲害了！吉諾先生！」

我忍不住放聲大喊。吉諾先生居然打贏「王國五劍」其中一人！

「不會吧！」「他居然贏過『王國五劍』！」「太強啦啊啊！」

武門貴族的同學們似乎更為震撼，在預賽落敗後來到觀眾席觀賽的武門同學全都吵成一團。

「哎呀？巴爾巴利耶同學是不是在對安娜史塔西亞同學微笑啊？」

「怎麼可能。」

聽到坐在我身旁的艾卡特莉娜同學這麼說，我表示否定。不同於站在鬥技臺上的吉諾先生，我只不過是眾多觀眾之一，他一定不可能發現我，而且距離也很遠。

不只是物理上的距離，接受全場喝采的吉諾先生，和身為觀眾坐在觀眾席上的我……感覺吉諾先生離我好遠。

「天啊！他真的在對安娜史塔西亞同學微笑！他將勝利的榮光獻給妳了！」

只見吉諾先生朝向此處單膝跪地，用雙手捧起平放的劍。

「呀啊啊啊啊！太美妙了！」「不錯嘛！吉諾利烏斯！」「天呀！實在太浪漫了！」「居然見識到如此驚人的場面！彷彿戀愛劇一般的場景！」「一星期後王都內的吟遊詩人一定會紛紛作曲讚頌！」

所有同學都吵成一團，會場觀眾也對我送上如雷掌聲。騎士居多的眾多男性紛紛吹起口哨，或是大聲喊出祝福的話語；女性則全都發出興奮的尖叫聲。

……真是、真是太丟人了……臉好像快噴出火來。

後來同學們又變得更加激動，因為吉諾先生將金剛石劍讓給了弗萊契先生。那是王國第一刀匠鑄造的劍，而且是金剛石劍，想得到手並非易事，吉諾先生卻十分乾脆地拱手讓人。

全場觀眾都起身送上掌聲，讚揚吉諾先生的高潔情操。接受眾人的讚美後，吉諾先生也沒有得意揚揚，而是跟平常一樣面無表情，應該是覺得自己的行為很理所當然吧，真是令人敬佩。

◆◆◆吉諾利烏斯視角◆◆◆

劍術大賽落幕後，我和弗萊契軍官一起回到休息室更衣。

「既然要籌劃這種活動，麻煩您事先告訴我一聲呀。還特地為那場模擬戰準備全新的劍，表示您一開始就想騙我入局吧？」

我對在一旁卸下防具的弗萊契軍官表達不滿。軍官和我的對戰不在預定排程內，就算要辦這種活動，也不該連主辦者都騙。

「全新的劍？什麼意思？」

我將比賽中使用的劍拿給一臉狐疑的弗萊契軍官看。軍官接過劍後揮了幾下，又閉起一隻眼睛從側面觀察劍刃。一般騎士拿到新劍都會從這幾處開始觀察。

他用指尖彈了彈劍身，聽到聲音後隨即臉色大變。軍官忽然神情嚴肅，並將劍身不停變換角度，從劍尖到劍尾來回打量，為了保險起見又用手指彈了一下。

「……你剛剛真的用這把劍應戰嗎？」

見我點頭肯定，弗萊契軍官表情凝重地用左手拿起我的劍，再用右手那把自己的劍敲打。敲擊力道明明不大，我的劍卻應聲折斷。

「這把劍被動了手腳，應該很容易斷才對，你用這把劍應戰卻沒有在比賽中折斷，簡直就是奇蹟。」

之所以沒有折斷，是我在劍上也施加了強化魔法吧。使用身體強化魔法時，也會一併施加在鞋子和用具上頭，在前世算是常識。前世每個人都能跑得比馬還要快，如果力量來自於身體強化魔法，鞋子或用具要是沒同時強化就會立刻損壞。我還沒改掉前世的習慣，才會順手對手上的東西施加魔法。

就算未開鋒，那也是鐵鑄成的劍，如果沒有施加魔法，我應該會受重傷吧。要是劍刃在正面受擊時斷裂，我可能會因為被劍直擊頭部而不幸身亡。

沒想到我會變成暗殺的目標……

弗萊契軍官詢問我使用這把劍的原委，我便將出現在休息室的兜帽男告訴他，他的表情也變得更加凝重。知道這場模擬戰挑戰驚喜的人，據說只有他身邊的近衛騎士。

假如這把動了手腳的劍引發意外，今天負責警備會場的近衛騎士將會遭受處分。弗萊契軍官說，或許是身邊的人計劃要陷害他們。

一走出鬥技場，法蘭西絲・瑞拉德這位公爵千金就來找我攀談。她是和王太子殿下同學年的畢業生，也是幾年前被王太子殿下退婚的人。

刺繡競賽的優勝獎品是愛．馬仕的禮服，那間店為瑞拉德家所有，也由這位女性負責經營，所以我在準備刺繡競賽時與她相識。

我跟她明明不是會親密交談的關係，她的態度卻莫名親暱，還試圖用相當刻意的理由邀我參加茶會。因為剛剛才差點被暗殺，我必須提防她不自然的接觸。

我忽然感受到一股視線，轉頭望去便發現安娜神情不安地看著我，我急忙跑到安娜身邊握住她的手。班上同學也都在旁邊，武門貴族的男學生吹起口哨，女學生則高聲尖叫。可能是他們本來就在討論我將勝利獻給安娜一事，之後又立刻如此。滿臉通紅低著頭的安娜真是可愛極了。

布麗琪守在安娜身旁，我在她耳邊悄聲告知有人要暗殺我，請她加強安娜身邊的警戒。布麗琪的表情頓時嚴肅起來，並且答應我會儘早送安娜回家。

不能讓弗萊契軍官等太久，於是我結束和安娜之間的對話，隨著軍官來到近衛騎士團使用的練兵場。弗萊契軍官不著痕跡地將近衛騎士集結在此，審視訓練情況的同時，順便調查兜帽男有沒有混在近衛騎士之中。

近衛騎士團並沒有淺紫頭髮，有雙狐狸眼睛的男人。看來犯人應該不是和弗萊契軍官親近的騎士，而是得知情報的外人。

關於這場驚喜活動，弗萊契軍官他們並沒有下達封鎖情報的禁令，只要有人問就會隨口說出來，如果是擁有王宮情報網的人，就有可能事先得知此事。

知道犯人不在近衛騎士團當中後，弗萊契軍官打從心底鬆了口氣。

最後我們沒有將劍被動手腳一事公諸於世。雖然公開後能請騎士團搜索嫌犯，相關人員也會相對遭受處分。可能遭到處分的是當天負責鬥技場警備工作的近衛騎士團負責人，還有我這個主辦人。或許幕後黑手的目的就是讓我或近衛騎士團負責人接受處分，現階段公開並非良策。

「目標也可能是近衛騎士團的某個人，可是我覺得對方盯上吉諾的可能性比較高。要是你在模擬戰身亡就算計畫成功，就算失手，讓你遭到處分也不錯，我猜這就是對方的意圖吧？對方沒料到你的劍竟奇蹟似的沒有折斷。」

岳母如此分析。

「唔呵呵，劍居然沒有折斷，真是奇蹟。吉諾，你**運氣真好**呢。」

看到岳母臉上的微笑，我頓時一驚。她或許已經猜到我做了某些讓嫌犯估算錯誤的事情，之所以沒有進一步探問，或許是認為原因出在遺物魔道具。

遺物魔道具相當貴重，持有一事被外人發現，可能會有生命威脅，或被施加壓力強迫讓渡，後果不堪設想，所以不公開談論才是禮貌。由於僕人可能會走漏風聲，就算在自己家裡也不能公開談論。

我應該沒辦法瞞著她一輩子，總有一天得把話說清楚，但是我現在還沒有勇氣。

「王宮跟學園是截然不同的世界。儘管外人看見的表象很華麗，不為人知的內部卻是腥風血雨。要是你現在住在安東魯尼領地，就不會和王宮扯上關係，和安娜訂婚後卻被拉進危險的世界裡，對此我深感抱歉。」

「您真的不必如此自責。如果這是和安娜訂婚的代價，那麼我甘願承受，甚至覺得這點代價太划算了。因為對我來說，遇見安娜可是宛如奇蹟的幸運。」

大貴族的當家或繼承人被暗殺的危險程度自然不在話下，我也有心理準備。這次我的失策就是沒有像騎士那樣事先檢查長劍，因為尚未擺脫過去住在日本的安逸心態，才會過於大意。這裡不是日本，我必須捨棄日本的常識，將這個國家的常識銘記在心才行。為了守護安娜，我必須更加成長。

◆◆◆

一群狗頭人在岩石區曬太陽休息。狗頭人是夜行性生物，白天經常像這樣休息。在灰色群體中只有一隻是黑色體毛，我猜那就是刀槍不入的個體吧。我用隱形魔法隱匿氣息，在岩石區上方觀察狀況。

戰鬥獸「狼人」全都是用雙腳行走。雖然渾身都有體毛，頭部以下卻是人類型態。然而狗頭人的身體很像猿猴，儘管能用雙腳行走，移動時基本上還是四腳步行。兩者容貌完全不同，若不是使用同樣的魔法，我根本看不出牠們是同類。

我用看不見的魔法障壁包圍整個群體，從岩石區上方陸續拋下點燃的木柴。發現柴火掉到自已身旁的狗頭人急著想拉開距離，卻撞上看不見的魔法障壁，導致群體陷入混亂。將木柴全部丟完後，我在上方也蓋上魔法障壁，將狗頭人完全密封在內。

「狼人」的呼吸系統沒有魔法輔助，就算能展開強力魔法保護膜，面對缺氧或一氧化碳中毒也無能為力。狗頭人應該也一樣。

我解除隱形魔法走下岩石區，狗頭人一發現我就同時發動攻擊，但是被魔法障壁阻隔在內。一擁而上卻被魔法障壁阻隔的狗頭人，就像塞在滿員電車的乘客一樣。

聽到群體的動靜，原本離開群體的個體也回來攻擊我，而我用劍將其斬殺。就算變異個體不在障壁內也無所謂，我有能力斬殺。前世我是切割研磨專業的工程師，連奧利哈鋼尼亞金屬都能切割。

我陸續討伐離開群體的個體，柴火也不斷冒出煙霧，因為氧氣不足導致不完全燃燒。空氣中的一氧化碳濃度來到一・二八％，人類就會在幾分鐘內死亡。再過不久狗頭人應該就會全軍覆沒，我馬上就能拿到紅京天了。

◆◆◆安娜史塔西亞視角◆◆◆

今天我和吉諾先生一起到家裡的音樂廳鑑賞音樂。在吉諾先生的引領下來到音樂廳後，我們在鑑賞區單獨擺放的沙發入座。

「對了，今天來喝葡萄酒吧。」

吉諾先生吩咐僕人準備烈酒。

平民或下級貴族似乎從十幾歲就會飲用烈酒，但是上級貴族未成年不能飲用，就算要喝也只能喝適合未成年的薄酒。學園派對也只會端出薄酒。

儘管如此，吉諾先生偶爾會飲用烈酒。

「吉諾先生，是不是有什麼好事呢？」

吉諾先生會在商會的工作應酬，或有好事發生的時候飲用烈酒。我考到學年第二名和在刺繡競賽奪冠的時候，吉諾先生也喝了一杯烈酒。

「是啊，有天大的喜事。」

「哇啊，是什麼喜事呢？」

「再過一段時間才能告訴妳，現在要先保密。不過，這個嘛……我找到能讓妳比現在更幸福的方法了。」

「咦？」

吉諾先生用真誠又明亮的眼神看著我，笑容十分溫柔。

我有些害羞，沒辦法繼續言語，並低下頭遮掩可能變得紅通通的臉龐。

原來吉諾先生這麼開心是因為我啊……他真的好體貼，對我呵護備至。

不久後樂團開始演奏，我便沉浸在音色描繪的世界中。光是吉諾先生陪在我身邊，我就覺得音樂編織而成的世界比以往更加鮮豔美麗。

坐在身旁的吉諾先生將左手放在我的右手上，我有些吃驚地抬頭望向他。

「能跟妳一起欣賞這首曲子，共度兩人時光，真的好幸福。」

吉諾先生在極近距離下，用彷彿能融化我的心的甜美笑容這麼說，讓我害羞得不得了。

現在演奏的這首交響曲是名為「愛的喜悅」的抒情曲。演奏主旋律的二弦琴用優美甜蜜的音色，將「喜歡到無可自拔，做什麼事都愉悅萬分」這種愛人的幸福感表現得澎湃又洶湧，是我最喜歡的曲子。

吉諾先生的喜好逐漸轉變，以前他對戀愛主題的樂曲或歌劇興致缺缺，最近卻常常像這樣指定我喜歡的曲子。

我也覺得好幸福。居然能和吉諾先生像這樣共度兩人時光……

我稍稍抬起羞澀低垂的臉龐瞥了吉諾先生一眼。平常他總是面無表情，而且猜不透他的心思，但是我最近慢慢懂了。那是非常開心的表情。

第三章　來自兩位殿下的提親與製作解咒藥

◆◆◆吉諾利烏斯視角◆◆◆

再過一個多月就要從學園畢業，畢業後我和安娜就成年了。到時我有資格參與社交界，也能以公爵家正式繼承人的身分開始工作。

這天，我在賽文森瓦茲家辦公室處理輔佐公爵的工作。正當我獨自工作時，辦公室大門開啟，原來是跟訪客會面結束的公爵回來了。公爵回到辦公室之後就板著一張臉，坐在自己的椅子上長嘆好幾聲。

「發生什麼事了嗎？從馬車的紋章來看，訪客是王家派來的？」

「是啊，他們來提親。」

「什麼！」

「你知道王太子殿下的婚事破局了嗎？」

「知道。應該沒有人不知道吧？」

我拚命掩飾心生動搖而顫抖的嗓音，努力用平靜的口氣回答。

在幾年前的學園畢業派對上，王太子殿下當眾向未婚妻法蘭西絲・瑞拉德公爵千金退婚，同時宣布和莉莉安娜．馬利歐托男爵千金訂婚。

王太子殿下將瑞拉德小姐的惡行當成退婚理由，可是瑞拉德小姐是眾所皆知無可非議的女性，而且王太子殿下定罪的時候還抱著馬利歐托小姐的腰，讓現場所有人覺得：「呃，是殿下出軌吧？」完全不相信殿下說的話。

在畢業派對這種多人集會上，而且還用摟著其他女性這種煽動好奇心的手法，此事早已傳得人盡皆知，連平民都知道這件事。

「第一王子派系也助長威勢，讓王太子殿下的地位岌岌可危。」

公爵簡單向我說明王太子殿下的現況。

因為和王妃殿下長年膝下無子，國王陛下便冊立了側妃。本國基於宗教原由行一夫一妻制，照理來說國王陛下也只能有一名妻室，只有國王和王太子在生不出孩子的狀況下才會破例承認重婚。因為比起宗教戒律，國家續存更為優先。

側妃殿下平安生下男孩，國家重臣也暫時鬆一口氣。可是不久後王妃殿下也生下男孩，問題變得複雜起來。

法律上來說，王妃殿下的孩子才是擁有第一繼承權的正統繼承人，便依照繼承權順位將王妃殿下的孩子立為太子。可是王太子殿下儘管長相俊秀，性格卻放蕩不羈。

由於王太子殿下的人品有問題，便出現主張廢除現任王太子殿下，改立第一王子殿下為太子的勢力，並且主要以側妃殿下為中心。

第一王子殿下勢力和王太子殿下勢力過去不斷展開繼承權鬥爭。階級社會的這個國家也是因為這場繼承權鬥爭，才將學園更改為實力主義。

王太子殿下的退婚騷動也助長了第一王子殿下派系的威勢。

面對這個問題，賽文森瓦茲家持中立態度。岳母身受妹控陛下的寵愛，所以賽文森瓦茲家的立場跟陛下比較接近。繼承權鬥爭是王妃殿下和側妃殿下的戰場，親近陛下的賽文森瓦茲家始終靜觀其變。

「然後，您說王太子殿下來提親嗎？」

陛下並不承認王太子殿下和馬利歐托小姐的婚約。那位千金所在的馬利歐托男爵家，是經營多家旅店，因財力達標才獲封爵位。即使如此也算不上財力雄厚，經營規模甚至遠不及我的商會。因為以前是平民階級，在社交界也缺乏人脈，根本無法成為王妃殿下的有力後盾。

王太子殿下現在沒有官方未婚妻，甚至可以在我與安娜取消婚約的前提下向安娜提親。儘管這種手段相當無禮，面對區區巴爾巴利耶侯爵家，王家大可用權力輾壓。

然而面對權力凌駕於王家之上的賽文森瓦茲家，可就沒這麼容易了。要不要接受王太子殿下的提親，最終還是得看賽文森瓦茲家的決定。

「該說是提親嗎……王太子殿下想讓安娜當側妃。」

「側妃！可是王太子殿下應該連王太子妃都還沒娶進門吧！」

簡直莫名其妙。就算是國王或王太子，也只會在不孕無人繼承的緊急狀況下才被允許重婚。他連正妃都還沒娶進門，為什麼已經扯到側妃了？

「他說娶了王太子妃後暫時不會生孩子，所以想在五年後娶安娜當側妃，而且王太子妃還是那個旅店的女兒，簡直是狗眼看人低。」

故意營造出緊急狀況嗎？王太子殿下退婚後失去了瑞拉德公爵這個後盾，才想把賽文森瓦茲家當成新後盾的樣子。

不，不僅僅是失去後盾這麼簡單。家族遭受公然侮辱的瑞拉德家，現在是第一王子派系的急先鋒，王太子殿下不只失去堅強盟友，還樹立了強勁的敵人。

「可是怎麼會選在這個時期？退婚不是好幾年前的事了？」

「因為第一王子殿下的未婚妻格里瑪蒂家千金，今年畢業就成年了吧。王太子殿下和第一王子殿下都在採取必要措施。」

我不懂。第一王子殿下已經和格里瑪蒂小姐訂婚，就算兩人在她成年後成婚，家族之間的形式關係也只是從訂婚變成結婚而已，兩家之間的協力關係不會有太大變化，也不會造成情勢產生變化。

「為了不捲入麻煩，我們始終保持中立態度，然而未來某一天或許還是加入第一王子派系方為上策。第一王子殿下提出的條件還算正常，畢竟他沒有要讓安娜當側妃，而是一般的提親。」

「提、提親——！第一王子殿下已經有未婚妻了吧！」

「沒錯，他確實訂婚了。不過王公貴族的婚姻只不過是策略的一環，視政局走向改變婚約對象是常有的事。」

……原來如此……貴族婚姻只是策略道具……我和安娜的婚約也是策略考量……會視政局走向而破局……

「格里瑪蒂家千金畢業後，她與第一王子殿下短時間內就會結婚。可是格里瑪蒂家的勢力不足以擁立太子，所以殿下才想在婚事定案前再結良緣吧。」

公爵這麼繼續說。原來如此，殿下想和更有勢力的家族結成親家啊。格里瑪蒂家是家格高貴卻勢力單薄的侯爵家，王妃殿下才會處心積慮派出這位千金，以免威脅王太子殿下的地位，這是第一王子殿下目前的一大絆腳石。

「別愁眉苦臉的。不必擔心，兩邊我都會婉拒。假如我們家成為第一王子殿下的後盾，他就一定會被立為太子，可是這也代表安娜未來將會成為王妃。王妃是一國的顏面，雖然不想用這種方式形容寶貝女兒，用那副長相當上王妃的話，安娜會吃盡苦頭。安娜不適合王妃之位。」

或許是為了讓我安心吧，公爵笑著這麼說。

「……所以說……只要安娜身上沒有詛咒……她就會……成為王妃嗎？」

我拚命壓抑雙手的顫抖並詢問公爵。

「嗯，畢竟安娜是無可挑剔的千金小姐，放眼國內外也找不到像她如此完美的女孩。全世界最高貴的千金小姐，當然是王妃的不二人選。」

可想而知……第一王子殿下想娶安娜，公爵也覺得只要沒有詛咒，安娜就是王妃的不二人選……是因為安娜身受詛咒才婉拒……就只是這個理由……只要極度魔力過剩症完全治癒，安娜就能享盡王妃的榮華富貴，踏上璀璨的康莊大道……

這就是策略婚姻。安娜的詛咒解除後，公爵也會視政局走向重新考慮結婚對象吧。目前第一王子殿下想將未婚妻更改為安娜，將自己立為太子；王太子殿下為了對抗也提出讓安娜當側妃的請求。王太子殿下和第一王子殿下，無論安娜嫁給誰，得到賽文森瓦茲家這個後盾的人就會是下任國王。

而且安娜是獨生女，生下孩子後，長男將繼任王位，次男以後的某個兒子會成為賽文森瓦茲公爵，下一代賽文森瓦茲公爵就是國王的親弟弟。岳母是陛下的親妹妹，現在的賽文森瓦茲家才能掌握大權，這份榮華也將延續至下一代。

相較之下，我只不過是前貧窮子爵家的四男。在策略婚姻的擂臺上，就算竭盡全力也不可能獲勝。

冷靜思考後，我覺得公爵的說法相當合理。假如要問誰是本國女性頂點的最佳人選，自然非安娜莫屬。她是無可挑剔的完美女性，我根本配不上她。

我已經震驚到無法站立，便以身體不適為由早退了。

「吉諾先生。」

安娜憂心忡忡地跑到我身邊。

「聽說你身體不舒服，狀況還好嗎？」

「啊啊，應該休息一下就沒事了。」

我努力張開如千斤重的嘴唇回答安娜，就這樣和她一起走向玄關大廳。安娜十分憂心不斷詢問，然而我根本無暇應對，光是要給出安全的答案就耗盡心力。

搭上馬車前，我詢問安娜。

「安娜，妳對第一王子殿下有什麼看法？」

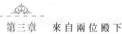

「公平、理性，而且決策果斷，是非常優秀的人。」

……沒想到她如此盛讚……我賭上最後一絲希望再次確認：

「妳尊敬他嗎？」

「是的，十分敬愛。他是少數能將醜陋的我當成正常女性看待的人。」

「……這樣啊。」

我大受打擊……真是一段良緣……要是他們兩人結婚，一定能建立美滿的關係……我還是退出比較好……

「安娜，妳對王妃有什麼看法？姊姊曾說王妃殿下是所有女性的憧憬，如果有機會，人人都躍躍欲試。」

「我也同意大姊的看法。王妃殿下是女性的頂點，流行也都是王妃殿下創造出來的，可說是時尚潮流的中心，自然是眾多女性的夢想。」

「有機會的話，妳想成為王妃嗎？」

「我不想。畢竟我是這副長相。」

安娜露出苦笑。

她果然對王妃心懷憧憬嗎……這表示長相沒有問題的話，她也想當王妃嗎……

我努力拖動顫抖的腳坐進馬車。關上馬車門後，強忍已久的淚水便奪眶而出。

回到巴爾巴利耶家的房間後，我完全提不起勁，只能鑽進被窩默默流淚。淚水宛如滑落屋簷的連日霪雨，滴答滴答掉個不停。

我和安娜訂下婚約，原本也是因為安娜被詛咒害得婚事連連受挫，所以我這種差點落入平民階級的貧窮貴族四男，才會被選為第一公爵家千金安娜的未婚夫。

就算安娜變成王子的未婚妻，這段因詛咒而扭曲的人際關係也只是被推回正軌而已。是啊，沒錯，只是回到原本所在的位置而已。

原本的安娜是最適合王妃之位的完美女性，原本的我是即將落入平民階級的底層貴族，雙方差異懸殊，就像本該毫無交集的天與地。只是恢復原狀而已。這段因詛咒而不幸扭曲的關係，只是回歸原本的自然形式而已。

即使我用這些話不斷說服自己，內心完全無法接受。

好痛苦……

回家後我立刻爬上床鋪，連晚餐也不吃，一直躲在被窩裡。儘管如此，我還是一夜無眠，隔天直接前往賽文森瓦茲家。

「吉諾先生，你的臉色好難看，是不是在硬撐？」

看到我的臉色，安娜出聲關切。

「我沒事。」

我看都沒看安娜一眼，這麼回答完就直接從她身邊經過，一個人腳步飛快地走向辦公室。以前我都會陪著安娜邊走邊聊，步調徐緩地走向辦公室，僕人們目睹異狀也嚇得瞪大雙眼。我沒有看安娜的表情，她一定很吃驚吧。

這樣就好。這段關係馬上就會結束，變得更親密也只會讓彼此痛苦。

我在心中如此暗自呢喃，但是我很清楚這不是我真實的想法。現在和安娜說話我可能會忍不住掉淚，所以我不敢開口。我不能狼狽不堪地哭著哀求安娜，這麼做是在阻撓安娜原本該踏上的光明未來。深愛的女性有機會踏上康莊大道卻出手妨礙，我可不想成為這種軟弱的男人。

如果是第一王子殿下，這時應該能像平常一樣說出溫柔體貼的話語吧。我這種臨陣磨槍的貴族做不到，不過在王宮成長的王族應該能輕鬆掩飾情緒。

雖然沒見過他，他可是好幾世紀都充滿俊男美女基因的王族血脈，一定是我根本無可比擬的俊秀青年。對待女性的態度更是沒得比，他那不會讓安娜心生排斥的翩翩風采，跟我相比顯然有天壤之別。

我不知不覺拿第一王子殿下和自己相比，結果被挫敗感澈底擊垮。嫉妒之火讓我痛苦不堪，彷彿全身都被狠狠灼燒。居然不樂見安娜的璀璨未來，我真是個器量狹小的男人。

「吉諾先生，有時間的話，待會兒要不要一起——」

「抱歉，我要去商會處理事情，一時半刻不會回來了。」

安娜神情凝重地來約我喝茶，我卻沒等安娜說完就搶過話語權，拒絕她的邀約。

「……這樣啊。」

安娜的表情明顯變得消沉。看到安娜眼中流露出幾分悲戚，我的心好痛。我拚命忍下想緊緊抱住安慰她的心情。

結束在賽文森瓦茲家的工作後，我立刻前往研究所，並且直接轉移到魔像製作工坊。

◆◆◆安娜史塔西亞視角◆◆◆

僕人告知我吉諾先生今天身體不適早退的消息，我十分擔心，便急忙趕往父親的辦公室。前往辦公室途中，我看到吉諾先生正往這裡走來。他的臉色好難看，彷彿下一秒就會昏倒。

「聽說你身體不舒服，狀況還好嗎？」

「啊啊，應該休息一下就沒事了。」

雖然吉諾先生如此回答，他看起來非常難受，臉色鐵青。不管我說什麼，他都一副心不在焉的模樣。

「安娜，妳對第一王子殿下有什麼看法？」

吉諾先生搭上馬車前這麼詢問我。

「公平、理性，而且決策果斷，是非常優秀的人。」

我是陛下的姪女，身邊也有王家派遣的護衛。如果沒將身邊的人支開，我不敢隨便評論王家的事，所以給出安全妥當的回答。

吉諾先生的臉色變得更難看了。

「妳尊敬他嗎？」

「是的，十分敬愛。他是少數能將醜陋的我當成正常女性看待的人。」

我依舊選擇安全妥當的說法。我知道第一王子殿下表面上充滿紳士風度，其實在覬覦賽文森瓦茲家的權力。他心有盤算，卻藏不住狐狸尾巴。

「安娜，妳對王妃有什麼看法？姊姊曾說王妃殿下是所有女性的憧憬，如果有機會，人人都躍躍欲試。」

「我也同意大姊的看法。王妃殿下是女性的頂點，流行也都是王妃殿下創造出來的，可說是時尚潮流的中心，自然是眾多女性的夢想。」

我再次給出安全的答案。雖然我說「王妃可說是時尚潮流的中心」，然而現在母親才是真正的時尚潮流中心。縱使「王妃殿下也會創造流行」，幾乎都是擁有龐大情報網和財產的母親創造的居多。

不過說得這麼直接實屬不敬，我只好選擇含糊的說法。

「有機會的話，妳想當王妃嗎？」

「我不想。畢竟我是這副長相。」

王妃殿下的立場十分艱難，只要有一點小問題就會被民眾放大檢視，小題大作瘋狂起鬨，只有無懈可擊的人才能勝任。我這副長相以王妃而言是致命缺陷，因此根本沒奢望過。

而且成為王妃就不能和吉諾先生結婚了，我絕對不能接受。

平常吉諾先生搭上馬車前都會緊握我的手，那天他卻沒這麼做，腳步蹣跚地坐進馬車，看來健康狀況確實不佳。他坐進馬車時還差點摔倒，真令人擔心。

昨天吉諾先生身體不適，我因為擔心特地來到玄關外等候。從馬車下來的吉諾先生臉色依舊很差，眼睛下方出現濃濃的黑眼圈。

「吉諾先生，你的臉色好難看，是不是在硬撐？」

「我沒事。」

唔——！

平常他都會停下來和我聊幾句，再陪我踏著悠閒步伐前往辦公室，今天卻連看都沒看我一眼，逕自腳步飛快地走向辦公室。

我太過驚訝，愣在原地動彈不得。

得追過去才行——當我如此驚覺時，吉諾先生早已不見蹤影。

我做了什麼讓吉諾先生不悅的事情嗎？我手腳顫抖不已，眼淚也不自覺湧上眼眶。

「別擔心，小姐，吉諾利烏斯先生只是因為身體欠安無暇應對。他馬上就會康復，變回平常那位溫柔體貼的吉諾利烏斯先生。來，先回房休息吧。」

布麗琪如此出言安慰後，便將我帶回房間。

回到房間，我又想起早上的事，忍不住掉下眼淚。一定是我做錯了什麼吧。得問清楚我犯了什麼錯，誠心誠意向他道歉才行。

我惴惴不安地等待吉諾先生工作結束，一聽到僕人前來通知吉諾先生做完工作，便立刻趕往辦公室。

「吉諾先生！」

在走廊上看到吉諾先生後，我馬上開口喊住他。

「什麼事？」

吉諾先生臉上明顯毫無血色，不似平常那樣溫柔。我果然犯了什麼過錯吧。

「真的很抱歉，我好像做了什麼惹你生氣的事。」

我像吉諾先生行謝罪之禮。

「妳沒做錯事，不必謝罪。」

吉諾先生的嗓音好冷漠，一點也不像他。

「可是……」

從早上到現在我都在模擬和吉諾先生的對話，還準備了好幾個話題，卻因為太過震驚從腦海中盡數消失。我沒辦法好好說話，變得吞吞吐吐。

「沒其他事的話，我先告辭了。今天很忙。」

吉諾先生從我身邊走過，獨自前往玄關。

我再次受到打擊。平常他總會與我隨行，配合我的步調緩緩前進，今天卻一個人走開了。

我急忙追在他身後。他的腳步很快，所以今天我得配合吉諾先生的步調才行。

「那個，你身體好些了嗎？臉色看起來還是很糟。」

「沒事。」

簡單一句話就結束了話題。我又主動開口好幾次，但是吉諾先生都用一句話結束話題，對話始終沒有進展。

目送吉諾先生的馬車離去後，我把自己關在房內獨自啜泣。

◆◆◆吉諾利烏斯視角◆◆◆

「沒關係，你不想說也無所謂。」

岳母苦笑著說。現在我和岳母在名為「石榴」的第三十一會客室喝茶。賽文森瓦茲家的人似乎也發現我和安娜關係生變，岳母才舉行這場茶會向我詢問狀況。

即使岳母這麼問，我也無可奉告。見我始終沉默不語，岳母才說出方才那句話。

「真的很抱歉。」

「無妨。夫妻和戀人的關係，就算是父母與手足也不能隨意干涉，其中一定有某些只有當事人才明白的苦衷。」

岳母露出慈祥的眼神笑了笑。

「可是啊，就算是只有你們才能解決的問題，找旁人談談或許有助於解決，至少心情會變得輕鬆些。」

是這樣嗎……畢竟事隔久遠，我已經記不太清楚，不過在前世初期，我還年輕的時候也找朋友訴苦過。可是至少在前世邁入壯年後，我就再也不向外人傾吐煩惱了。因為我已經是該為自己負責的成年人，不該四處找人抱怨，那樣太難看了。

變成獨居老人後，和他人交流的機會越來越少，開口的時機只剩下回答收銀店員的問題。當孤獨變成日常後，我連找人商量的念頭都沒有了。

跟安索尼他們聊聊或許會好過一點，然而我實在不想說。前世那幾十年我也是這樣走過來的，早已成為我的習慣。思想頑固的老人，習慣怎麼可能說變就變。

「吉諾，你對安娜的心意不容置疑。就算過程百轉千折，我相信最後一定能撥雲見日，所以我會暫時站在遠處觀望。」

岳母這麼說著，然後笑了笑。

我只能用笑容帶過。如果只靠心意就能解決問題，不管要思念安娜多少次我都甘願，但是在貴族的世界中，有時光憑心意也無能為力。

「你想說的話隨時可以找我談談，我不會害你。」

是啊，岳母應該不會害我，所以才沒辦法找她商量。這個家的每個人性格都公平且清高，如果基於賽文森瓦茲家的立場取消婚約，應該也會妥善安排不讓我落入劣勢。然而我在過失比例上占優勢，就代表安娜要承受相對的劣勢。

往後安娜就得站上王妃這個嚴峻的立場，連一點小事都會被刻意放大當成問題檢視。我們解除婚約後，我不能讓安娜受到一絲傷害，而是盡可能為安娜往後的戰役鋪路，這就是我能為安娜做的事。

◆◆◆

「兩位請留步。」

上完學園的應用科目後，我向一對平民女性雙胞胎攀談。

「巴爾巴利耶同學，您好。」

姊姊萊菈同學彎腰向我深深一鞠躬。儘管比不上安娜她們那些上級貴族千金，她的行禮方式比安東魯尼家的姊姊得體多了，不愧是自小被教育為商會接班人的女孩。

「幹嘛、幹嘛？有什麼事嗎？」

妹妹凱特同學則嘻皮笑臉地說。這位開朗和善的女性相當自由奔放，只見萊拉同學瞪了妹妹一眼，彷彿在訓斥她貴族面前不得無禮。

我和這對姊妹是在應用科目課堂上認識的。上級貴族相當重視自家教育，所以只會在學園修習最低限度的必要課程，全班也只有我一個人選修這門應用科目，身邊全都是沒聽過名字的平民。這個學園的課程多採取分組討論的形式，凱特同學她們不想在分組時落單便來接近我，我才會和她們熟稔起來。

「凱特同學，我有話跟妳說，能給我一點時間嗎？」

「咦咦咦！巴爾巴利耶同學！有話跟我說嗎！姊姊，我該怎麼辦啊？」

神情喜不自禁的凱特同學，笑嘻嘻地向依舊保持行禮姿勢的萊拉同學問道。

「榮幸之至。既然是巴爾巴利耶同學的吩咐，自然要排除萬難挪出時間。」

萊菈同學無視妹妹的問題，儘管額頭冒出青筋，依舊笑容滿面地代替妹妹回答。從她們的互動模式來看，萊菈同學每天應該都被自由奔放的妹妹耍得團團轉，感覺非常辛苦。我也是被放蕩不羈的姊姊折磨的過來人，忍不住對她心生同情。

「不必做到這種程度，只要能挪出時間我就很感激了，我會儘早談完。」

「難道巴爾巴利耶同學要請客嗎？會請客吧？請我吃飯，就這麼辦。好痛！」

萊菈同學將手繞到樂不可支的凱特同學背後，凱特同學就忽然喊痛，看來是萊菈同學往她背上狠狠一捏了吧。萊菈同學依然是皮笑肉不笑的表情，額頭浮現的青筋卻比剛才更明顯了。

「是我提出的邀約，當然是我來請客。」

「太棒啦。要談事情就要吃烤內臟吧？走走走，快出發吧。」

這個國家的烤內臟店相當於前世的烤雞串店。雖然人們常選在這裡談事情，主要的客群卻不是學生，而是下班回家的成年人。不過我對地點沒什麼意見，便順其自然跟在踏著雀躍步伐的凱特同學身後。

各自在學園的更衣室換完衣服後，凱特同學帶我來到平民區巷弄內的某間烤內臟店。平日中午沒什麼人，正合我意。這間店的內場全作為廚房使用，沒有設置內用區，客人必須自行將放在路邊的桌椅移動到路上喜歡的地方用餐。這條路位於巷弄深處，不會有馬車經過，除了路邊之外，桌椅甚至排到了路中央，偶爾出現的行人都要鑽過桌椅通過。

接下來就要進行私密談話，於是我將桌椅放在離那些客桌稍遠的地方。

「鏘鏘～我買回來啦～雖然是用巴爾巴利耶同學的錢啦。來來來，快吃吧。」

我將桌椅放好後，凱特同學就端著放了烤內臟串和飲料的托盤走過來。盤子裡的烤內臟堆成一座小山，因為是用別人的錢，她才點得這麼不客氣吧。

「啊～這個油脂的甘甜滋味實在太幸福了～」

如今凱特同學的心思全都繫在桌上的料理上頭，根本不適合談話。她果然不是因為適合談話才選這間店，只是單純想吃這裡的烤內臟而已。沒辦法，我決定也跟著吃起來。

桌上的烤內臟用木籤串起，連盤子上都是油膩膩的油脂，跟以使用刀叉為前提，擺盤如藝術品般的貴族料理截然不同。

一放進嘴裡，我便發現這是以複數香料醃漬的鹽味內臟。貴族的肉類料理會使用肉腥味不強烈的部位，也會儘量避免油脂，以免吃相不雅觀，當然也不會端出燒焦的肉。

這個烤內臟就不一樣了，咬下一口便湧出大量熱油。內臟特有的強烈腥味和臭味，全都化為強烈的鮮美滋味，而且好幾處都烤得焦脆，香氣十足。

真好吃。這就是平民區的街攤美食，以烤內臟來說水準相當高。

「好吃吧？」

看我吃得心滿意足，凱特同學笑嘻嘻地說。

「那就進入主題吧——」

凱特同學始終像倉鼠般吃個不停，我則拋出主題娓娓道來。

◆◆◆

傑拉爾德家已將製作治療藥所需的紅京天讓給我，材料備齊後，我就一直在製作治療藥。今天我也在專注製作治療藥。難受的時候，找件事一頭栽進去比較輕鬆。

一直發動魔眼系魔法也很花時間，我就做了能發揮同樣效果的眼鏡魔道具。我隔著眼鏡觀察燒瓶中的液體，附加魔法果然做得不均勻，不必動用精密檢查也知道是失敗品。

再來只要在治療藥中加入附加魔法就完成了，這個附加魔法卻讓我吃盡苦頭。縱使資深魔法藥師可以在每一粒聚合物中施加魔法，對我這個前工程師來說非常困難。這也沒辦法，外行人才練習幾個月，怎麼可能重現資深魔法藥師的功力呢？

然而為了安娜，無論如何我都要克服這道難關。該怎麼做才好呢？我不是魔法藥師，而是魔像工程師，我的專業知識能派上用場嗎……

雖說必須在每一粒聚合物中施加魔法，要附加的魔法只有三種，能不能讓魔像負責處理這件事呢？

我打算做出好幾種一模一樣的魔法迴路，卻做出看似相同實質不同，甚至還有變形到無法發揮效果的魔法迴路。不過魔像可以依樣畫葫蘆地描繪出好幾個一模一樣的魔法迴路，交給魔像處理反而才有效率吧。

前世有許多工作都被魔像取而代之，因魔像而失業的人多不勝數，其中魔法製藥和製劑領域是少數無法被魔像取代的職種。

之所以無法推動魔像化工程，並不是魔像沒有能力。魔法藥師協會是當時政權政黨的有力支持主體，政府才會管制魔像化工程。

對了，我想起來了。外國有些醫院會讓魔像全程處理診斷到治療的工作，製作魔法藥時應該也有類似的流程。

找到了，不愧是有魔法藥學系的大學圖書館，有許多外國魔法藥的相關藏書。原來外國普遍都用魔像製藥啊？我都不曉得。

原理和魔法染色相同吧。我曾經設置過魔法染色的生產線，感覺應該行得通。

◆◆◆

「畢業前那兩星期，你想專心處理商會的事情？」

公爵神情不悅地說。

「是的，沒錯。」

雖然正在製作替治療藥附加魔法的魔像，照這進度可能趕不上預定時間，我便向公爵提出休假要求。

「你也是這個家的繼承人，差不多該把商會經營權交給其他人，集中處理賽文森瓦茲家的工作了吧？」

「這就是我提出休假的原因。其實我打算在學園畢業的同時將商會交給其他人。」

我是真的有此打算。這是不讓員工失業流落街頭的唯一方法。

「這樣啊，那就好。好好處理完再回來吧。」

公爵的心情頓時轉好，同意讓我休假。

「非常感謝您。」

太好了，應該能按照我的計畫順利進行。

第四章　悲傷的畢業派對

◆◆◆吉諾利烏斯視角◆◆◆

「吉諾先生。」

來到玄關大廳，就發現安娜在等我。

「聽說商會經營忙不過來，所以你今天開始要休假。」

在那之後，我對安娜的態度依舊冷淡。安娜現在的心情似乎跌到谷底，卻還是強顏歡笑找我攀談。從她沮喪的態度來看，應該覺得自己被我討厭了吧。

好痛苦，我真的不忍心看她如此奮不顧身地努力。我的面容因為難以掩飾的悲痛而扭曲，便將臉別向一旁，以免安娜看見我的表情。

「是啊，抱歉，在畢業派對之前我都沒辦法過來了。」

「那個……畢業派對……」「對了，不好意思，畢業派對那天我沒辦法去接妳。我會出席，到時候在會場見吧。」

安娜驚訝地瞪大雙眼。她大概想跟我討論畢業派對的服裝搭配，所以我打斷她的話，單方面告知無法與她隨行。

「……這……這樣啊。沒辦法，吉諾先生很忙嘛。」

安娜強顏歡笑這麼說，中途卻還是忍不住掉了一滴淚。

我也同樣忍到極限，淚水盈滿眼眶。於是我轉身背對安娜坐進馬車，不讓她看到我的眼淚。

馬車駛離後，我從車窗望向後方，發現安娜雙手掩面哭了起來。她身上穿的是我送給她的第一套紫色禮服，是為了吸引我的注意才會選這件禮服吧。

眼淚頓時狂湧而出，使我看不清安娜的身影。

◆◆◆安娜史塔西亞視角◆◆◆

「吉諾先生，有時間的話，待會兒要不要一起——」

「抱歉，我要去商會處理事情，一時半刻不會回來了。」

我想邀請吉諾先生喝茶，卻再次被他拒絕。之後我又問了吉諾先生好幾次，對話都戛然而止。

就算邀請他喝茶，他也一次都不肯陪我。

我苦思吉諾先生可能會有興趣的話題，還準備了珍貴的茶葉，卻毫無成果。

「……這樣啊。」

我提醒自己不能發出消沉的嗓音，語氣卻還是垮了下來。

不行，哪有男性願意和陰沉沮喪的女性喝茶聊天呢？我必須露出開朗的笑容。

『不要放棄！不要放棄得到幸福的機會！妳有資格幸福！妳也可以渴望幸福！別露出這種放棄一切的笑容！妳的人生才正要開始啊！』

難過的時候，我總會想起吉諾先生求婚時說的這句話。因為吉諾先生對我說這些話，我才能脫胎換骨。

——不要放棄幸福——

這是我現在的人生指標。過去的我可能會一蹶不振，但是現在的我會堅持到底。遇見吉諾先生之後，我已經改變了。

為了得到幸福，我一定要加油！

僕人告訴我吉諾先生暫時不會來家裡接受繼承人教育了。他想在學園畢業後將商會經營權轉交他人，好讓自己專心集中處理公爵家的事務。這樣就有一段時間見不到吉諾先生了，於是我前去尋找吉諾先生。

在玄關大廳等了一會兒，吉諾先生出現了。他又馬不停蹄地經過我身邊，逕直走向馬車。

「聽說商會經營忙不過來，所以你今天開始要休假。」

我追在吉諾先生身後，同時也開口詢問。

「是啊，抱歉，在畢業派對之前我都沒辦法過來了。」

吉諾先生回答時連看都不看我一眼。

「那個……畢業派對……」「對了，不好意思，畢業派對那天我沒辦法去接妳。我會出席，到時候在會場見吧。」

我嚇得啞口無言。

「……這……這樣啊。沒辦法，吉諾先生很忙嘛。」

在吉諾先生坐進馬車之前，我努力強顏歡笑如此說道，卻還是忍不住掉眼淚。

可是我今天穿著吉諾先生送我的第一套禮服，而且是吉諾先生眼瞳的顏色。雖然在家裡穿可能稍嫌豪華，我為了吸引吉諾先生的注意才選擇這套禮服，要是染上淚痕就不好了。

為了不讓眼淚滴到禮服上，我用雙手摀住臉龐。

吉諾先生插班考進學園之前，我總是一個人參加學園舉辦的派對。派對也是聯誼會場，獨自參加的人都是為了找結婚對象，或是不顧策略婚姻想另尋戀愛對象，所以人人都會熱烈交談。

這之中沒有一個人願意接近我。當時我連朋友也沒有，覺得派對這種場合只會放大我的孤獨，所以連參加都很痛苦。

吉諾先生來到學園後，情況發生一百八十度大轉變。穿上對方的顏色、在吉諾先生的陪同下出席派對後，原本宛如無色牢籠的派對會場瞬時變得鮮豔又華麗。假如穿上禮服盛裝打扮的模樣受到吉諾先生稱讚，我就覺得幸福到快飛上天了。吉諾先生邀我共舞時，我的心情便輕飄飄的，好似在夢中起舞，忍不住笑逐顏開。多虧有吉諾先生，我也能和其他人侃侃而談，漸漸開始享受派對的樂趣。

和吉諾先生一起參加派對真的好快樂。這是在學園的最後一場派對，我本來想和他互贈代表對方顏色的洋裝和禮服，穿著對方的顏色出席派對，留下美好回憶。

結果我沒能和吉諾先生聊到贈送禮服的事，他甚至不會與我隨行。

這讓我大受打擊。

◆◆◆吉諾利烏斯視角◆◆◆

賽文森瓦茲家准假後，我就沒日沒夜地製作魔像。如果有專門的生產器材，不到一天時間就能做好，然而要是從生產器材開始製作，怎麼想都來不及。我勤勤懇懇、孜孜不倦，獨自進行繁瑣的手工作業。現實感到痛苦時就適合做這種事，只要專心作業就能輕鬆一點。

最後我終於將魔像做出來了。因為不能量產，只是長寬高各五十共尺的小魔像。只要啟動魔像將魔法附加到藥品中，對完成品進行最終檢查，治療藥就大功告成。

——乾脆先中斷製藥工作和安娜結婚，讓所有人都無法將安娜從我身邊奪走之後，再重新開始製藥好了——

屢屢浮現的這個念頭再次重回腦海，又被我否定無數次。

慢性魔力循環不全會併發內臟方面的疾病，魔力保有量越多就越容易引發併發症，惡化成重症的速度也很快。

安娜的魔力保有量是常人的一萬倍以上，發病後會急速惡化，很有可能不到一天時間就進入無計可施的末期階段。一旦發病就無力回天，根本不知道安娜的生命何時會終結。

上級貴族結婚會花很多時間準備，就算從現在開始準備，最快也要一年後才會舉行婚禮，難保安娜的生命能撐過這段時間。就算有「和安娜共度人生」這個充滿魅力的報酬，我也不敢拿安娜的性命當賭注。

我下定決心啟動附魔魔像，為藥品附加魔法。

王太子殿下和第一王子殿下似乎都想得到安娜，假如可以我希望安娜和第一王子殿下結婚。王太子殿下實在太糟糕了，明明有其他深愛的女性，為了維權居然要讓安娜做側妃，胡鬧也該有個限度。想著想著，魔法也附加完成了。

我對完成品進行檢查，但是沒發現任何問題，終於大功告成。這本該是讓我雀躍無比的場面，我卻沒有一絲喜悅，因為這也宣告我和安娜的關係正式結束。

不過一想到這種藥能救安娜一命，為安娜帶來璀璨美好的未來，我的心情就平靜和緩許多。如此優秀卓越的安娜，只要詛咒解除就能受到國民愛戴吧。她應該能大顯身手，成為名留青史的稀世名王妃。

我閉上眼睛，想像安娜未來的模樣。未來的安娜在我腦海中笑得燦爛如花，看起來好幸福。

安娜史塔西亞視角

今天是畢業派對，吉諾先生完全沒有跟我聯絡，所以我只好獨自前往畢業派對。

吉諾先生插班考進學園後，總會陪我一同前往學園派對。久違的單人馬車既安靜又寂寞，淚水忍不住湧上眼眶。

我從現有的禮服中選了最華麗的愛・馬仕禮服。最近吉諾先生都不肯看我，如果稍微盛裝打扮，他或許會將目光放在我身上。

吉諾先生也曾對這件禮服讚譽有加，希望他多少能看我一眼……

抵達會場後，我立刻尋找吉諾先生的身影，卻一無所獲。我到處走動詢問同學，但是他們也沒見到吉諾先生，讓我開始擔心他是否真的會來。

「賽文森瓦茲公爵家，安娜史塔西亞同學入場。」

已經到了派對開始的時間，吉諾先生依然沒有現身。如果未婚夫不是學園生也就罷了，未婚夫是學園生卻單獨入場的人只有我一個。旁人紛紛投來疑惑的眼神，使我變得膽怯。

「真不敢相信，巴爾巴利耶同學居然讓安娜史塔西亞同學一個人入場？」

艾卡特莉娜同學氣急敗壞地這麼說。

「那小子最近是怎麼回事啊？總是一臉凝重。」

「我們也很擔心啊。明明說過有煩惱就找我們商量，吉諾利烏斯卻什麼也沒說。」

賈斯汀同學和安索尼同學這些武門貴族也憂心忡忡地找我攀談，全班同學都發現吉諾先生和我感情失和了。

「身為一名淑女，實在不該干涉男女之間的糾紛，可是安娜史塔西亞同學，我現在真想賞巴爾巴利耶同學一巴掌，這樣他才會清醒。」

真、真不愧是艾卡特莉娜同學，態度果斷到令人敬佩。

除了艾卡特莉娜同學之外，其他人也紛紛表示必要時願意幫忙勸和，我鄭重婉拒了他們。

現在的吉諾先生狀態非常差，好像輕輕一碰就會崩潰。雖然他從不在我面前示弱，他心裡一定有某些苦衷。

提議幫忙勸和的同學都對吉諾先生相當氣憤，我擔心盛怒之下的殘酷說詞會傷害吉諾先生。

派對開始後，我就一直將視線瞥向入口大門，這時門終於打開了。我看到有位身材高挑的黑髮男性從人群後方入場。

是吉諾先生！

翹首盼望的那個人終於現身，讓我感到欣喜若狂。我用飛快的步伐走向大門，卻在中途停下腳步。

這是因為吉諾先生領著一名身穿紫色禮服的女性入場！

怎麼回事？那位女性是誰？

吉諾先生為何和她一同前來？

那位女性身上的禮服，為什麼是吉諾先生眼瞳的顏色？

我頓時血色盡失，雙腳不住震顫。

吉諾先生就這麼和那位女性一起走到會場中央處，看見我便停下腳步。

「安娜史塔西亞．賽文森瓦茲同學！我要解除與妳的婚約！」

咦？

他剛剛說什麼？

頭腦拒絕理解這句話的意思，思緒澈底受限。

一定是我哪裡做錯了，必須低頭認錯請求原諒，和吉諾先生談談才行。為此我得先走到吉諾先生身旁。

我拚命想往前走，卻雙腿顫抖步履蹣跚。

「……咦……啊……」

要是雙腳無法動彈，至少說句話也好。思及此，我試圖向吉諾先生開口，可是我的聲音也發不出來。

快點！快點！得說點什麼才行啊！

吉諾先生說要解除婚約，原因一定出在我身上。只要我加以改進，吉諾先生應該又能變回原本溫柔體貼的模樣。原因。我要問出原因。

「啊……為……為什麼呢？是不是我哪裡做得不夠好？如果是我的問題，請你但說無妨。不管是什麼問題，我都一定會改進。」

我總算發出聲音，好不容易才將想問的話說出口。

「我就回答妳的問題吧！各位也聽好了！我要請在場的所有人見證，安娜史塔西亞・賽文森瓦茲同學沒有任何缺點！她思想純潔、溫柔婉約、謙遜有禮，總為他人著想且關懷備至。賢淑、聰慧、意志堅定，是位在別人看不見的地方，也能嚴格自律的高貴女性——」

……到底怎麼回事？我可不能犯下聽錯或聽漏等錯誤。為了將吉諾先生的每句話聽得清清楚楚，我振作精神努力傾聽。

還以為吉諾先生一定會揪出我的缺點，沒想到他說的句句都是至高無上的讚美。

「——禮儀規範也無可挑剔，字跡更是娟秀，善於組織文章結構，讀過她的信件一定會感動咕噗！」

唔！

站在吉諾先生身旁的女性用手肘撞了他一下，還對他悄聲耳語。我從來沒有用手肘頂過吉諾先生，看到兩人親暱的模樣，一股漆黑情感湧上心頭。

不行！不可以！現在絕對不能被嫉妒心驅使而丟人現眼！我一定要讓吉諾先生看到我最完美的樣子，讓他回心轉意！

我努力壓下這股漆黑的感情。

「總而言之，安娜史塔西亞・賽文森瓦茲同學是全世界最好、史上最優秀的女性。若是問我最能勝任未來王妃之位的女性是誰，我的回答就是她。不，除了她以外別無選擇！」

咦？我是全世界最好、史上最優秀的女性嗎？我明明是問自己哪裡做得不好，他為什麼給出這種答案？實在無法理解。

「那、那麼你為什麼要退婚？」

既然沒有任何問題，那應該沒有退婚的理由啊。我抱著心中所有冀望如此詢問。

求求你！撤回這個決定吧！

我在心中如此祈禱，將這股希望寄託在眼神中望向吉諾先生。

「是我出軌了。我管不住下半身，和其他女性睡過之後有了孩子。然後，這位就是我的新未婚妻凱特。」

咦？

孩子？

吉諾先生？

跟那位女性？

怎麼會？

不可能。

我頓時雙腿發軟，當場癱坐在地，出現耳鳴症狀，周遭的景色全都扭曲。雖然艾卡特莉娜同學對我說了些什麼，聽起來只是一團雜音，我完全聽不懂她在說什麼。

我自己也不清楚這些異狀持續了多久，忽然覺得必須起身去追吉諾先生才行。要是就此一別，感覺這輩子再也見不到他了。

然而我拚命往雙腿使力也不管用，手腳顫抖根本站不起來。在艾卡特莉娜同學攙扶下好不容易站起來後，我拖著蹣跚步伐走向會場出口。穿過大門往走廊一看，吉諾先生早已不見蹤影了。

——來不及了，太遲了——

腦海中浮現出這些話。

用「絕望」二字根本無法形容的深沉絕望湧上心頭，感覺全世界被徹底粉碎後，我頓時眼前一黑。

回過神來，我已經躺在房間床上。

發現我醒來後，布麗琪淚流滿面地說了幾句話，可是我根本聽不進去，也不明白她在說什麼。我表示想一個人靜靜，讓布麗琪離開房間。

父親和母親也來房間安慰我，但是我根本提不起勁說話，他們便讓我獨自留在房內。我不想和任何人說話，什麼事也不想做，在窗簾緊閉的昏暗房內躺在床上一動也不動。

◆◆◆吉諾利烏斯視角◆◆◆

「安娜史塔西亞．賽文森瓦茲同學！我要解除與妳的婚約！」

姍姍來遲的我走進畢業派對會場後，馬上對安娜大聲宣告。

看到我領著其他女性走進會場，安娜臉色鐵青，聽到我的退婚宣言後，連雙腳都在發抖。

「……咦……啊……」

安娜發出不成聲的聲音，步履蹣跚地往這裡走來。

「啊……為……為什麼呢？是不是我哪裡做得不夠好？如果是我的問題，請你但說無妨。不管是什麼問題，我都一定會改進。」

安娜好不容易才說出話來。她渾身發抖，遠看也能一目了然。

「我就回答妳的問題吧！各位也聽好了！我要請在場的所有人見證，安娜史塔西亞．賽文森瓦茲同學沒有任何缺點！她思想純潔、溫柔婉約、謙遜有禮，總為他人著想且關懷備至。賢淑、聰慧、意志堅定，是位在別人看不見的地方，也能嚴格自律的高貴女性，高潔這兩個字簡直就是為她量身打造的形容詞。心智成熟穩重，不會被一時的情緒沖昏頭，簡直無可挑剔。而且她很孝順，不管嫁給誰都能興旺整個家族。刺繡方面的才能更是天才等級，想必各位都知道她是學園睽違十三年的在學研究生吧？這可不只是卓越的藝術品味帶來的成就，正因為她是不怕吃苦的人，才能成功獲得在學研究生的榮譽。禮儀規範也無可挑剔，字跡更是娟秀，善於組織文章結構，讀過她的信件一定會感動咕噗！」

站在我身旁的凱特同學用手肘撞了我一下。

「廢話太多了，讚美就到此為止吧。」

凱特同學用周遭聽不見的音量說。

「總而言之，安娜史塔西亞．賽文森瓦茲同學是全世界最好、史上最優秀的女性。若是問我最能勝任未來王妃之位的女性是誰，我的回答就是她。不，除了她以外別無選擇！」

安娜聽得目瞪口呆。可能是以為我會揪出她的缺點或不良行為吧，一定沒想到我會對她如此盛讚。

「那、那麼你為什麼要退婚？」

安娜用充滿懇切的眼神盯著我，等待我的答覆。

「是我出軌了。我管不住下半身，和其他女性睡過之後有了孩子。然後，這位就是我的新未婚妻凱特。」

這麼說著，我摟住凱特同學的腰。

「……怎麼會……」

安娜的臉完全失去表情，雙膝一軟癱坐在地上。染上絕望的那雙眼眸直盯地面，看起來目光完全失焦。

「抱歉驚動各位了，我們先行告辭，請各位繼續享受這場派對。」

最後留下這句話後，我就領著凱特同學離開會場。攙扶安娜的拜隆同學和站在安娜身邊的安索尼等人都對我破口大罵，但是我當作耳邊風。

走出大禮堂後，日暮時分的庭園內空無一人、鴉雀無聲。我陪凱特同學走過庭園前往馬車停靠處，彼此都沒開口，只是默默地走著。

「欸，這樣真的好嗎？」

凱特同學打破沉默。

「當然。」

我沒有看向凱特同學這麼回答。

「既然如此，你為什麼在哭？」

……是嗎……原來……我在哭啊……

這裡是我和安娜的初吻地點。當時安娜向我告白，我開心得都要飛上天了。我也和安娜一起在那個庭園散步過，就算只是毫無意義的對話，和安娜聊天總是很開心。只要看到安娜的笑容，我就能幸福洋溢一整天。我是什麼時候決定要好好珍惜安娜的呢？或許是初遇那天在安娜身上看到自己前世的影子之後吧。如此日復一日，安娜在我心中的地位已經比我自己還重要了。

與安娜共度的回憶歷歷在目，就算抹去這些畫面，還是會有其他共度的回憶鮮明地湧現，害得我心亂如麻，沒辦法和凱特同學好好說話。

我早有心理準備，所以只有這點程度的痛苦，然而安娜又是如何呢？她會不會哭？我能為安娜做什麼……不行，我又忍不住像平常一樣想起安娜了……

不知不覺間，我已經被帶到學園庭園人煙稀少的地方，並在長椅上坐下。原本是我領著凱特同學，不知何時變成被凱特同學拉著手走到這個地方，也是凱特同學壓著我的肩膀半強迫性地讓我坐下。

「好啦，可以好好大哭一場了。」

我坐在長椅上，凱特同學站在我正前方這麼說，並將我的頭抱向她的胸口。

我原本不打算放聲大哭，可是此時視線被遮蔽，又能感受到他人的溫暖，可說是流淚的完美條件。

我不知不覺發出抽泣聲，隨後立刻轉為痛哭聲，並且抓住凱特同學嚎啕大哭。

安娜，拜託。拜託妳一定要幸福。

只要妳幸福就好。

只要妳能成為最幸福的人，羨煞這個國家的所有女性就好。

妳絕對有資格成為這個國家女性的頂點。

璀璨光明的未來正在等著妳。

只要詛咒解除，這個國家就不會再有人輕蔑妳了。

妳會成為全國人民景仰的存在。
現在遭受背叛或許讓妳很痛苦。
可是安娜，妳根本不明白。因為妳親近過的男性只有我一人。
我是將近一世紀都沒交過女朋友的沒用男人。
也不是靠自己的實力和妳訂婚。
我是耗了整整一世紀的時間，卻還是孑然一身，從來不曾和女性親近過的可悲男人。
其他男人一定比我更懂得如何對待女性。
其他男人一定比我更有能力給妳幸福。
等妳年紀大了回首當年，一定會這麼想吧。
幸好當初被退婚了。幸好沒跟那種不成材的男人結為連理。

……安娜……我好愛妳……

「欸，就不能和平分手嗎？這樣也能稍微減輕吉諾同學的痛苦吧？」
發現自己無比失態地抓著女性，還把臉埋在女性胸口哭泣，我連忙放開凱特同學，凱特同學也向我提問。
我嚎啕大哭，哭到聲音都啞了，所以心情平復許多。聽說人類哭完之後精神狀態就能找回平衡，看來此話不假。

「不，不行。這樣會讓安娜留下汙點。」

「為什麼會留下汙點？」

「妳今天還真是窮追猛打耶。到底想知道什麼？」

「沒有、沒有，我從以前就很想問了，可是問出實情讓你重新考慮，最後放棄退婚的話，我不就虧大了嗎？所以我才一直忍著沒問。可是現在契約已經履行，我問了也沒有損失吧？所以我才想問問看。」

真是精明的商人頭腦。雖然這位女性放蕩不羈，行事卻講求合理效率。

「妳是平民或許不懂，不過碰上解除婚約的狀況時，貴族社會會將責任歸咎在女性身上。因為在貴族普遍的價值觀中，男性要當家興旺家族，女性要以女主人身分持家維持家內和平。就算男性個性有點缺陷，也要用巧妙的掌控能力維持夫妻與家族間的和樂，這就是貴族女性的責任。一旦被退婚，負責維持和平的女性就會首當其衝遭受批評。」

謝天謝地，這個話題改變了我出盡洋相後尷尬無比的氣氛，於是我詳細回答。

「光靠女性努力也無法挽救的例子當然也不少，然而解除婚約基本上都會在密室內協商，外人不會知道協商的細節。如此一來就算安娜沒有任何過錯，旁人也會先入為主地對安娜究責。」

「是喔～然後呢？」

「然而，實際上還是有女性被退婚後評價不減反升的稀有案例，那就是瑞拉德公爵千金被王太子殿下退婚的事件。」

「啊～這個我聽說過。所以你在模仿那件事吧？」

「沒錯。王太子殿下在那起事件中，在畢業派對上提出了相當於退婚協議的要求。因為並非密室協商，而是在眾目睽睽之下發生，大家明白瑞拉德小姐沒有太大的責任。再加上王太子殿下摟著外遇對象的腰喊出退婚宣言，這種荒唐行為也拯救了瑞拉德小姐。維持未婚夫妻間的和平是女性的責任，但是遇上過分踰矩的荒唐男性也不必一味忍讓，凡事都有限度。如果男性太沒常識，旁人就不會對女性問責，反而會稱讚她隱忍至今的偉大。」

「所以才需要外遇對象吧？」

「是啊。光是有外遇對象還不夠，必須要荒謬到摟著外遇對象的腰當場宣布退婚才行。」

「可是，即使不做到這種地步，大小姐還是會跟王子結婚啊？雖然我不太清楚，賽文森瓦茲家現在權大勢大吧？」

「還是能結婚，可是最近有很多人看不慣賽文森瓦茲家權力急速擴張。要是安娜帶著解除婚姻的汙點，對於想壓制賽文森瓦茲家的勢力來說就是絕佳的攻擊目標。安娜是賽文森瓦茲家少數的弱點，一定會被盯上狠狠攻擊，也會把王宮推向風口浪尖。」

「那你跟賽文森瓦茲家的人事先商量，故意演齣戲不就好了？」

「那也不行。那個家的人們都是品性高潔的善人，要是基於賽文森瓦茲家立場解除婚約，一定會妥善安排不讓我落入劣勢。我在過失比例上占優勢，就代表安娜要承受劣勢，這樣以後被捲入王宮權力鬥爭的安娜會很辛苦。為了安娜的前途，就必須瞞著賽文森瓦茲家執行這件事。」

「可是也不必選在畢業派對上吧？」

「不，那才是最佳時機。若是在畢業前這麼做，安娜可能會因為打擊拒絕上學，面臨拿不到畢業資格的風險。要成為王妃必須擁有學園畢業的頭銜，所以必須等安娜取得畢業資格，也就是畢業典禮後才能這麼做。之所以選在進出社交界前的這個時間點，是我對社交界還一無所知。大人的世界中有形形色色的貴族，但是我尚未涉足社交界，對這些人的人品認知極低。其中或許有人會上前阻止我的暴行，然而我根本不知道誰會這麼做。可是在學園派對中，我對參加者的人品都略知一二，會反對的那些人，全都會聽完我的說詞再提出反駁，不會在我說明途中忽然衝動上前制止，所以在這個派對執行成功率最高。」

「可是對那些只是來參加畢業派對的人來說，不會很困擾嗎？」

這女孩真是純真，我忍不住用溫暖的眼神望向凱特同學。

「他們看起來很困擾嗎？」

「沒有，除了大小姐身邊的人以外，每個人看起來都很開心。」

「無意踏入貴族社會的妳或許很難理解吧。貴族就不必說了，對於想跟貴族攀上關係的平民來說，派對並不是用來享樂，而是收集情報和拓展人脈的工作場合。賽文森瓦茲家的權勢堪稱國內最強，影響力遍及範圍極廣，聽到他們被退婚，應該會有很多人去打聽內情。如果是親眼目睹退婚協議，要收集情報就輕鬆多了，那些人應該會欣喜若狂吧。即使不是如此，這種醜聞對貴族來說也是佳餚。所有人有了共同話題之後，在今天的派對上不管跟誰搭話都不愁話題了。社交工作變得輕鬆不費力，所以大家都很開心。只是我……很對不起安娜……」

安娜現在一定成了萬眾矚目的焦點吧。雖說是必要之惡，我真的很心痛。

「唔哇，貴族大人的世界真的好可怕喔。」

「……是啊，可怕的世界。」

就算深愛對方，也必須在眾目睽睽之下提出退婚宣言。看到那個人淚流滿面，也必須強忍想上前安慰的心情刻意忽視，真的是很可怕的世界。

「唔嗯～原來你想得這麼周到啊，我都不曉得。之前我還覺得你是腦袋有洞的瘋癲貴族，真對不起。」

「原來妳以前是這樣看我的啊……」

「這也不能怪我吧？平民哪知道貴族大人的規矩啊。『為了心愛的人，我得在眾人面前狠狠傷害她，請妳幫幫我』——聽到這種要求，誰都會覺得你腦子有問題吧？」

「原來如此，給妳添麻煩了。要跟這種瘋子打交道，妳一定很痛苦吧。」

「沒事啦，畢竟報酬很吸引人嘛。」

「除此之外，妳也蒙受了很大的損失。做過這種事之後，妳應該再也不能踏入貴族社會了。現在妳或許興致缺缺，要是以後發現得跟貴族打好關係也已經來不及了。」

「沒差，我才不要跟貴族大人扯上關係，未來應該也不想。既然能得到藍邦商會，這點損失還綽綽有餘呢。」

「聽到妳這麼說，我就放心了。依照約定，我會把手上的商會權狀全部交給妳。」

「太棒啦！」

凱特同學興奮地跳了起來，之後又嘻嘻嘻地笑個不停。

「我猜賽文森瓦茲家日後會採取報復行動，所以我已經作好對策以免妳受到波及，不過百密仍有一疏。為了妳的安全著想，勸妳還是別跟我走得太近。」

「哦～是嗎？」

「是啊。所以凱特同學，我要解除與妳的婚約。」

凱特同學先是一臉驚訝，隨後捧腹大笑起來。

「嘻嘻嘻嘻嘻嘻，居然一臉嚴肅地開玩笑，咿嘻嘻嘻嘻嘻嘻，這、這樣根本就是犯規吧，咿嘻嘻嘻嘻。」

我不是在開玩笑耶。

法蘭西絲小姐受到公然侮辱，瑞拉德家就叛離王太子派系轉而支持第一王子派系。瑞拉德家長年支持王太子殿下，應該花了不少時間建立派系內的地位。就算轉而支持其他王子，大可繼續位居派系中心，只換掉最高負責人才合理。然而瑞拉德家竟將派系內累積許久的勢力全數捨棄，投奔至敵對的第一王子派系。身為派系新勢力，甚至不惜重新努力，放棄實際利益收穫了名譽。

賽文森瓦茲家的公爵和岳母也是看重名譽的貴族，一旦發生攸關家門名譽的問題，應該連我都不會放過。最慘我可能會丟掉小命，就算他們大發慈悲，我也會被砍下一條手臂。為了守護家族權威，貴族有時必須狠毒到底，所以我才將商會讓給別人，再宣示退婚跟凱特同學斷絕關係，以防遭到報復。

「嘻嘻嘻嘻嘻，居然一天退婚兩次，咿嘻嘻嘻，我的肚子好痛。」

她居然還在笑，真羨慕她的樂天性格。

「啊啊～難得有機會成為吉諾同學，啊，不對，是巴爾巴利耶同學的未婚妻，跟你講話就不必用敬語了耶～被退婚之後，又要用敬語說話了嗎～」

沒想到那樣已經算是用敬語說話了啊……不如說，從剛認識到現在，我覺得她的語氣都差不多啊？

「不，沒必要說敬語了，從今天起我也是平民。因為會失去姓氏，也可以直接喊我名字。」

「什麼！」

「可想而知吧？我可是公然侮辱了權大勢大的賽文森瓦茲家，其他家族擔心會被報復牽連，一定會和我切割。貴族就是用這種方式在保護家族。」

凱特同學瞪大眼睛盯著我看，不過眼神隨後變得無比溫柔，還帶了幾分哀愁，就這樣一直望著我。

「……你真的這麼喜歡那位大小姐啊？」

凱特同學輕聲呢喃。我不知該怎麼回答，所以將臉別向一旁敷衍過去。

◆◆◆

「非常抱歉，我做了這種恩將仇報的事。」

畢業派對當天晚上我來到巴爾巴利耶家辦公室，對巴爾巴利耶義父和義兄單膝下跪深深鞠躬。這是最高等級的謝罪方式，相當於前世的下跪磕頭。

「……所以，之後的爛攤子你打算怎麼收拾？」

義父頂著充滿怒火的凝重神情質問我。

「請將我逐出家門吧。」

「你想回去安東魯尼家嗎？」

「我在眾目睽睽下宣告退婚，侮辱賽文森瓦茲家千金，又被巴爾巴利耶家逐出家門，安東魯尼家不可能接納我吧。要是接納我，就會與賽文森瓦茲公爵家和巴爾巴利耶侯爵家這兩家大貴族為敵。」

「這是當然。可是你被逐出家門後要怎麼辦？」

「我想成為平民。」

「你是勾搭上商家的丫頭吧？想跑去對方家的商會嗎？」

這麼說的義父仍然怒不可遏。我原本待會兒就要解釋凱特同學的事，不過義父似乎連她的家世都查得一清二楚。

「不，我跟她的婚事已經破局了。」

「「什麼？」」

義父和義兄異口同聲大喊。果然是父子，居然這麼有默契——我在腦中想著這些可有可無的事情。

「我的天啊，這件事太奇怪了。得知這起騷動後，我嚇得立刻收集情報。你明明單方面提出退婚，卻大大地稱讚了安娜史塔西亞小姐。在派對會場這種不合常理的場合，以及摟著外遇對象的腰宣布退婚，也實在不像吉諾會做的事。這次的原因真的只是單純的外遇嗎？」

「這些是慰問金，請收下。」

我沒有回答義兄的問題，從懷中取出袋子高舉過頭。執事長接過袋子檢查內容物後，嚇得瞪大雙眼。神情慌張的執事長將袋子放在義父的辦公桌上，義父和義兄便也往袋內看去。

「「這是！」」

義父和義兄又異口同聲了，他們果然是父子。

我交出的慰問金是二十一枚紅玉幣。紅玉幣是國際貿易或多國籍大商會之間進行鉅額交易時使用的貨幣。本國的國家預算一年是八十枚紅玉幣左右，我這次交出的金額約為國家預算的四分之一。這些是化妝水的營業總額中沒用完的餘額，幾乎是我全部的財產。

畢竟添了這麼大的麻煩，我得做好變得一貧如洗的心理準備向他們謝罪。我已經把賠償金送到老家安東魯尼家了，只要把剩下的錢交給巴爾巴利耶家，他們應該會幫忙分給賽文森瓦茲家。

「這麼大的金額，總不可能是臨時準備的吧？你果然不是一時衝動做傻事，是事前就計劃好了。你的目的是什麼？」

「我想王家和賽文森瓦茲家日後就會公布。雖然沒有和王家或賽文森瓦茲家商量過，不管對王家、賽文森瓦茲家、這個國家還是賽文森瓦茲小姐來說，我相信這是最好的方法。」

我已經不是安娜的未婚夫，所以捨棄小名，改以客套的方式稱呼安娜。這讓我深切感受到自己和安娜的關係已經結束，心中充滿苦澀。

「我知道你沒有找賽文森瓦茲家商量。畢竟在你回來之前，賽文森瓦茲公爵已經來狠狠抗議過了。」

義兄帶著嘲諷的笑容說。聽義兄這麼說，可見公爵抗議得相當猛烈吧，真的很對不起他們。

「好，既然事關王家，你也不肯解釋清楚，我們還是別深究比較好吧。那麼你說說看，往後我們該如何應對？」

義父思考了一會兒，直盯著我的眼睛如此詢問。

「依我個人拙見，將我逐出家門後，就用我給的慰問金賠償賽文森瓦茲家的退婚損失，之後靜觀其變應該是最好的方法。倘若貿然出手，恐怕會被捲入王位繼承權鬥爭。」

「……好吧，我就不細問了，就依你的建議把你逐出家門吧。只不過這只是暫時之舉，隨時會因為我個人的心情作廢，就這樣吧。別看我這樣，我還是很看好你。我兩個女兒也很喜歡你，所以往後還有機會的話，再讓我叫你一聲兒子吧，吉諾利烏斯。」

「非、非常感謝您。」

我的聲音在顫抖。義父這番話逼出了我的眼淚。不管是安東魯尼家、賽文森瓦茲家還是巴爾巴利耶家的家人，我真的很有貴人運。

我就這樣被逐出了巴爾巴利耶家，離開的時候兩位義妹還在玄關大廳哭著求我不要離開。

被逐出家門後，我將安娜的治療藥物寄到賽文森瓦茲家，當作最後的收尾。

若是以我的名義寄出，他們恐怕會連內容物都不確認就直接扔掉，我知道他們對我恨之入骨。話雖如此，就算用匿名或假名寄送，也沒人敢吃可疑人士送來的可疑藥物。所以，即使我用匿名寄送，還是附上了一份文件，裡頭總結了慢性魔力循環不全的發病原理與治療方法。

我真的很希望安娜乖乖吃藥，所以把安娜的性命隨時可能凋零這件事也寫進信裡。過去我從來沒提過這個話題。假如知道自己來日無多，安娜或許會大受打擊，不過我連治療藥物也一併送去，她應該不會太過絕望。

化妝水也已經送過去了，這是為了讓安娜在王宮中確保地位的重要戰略物資，絕不能停止製作。我將現階段需要的兩年份化妝水捆包寄送，因為化妝水會隨著時間慢慢劣化，才只寄了兩年份。我會隔一段時間再將往後需要的數量送過去。

這麼我就幾乎身無分文，手邊只留了平民一個月左右的生活費。身上的衣服都有巴爾巴利耶家的紋章，所以無法轉賣。紋章是身分的證明，擅自轉賣流入市場可是重罪，只能用焚燒的方式處分。

變得分無分文，我就必須工作，可是不能在賽文森瓦茲家、其他貴族家或其他國家的眼線出沒的地方工作，尤其不能被賽文森瓦茲家發現。只要被發現應該就會面臨相應的制裁，然而知道自己的父母加害於我會讓安娜受傷，我無論如何都要避免這種事發生。

總之先離開王都吧。若是離以賽文森瓦茲家為首的有力貴族據點太近，根本無處可躲。我小心翼翼沒留下腳印，就此離開王都，打算之後再來找工作。

魔像工坊和研究所則維持原樣。因為處理起來太花時間，我就放棄了，不過還是施加了魔法保全系統。這是前世為工程師的我花了大把心力製作的保全系統，現代魔法師應該無法解開，因此也不怕遭到入侵。

第五章　成功解咒的安娜史塔西亞與仰望天空的吉諾利烏斯

◆◆◆吉諾利烏斯視角◆◆◆

為了擺脫追兵，我四處輾轉，終於在須從王都徒步四天左右的某個城鎮貧民窟落腳，住在集合住宅其中一間房。這裡類似前世那種衛浴共用的貧窮公寓，屋況卻比前世的老舊公寓還要糟。部分石牆崩毀，一樓某個房間甚至損害到無法使用。

一般貴族絕對不可能住在這種地方，可是我在前世也曾經住過套房大廈。雖然這裡的居住品質更差，習慣之後倒也沒什麼問題。

工作也找到了，是餐廳廚師和紅燈區店家的保鏢。

這一生我生為貴族，完全沒有烹飪經驗，不過前世打了一輩子光棍的我，在長年獨居生活中一直都在下廚。大學打工時也總是選擇不用拋頭露面的工作，所以在廚房打工的資歷也很長，對庖廚之事還是挺有自信的。

而且我也了解前世豐富的飲食文化，能做出這個世界沒有的料理。我會被這間餐廳錄取，就是因為做出了前世的料理。

紅燈區的保鏢是因為我在貧民窟教訓了幾個來找碴的男人，結果被招攬了。這工作幾天才會被叫過去一次，工作內容只有處理鬧事的醉漢或暴徒，沒任務的時候也只要能隨時取得聯繫就好，而且薪資開得比廚師還要高，能得到這份工作實屬幸運。

我還是會繼續送化妝水給賽文森瓦茲家。雖然化妝水的原物料便宜得驚人，平民的收入卻少得可憐。就算身兼兩份工作，還是得存下大半收入來製作化妝水，所以生活相當困苦。

假如選擇經商，生活應該能輕鬆不少，可是這麼做一定會被發現。以賽文森瓦茲家為首的多數貴族都知道我曾經是商會經營者，每一家應該都會對商會相關者布下天羅地網。

紅燈區小姐和餐廳女性常客都不忍心看我過得如此潦倒，經常請我吃飯。

餐廳店長也建議我別拒絕常客的邀約，儘量接受以討客人歡心。在營業時間外強迫接客在前世是違法情事，在這個世界卻是正常現象。

我也很難拒絕夜總會小姐的邀約，畢竟靠服務客人賺錢的女性有相當大的話語權。

於是我認命接受這些難以拒絕的邀約，有人找我吃飯就乖乖配合。現在我連吃飯的錢都沒有，老實說我很感謝這些請我吃飯的人。

也有女性提出交往請求，然而被我全數回絕。我再也無法交女朋友了。由於大半收入都得用在前未婚妻身上，這種戀人還有什麼樂趣可言呢？這種資金使用方式也一定會惹上麻煩，所以我不打算交女朋友。

重點是我根本沒有心情。如今我心中也只有安娜一人，而且很清楚我的心再也容不下安娜以外的女人。

這輩子我原想極力避免孤獨終老的悲慘晚年生活，所以無論如何都要結婚。結婚才是我人生最大的目標。

不過我已經不在乎了。就算又變成獨居老人也無所謂，因為我已經找到更重要的寶物，其他小事都顯得無足輕重。她是我最珍惜的人，是用我的一切作為代價也換不來的完美女人。

我從家裡的窗戶看著王都方向的天空。初春氣候稍稍回暖，天空緩緩飄過輪廓模糊的稀薄流雲。今天的藍天帶了點朦朧感，有種澄澈晴天沒有的淡淡暖意。

俗話說從牢獄之窗望出去的藍天最美，看來此話不假。從貧民窟的簡陋民房望出去的藍天，看起來比貴族時期更加美麗。一定是因為我在空中看見了心願與念想，才會如此美麗吧。

我經常在空中看見安娜的影子，所以來到這個城鎮後，我總是在眺望天空。

——安娜就在這片天空之下——

光是這樣想就能激起我工作的動力，湧現明天也要好好加油的心情。

前世我從未愛過一個女人，這一世親近的人只有安娜，往後也不會再談戀愛了。

所以安娜，我要將一切都獻給妳。

包含前世和這一世。

將我所有的愛都獻給妳。

妳不必感到負擔，我只是做了我想做的事。

今天我也會祈禱這片天空下的妳能幸福快樂。

◆◆◆安娜史塔西亞視角◆◆◆

走出玄關大門後，就看見吉諾先生站在那裡。

『吉諾先生——！』

儘管有失禮數，我還是跑向他身邊。

『安娜，我有個請求。我還是想要成為賽文森瓦茲家的繼承人。所以，妳能一起扶養我的孩子嗎？』

吉諾先生露出為難的笑容。

『當然可以。只要吉諾先生願意回來，我一定會盡心盡力扶養他。』

吉諾先生回到我身邊，這樣就夠了。我不禁喜極而泣。

『至於重回公爵家的方法，如果我和妳生下孩子，公爵就不會反對了。』

『好，只要你肯回來，我什麼都願意做。雖然我的身體滿是凸瘤醜陋不堪，只要你不介意，我可以隨你處置。聽到吉諾先生和其他女性生了孩子，讓我非常悲傷又懊悔。我也想生下吉諾先生的孩子。』

『謝謝妳，安娜，我會和妳長相廝守。』

「吉諾先生！」

我喊著吉諾先生的名字，在床上伸出手。

……原來、是夢啊。我似乎不知不覺睡著了。我還以為睡一覺心情會好一些。

我看向一旁，發現布麗琪一臉擔憂地望著我。她應該聽見我喊著吉諾先生的夢話了吧。

吉諾先生帶著孩子一起回來——這一幕我已經妄想了無數次。看來是日有所思，夜有所夢。

不過現實很殘酷，吉諾先生大概不可能為了這個家的繼承人之位拋下妻子回到我身邊。就算妻子出了什麼事，照理來說吉諾先生也會獨自扶養孩子，更不可能提出婚前性行為的要求。

『給我放尊重一點！吉諾利烏斯先生！您想玷汙小姐的貞操嗎！』

以前布麗琪曾對吉諾先生說過這種話。

『我才不會做這種事。萬一讓安娜懷上孩子，安娜也會受醜聞纏身所苦。誰會因為一時的慾望傷害安娜啊。』

吉諾先生當時是這麼說的。

現實的吉諾先生誠懇又正直，跟夢中的形象截然不同。如果現實的吉諾先生也像夢中那樣狡猾就好了……比起殘酷的現實，我還是更喜歡美好的虛構故事。

◆◆◆

睜開眼睛後，我發現自己躺在床上，看來又在不知不覺中睡著了。我一醒來就想著吉諾先生的事。

無論怎麼恭維也無法用「光彩」二字形容的悲慘人生中，只有和吉諾先生共度的時光才是真正散發光芒的耀眼時刻。未來我應該沒機會遇見這麼完美的人了吧。只有吉諾先生會用可愛稱讚醜陋的我。

——不要放棄幸福——

我將吉諾先生說的這句話當作心之所向努力至今，但是失去吉諾先生之後，我該如何盼望幸福呢？

『安娜，妳能不能別管其他人，只相信我說的話？我覺得妳好可愛。妳能不能相信這句話，覺得自己很可愛呢？我會不停地說，直到妳找回自信為止。不管幾千次、幾萬次還是幾百萬次，我都會對妳說：安娜，妳好可愛。』

我相信吉諾先生說的話，一直努力覺得自己很可愛。就算聽到旁人偷偷嘲笑我是「哥布林千金」，我也努力讓自己抬頭挺胸永不低頭。

多虧有吉諾先生，我才能有所改變。吉諾先生答應我會一直稱讚我很可愛，我才將這個承諾視為心靈依歸，拿出改變自己的勇氣。

吉諾先生再也不會陪在我身邊，不會稱讚我很可愛了。失去心靈支柱的我，再也沒有力氣說服自己很可愛了。

◆◆◆

仔細想想，這樣或許也好。吉諾先生終於可以擺脫我這種醜女，和普通女性孕育愛情。我從小就被批為「哥布林女」，最近也被揶揄成「哥布林千金」。比起跟我這種人結婚，和其他正常女性結婚當然更幸福。

是啊，如此優秀完美的人竟然是我這種女人的未婚夫，本來就是個錯誤。既然是錯誤，當然總有一天會被更正。這只不過是更正錯誤，回到原本正常的狀態罷了。

這樣……這樣就好，只要吉諾先生幸福不就好了嗎？如果吉諾先生能露出幸福笑容，我也會很開心。這也是我另一種幸福的方式吧。

然而我依然淚如泉湧。吉諾先生明明能得到幸福，我為什麼會這麼悲傷呢？

遇見吉諾先生之前，我從來不敢想像自己會墜入情網。和心儀男性一起野餐、駕車遠遊，都只是不切實際的妄想。實際體驗過本該無法實現的美夢，我就應該滿足了，因為在我原本的灰暗人生中，曾有過那麼一小段五彩斑斕的時光。

◆◆◆

如今在畢業派對後又過了多久呢？畢業派對之後，我大部分時間都在床上度過。雖然沒有睡得很沉，總是回過神才發現自己睡著了。

我還沉浸在悲傷的思緒中，忽然有人敲敲房門。原來是父親。只見他面有難色。

「妳好像恢復得很好，真是太好了。」

父親用溫柔的眼神這麼說。

「是啊。」

以前我連話都不想說，現在能好好對談，看來時間稍稍治癒了我的情傷。

「這是匿名者寄來家裡的藥，好像是妳的解咒藥。」

父親拍拍放在桌上的木盒說，我用疑惑的眼神看向父親。

「寄送這種來路不明的可疑藥物過來，這個人到底有什麼意圖？難道希望我們使用這個奇怪的藥才寄過來嗎？」

家裡偶爾會收到可疑的包裹，基本上都會交由僕人處分，推測是哪個政敵基於何種意圖寄送則是父親的工作。雖然父親會詳細查驗，照理來說不會將這種包裹拿到我面前，我猜不透父親為何將包裹拿過來。

「這篇論文統整了妳這種詛咒的發病原理和解咒方法，是連同這個藥一起寄過來的。」

在學園只會學習簡單的魔法，只有魔法世家的人才具備魔法的專業知識。這麼專業的內容，我應該看不懂才對……

我接過父親遞出的論文，將視線移向那份資料。

「咦！這是！」

雖然還沒閱讀，只消一眼我就馬上明白了。不符合年齡的工整字跡，能體現出人品的恭敬文筆，以及有稜有角的寫字習慣……

我不可能看錯！這是吉諾先生的字！

「如妳所知，魔法世家都會隱匿魔法知識，對外公開的部分只是冰山一角，我們這些非魔導士的外行人自然無從判斷這篇論文在寫什麼，所以我馬上請宮廷魔導士過目……結果這篇論文的理論至少超越現代醫療魔法五百年，也有人認為超越千年以上。」

淚水開始在眼眶打轉。還以為我和吉諾先生從此斷了聯繫，沒想到我們之間的聯繫仍確切存在於此。

因為眼淚差點就要滴在資料上，我急忙將資料放回桌上。

「我也請宮廷藥師分析了藥的成分，裡頭似乎附帶了魔法，藥師他們也看不出是何種魔法，不過藥品成分確實跟論文上寫的一模一樣。我把決定權交給妳，妳要吃這個藥嗎？」

「當然要吃。」

「……妳的結論果然也跟珍妮一樣嗎……」

珍妮是母親的小名。母親贊成我服下這個藥，父親卻面有難色。

「唉呀？父親反對嗎？」

「裡頭施加了效果不明的魔法，最慘妳可能會喪命啊。」

可能會喪命啊……如果我吃下這個藥而喪命，吉諾先生會不會感到悲傷呢……依照吉諾先生的個性，就算對我已無情意，至少也會因為自責來為我掃墓吧。

哎呀？好像不錯呢。未來這十年吉諾先生都會想起我，每年在我忌日那一天前來掃墓。他會不會帶花過來呢？感覺好棒呀！

現在我最害怕的是吉諾先生把我忘了。我這一生都不會忘記吉諾先生，也希望自己能永遠活在吉諾先生的腦海中。

就算是刺在心上的一根小刺，只要吉諾先生能對我永生難忘，那便是最幸福的事。失戀後我才明白，從心上人記憶中消失是多麼恐怖又痛苦的事。

而且父親也忘了吧。

「為了找出為我解咒的方法，吉諾先生可是不惜挑戰舊世界遺跡呢。這個藥就是他努力的集大成吧，我怎麼可能不吃。」

我在學園中學過，舊世界遺跡的成功生還率平均只有百分之三。就算依據遺跡難度而各有差異，從安全的舊世界遺跡成功生還的機率也不超過一成。得知吉諾先生居然為了我冒這麼大的風險，我真的嚇到面無血色。

「話雖如此，那個臭小子背叛妳了啊。」

「沒關係。雖然對其他女性移情別戀，他並不恨我。」

他在畢業派對上也沒有對我惡言相向，甚至還瘋狂稱讚我，應該不討厭我才對。

這麼說來，他說我是「全世界最好、史上最優秀的女性」呢。當時我滿腦子都想著吉諾先生說的話沒能察覺，他居然在眾目睽睽下說了那種話。

當時大家是用什麼眼神看我的呢……實在不敢想像。

「包裹中還放了這封信。」

除了論文之外，吉諾先生又另外寫了一封信。

唉呀，原來我隨時都會死嗎？那麼就算吃藥喪命也一樣嘛。又多了一個能吃藥的理由了。

儘管如此，明明是匿名信件，信中卻充滿關懷……如此溫柔體貼的文筆，一看就知道是誰寫的呢。

將近一個月的時間都跟吉諾先生處得不愉快，還被退婚了，現在卻收到如此溫暖的信件……淚水讓我看不清信上的文字。

「……吉諾先生。」

我難忍激動將信抱在懷中，對吉諾先生的思念便化作言語脫口而出。

他已經不是我的未婚夫，照理來說應該喊他吉諾利烏斯先生，可是我仍然無法改口，也沒拿下吉諾先生送我的戒指。感覺珍貴的羈絆會就此中斷，心中的寶貴情意會崩潰瓦解，所以我什麼都不想改變。

我專心遵循信上寫的注意事項調養身體，就算沒有食慾也認真吃飯，晚上也靠安眠藥入眠。這是吉諾先生煞費苦心為我製作的藥，我得好好調養身體，一定要成功解咒。

哎呀？直到不久前我還動過死亡的念頭，如今卻想著要成功解咒呢。可能是身體狀況恢復後稍微打起精神了吧。

由於身體也調養好了，我終於要吃藥了。吃了這個藥會發高燒，所以應該跟退燒安眠藥一起服用比較好。

「父親，母親，我現在要吃藥了。聽說解咒要花費十四小時左右，因此明天應該能和兩位共進午餐。」

「好好保重啊。要牢牢記住努力活下來的心情。」

「不管解咒成功還是失敗，妳都是我們的寶貝女兒。明天我會準備美味的午餐，記得到餐廳吃飯喔。」

父親和母親輪流將我擁入懷中，為我加油打氣。

「布麗琪，中途甦醒藥效可能無法發揮，所以在我自然醒來之前，麻煩妳確保附近不會有人喧譁吵鬧。」

「身為這個家的女主人，我早就嚴格下令了。」

母親似乎已經處理好了，那麼應該不會有人來搗亂了吧。

所有人都離開房間後，我就鑽進被窩吞下藥物。不愧是附加魔法的安眠藥，不到一分鐘就感受到強烈的睡意。

魔法藥的藥效發揮得比普通藥物還要快，但是這種解咒藥仍要花費十四小時，真的是相當特殊的藥。

想著想著，我便墜入夢鄉。

意識緩緩甦醒，我睜開眼睛。往旁邊一看，發現布麗琪早已泣不成聲。

「嗚哇啊啊啊！小姐——！太好了——！您終於醒過來了——！」

布麗琪哭著衝上前抱住我。她應該是擔心我會不會醒來，才會哭成這樣吧。

「小姐——！快點——！您快看啊——！」

布麗琪將鏡子遞給我。

「這是……我嗎……？」

鏡中是一名有著銀色頭髮，嫩綠色眼眸，五官與母親十分神似的美麗女性。

……這真的是我的臉嗎？跟昨天看到的臉簡直判若兩人。我還是不敢相信這位陌生的女性就是自己，不斷變換角度觀看鏡子。

「來，小姐，趕快換上衣服，讓老爺和夫人看看您的模樣吧。他們兩位一大清早就在餐廳等候您了。」

看著鏡子許久後，不知何時恢復原狀的布麗琪開始替我打理早晨的準備工作。雖然在更衣時已經確認過了，不只是臉，連全身上下的凸瘤都消失了，肌膚的綠色部分也消失無蹤。

（成功了！吉諾先生！你成功製作出解咒藥了！）

我在心中向吉諾先生宣告成功。

「安娜！妳是安娜吧！」

「真、真的……是安娜嗎？」

僕人打開餐廳大門後，父親和母親就震驚到從座位上起身。他們朝我狂奔而來，將我緊緊擁入懷中。

父親眼眶泛紅，不停用手帕拭淚。

母親皺著臉放聲大哭，緊緊抱著我不放手。受過王女教育的母親居然會表現得如此情緒化，是件相當稀奇的事。

『我的臉為什麼會這樣？』

小時候我因為外表受人欺凌，回到家後曾經如此詢問母親。

『對不起，沒能生一張漂亮臉蛋給妳，對不起。』

當時母親哭著這麼說。她用大大的手將我緊擁入懷，淚水一滴一滴落在我的肩膀上。母親的淚水讓我大受震撼，從此以後我就算被欺負也不敢吭聲，因為我認為不能再讓母親傷心難過。

母親至今為止一定十分自責，後悔沒生一張漂亮臉蛋給我，所以現在才會如此心慌意亂。

父親和母親的心意太過溫暖，讓我淚如雨下。

第六章　得知真相的安娜史塔西亞

◆◆◆安娜史塔西亞視角◆◆◆

「我想去和吉諾先生見個面。他為我解除了連名字都沒有的罕見詛咒，我得以賽文森瓦茲家的立場向他道謝才行。」

解咒成功又過了兩星期左右，我在某天的晚餐時間向父母如此提議。

「父親，您知道吉諾先生如今在哪裡嗎？」

父親看向執事長馬修，馬修則搖搖頭。

「那個臭小子我不清楚，不過我知道外遇對象在哪裡，這是目前唯一的線索。」

外遇對象……就是那位穿著吉諾先生眼眸顏色禮服的凱特小姐吧。我很不想去見他的外遇對象，心情頓時降到谷底。

可是我還是得去見她。要是知道藥品開發成功了，吉諾先生一定會很開心。即使我沒辦法直接看到他喜悅的模樣也說不定，還是想讓吉諾先生開心。這是我現在少數能為吉諾先生做的事。

「如果妳要去找那個外遇對象，麻煩幫我帶個話。安娜的詛咒解除後，我就不追究他對賽文森瓦茲家的侮辱了。即使派手下去傳話，他也可能會懷疑是圈套而不願現身，不過安娜以現在的模樣直接去傳話的話，那個臭小子應該會現身吧。」

……這可不能置若罔聞。難道父親原本想加害吉諾先生嗎？吉諾先生難道發現父親的惡意，才會刻意躲藏起來？

「父親！您該不會！想傷害吉諾先生吧！」

「哪、哪有。就說不追究了。」

見我怒氣沖沖，父親頓時狼狽不堪，但是我絕對不容許這種事發生！

「我再說一次！要是吉諾先生有個萬一，我絕對！無論如何！都不會原諒父親！如果父親敢傷害吉諾先生一根寒毛，我就要去修道院禱告終生以向吉諾先生贖罪！而且和父親永不相見！也絕對不准提出會面要求！」

我一定要阻止父親傷害吉諾先生，於是再三叮囑。

「呃，我已經說不會追究了吧？而且我原本就沒打算害他啊。這件事怎麼想都不太對勁，所以我想先抓住他再好好問話。」

「聽・清・楚・了・沒・有！」

「好、好好好，我發誓絕對不傷害他。」

聽到父親發誓，我才終於放心。貴族不會違背誓言，所以父親應該不會傷害吉諾先生。

不過這樣一來，我無論如何都得和吉諾先生外遇的那位女性見面了。逃亡生活應該很辛苦，我必須儘早向吉諾先生傳達我們家的意圖，好讓他回歸正常生活。

聽說吉諾先生的現任未婚妻凱特小姐在藍邦商會的王都總店工作。藍邦商會是吉諾先生經營的商會，假如父親沒有對吉諾先生圖謀不軌，兩位一定能相親相愛地繼續經營商會。

◆◆◆

我走下馬車走進店內後，店員就立刻上前服務。

「我想和凱特小姐談談。她似乎還在接待客人，我先在旁邊等她。」

我在店內一角靜候凱特小姐接待完客人。即使告訴自己別太在意，視線還是會不小心飄向凱特小姐。

凱特小姐總是露出開懷的笑容，感覺個性十分開朗。或許是因為親和力十足，男性客人被她的玩笑話逗得哈哈大笑。稍微觀察一會兒，就能看出她是個開朗活潑、笑口常開，以及善於溝通的人。

跟我這種消極怯懦、畏縮不前，對外貌自卑所以笑不出來，不會開玩笑的無趣之人相比，簡直是天壤之別。任誰都知道哪一方更有魅力。

而且凱特小姐的胸部比我豐滿多了。聽說男性都喜歡大胸部，吉諾先生也是男性，一定更喜歡那種胸部吧。

都還沒和凱特小姐說上話，我就被挫敗感狠狠擊垮變得愁雲慘霧。要是待會兒在對話中得知兩人幸福美滿的生活，一定會遭受無可比擬的巨大打擊吧。我能裝出正常的表情嗎……實在沒有自信。

「讓您久等了。聽說您有事找我？」

接待完客人之後，凱特小姐來到我身邊。她有一頭褐色頭髮和褐色眼眸，就近一看才發現她的眼睛圓滾滾的，五官十分可愛。這位就是得到吉諾先生寵愛，還懷著他孩子的人啊……

我跟吉諾先生當然還不是那種關係，這位女性一定對我所不知道的吉諾先生瞭若指掌。我忍不住將目光移向她懷著吉諾先生孩子的腹部，感覺快被嫉妒和挫敗感擊垮了。

「之前沒和您打過招呼吧，在此重新向您問聲好。我是賽文森瓦茲家長女安娜史塔西亞，能見到您是我的榮幸。」

我努力露出笑容介紹自己後，凱特小姐就嚇得杏眼圓睜，可能沒想到被拋棄的女人居然會上門拜訪吧。

「咦咦咦咦！妳是吉諾先生的大小姐嗎！簡直判若兩人耶！」

啊啊，這麼說來，在畢業派對上和她見面時，我的長相跟現在截然不同，她應該被我的長相嚇到了吧。我滿心只覺得自己是在戀愛中**落敗**的女人，完全忘了這回事。

儘管如此，凱特小姐果然也用小名稱呼吉諾先生啊。果然是結為夫妻的深厚情誼。她和吉諾先生的關係比我更為親密，用小名稱呼也很合情合理。

凱特小姐的一舉一動都讓我遍體鱗傷，我深刻體會到自己還需要漫長的時間才能治癒失戀的傷痛。

「是的，多虧吉諾利烏斯先生致贈的藥物，我的詛咒已經解除了。」

我不能在未婚妻面前用小名稱呼吉諾先生，所以喊他吉諾利烏斯先生。我已經沒有資格用小名稱呼他了，應該認清自己是被拋棄的女人，在外必須用客氣的方式來稱呼他。

吉諾先生被巴爾巴利耶家逐出家門，安東魯尼家也不肯讓他回去，所以現在沒有姓氏，以名字稱呼應該是最客氣的稱呼方式。

可是我在心中依然稱呼他吉諾先生。我不敢輕易改變，否則心中某種珍貴的感情似乎會崩潰瓦解。

「啊～印象中他好像提過這件事。我當時聽得半信半疑，結果他真的成功開發出藥啦。」

凱特小姐笑嘻嘻地說。真是笑口常開的開朗女性，跟個性陰沉的我截然不同。與活潑爽朗的凱特小姐共度的時光，一定比跟陰沉的我共度的時光還要快樂吧。不管看到凱特小姐身上的哪一處，都讓我覺得自己好可悲。

「是的。因為詛咒解除，我覺得至少應該來道聲謝，所以才會親自前來拜訪。請問吉諾利烏斯先生在哪裡呢？」

「我不知道。」

她在提防賽文森瓦茲家吧。

「別擔心，賽文森瓦茲家不會再對吉諾利烏斯先生下手了。為我解除詛咒的功蹟，可以抵消他對賽文森瓦茲家的侮辱。」

「啊，是嗎？可是我真的不知道啊。」

……什麼意思？吉諾先生應該不可能拋下有孕在身的未婚妻逃亡啊……我不禁用狐疑的眼神

看向凱特小姐。

「那個，您不知道未婚夫在什麼地方嗎？」

「啊～吉諾先生已經解除與我的婚約了。」

「什麼——！」

我大過驚訝，不小心發出有失淑女風範的尖叫聲。

「不然我把真相告訴妳吧？我這個平民對貴族大人的禮儀一竅不通，可是妳不介意的話，我會跟妳解釋清楚。」

凱特小姐面帶微笑地說。

「我不會對平民強求貴族禮儀。不過，這件事可以告訴我這個外人嗎？雖然我對此覺得感激不盡。」

儘管很想聽凱特小姐說明清楚，我現在並不是吉諾先生的未婚妻，所以才表明立場確認這件事能不能告訴第三者。

「當然可以啊。我跟吉諾先生簽訂的契約是『假裝未婚妻直到跟大小姐退婚為止』，又不是『退婚後不准把事情說出去』。」

「咦！假裝、未婚妻嗎！」

我嚇得愣在原地。看到我的反應，凱特小姐又嘻嘻嘻地笑個不停。

「好啦、好啦，走走走，我們走吧。在這裡談不方便，去會客室聊吧。」

這麼說完，凱特小姐就推著我的背往前走。雖然護衛有所反應，我用視線制止了他們，我就這麼被凱特小姐推到店面後方。

「所以吉諾利烏斯先生為了讓我和第一王子殿下或王太子殿下訂下婚約，才決定退出嗎？」

「對啊。吉諾先生真的很喜歡大小姐耶，之後他還難過得哇哇大哭呢。」

凱特小姐將放在沙發上的靠枕比喻成吉諾先生的頭，實際演繹吉諾先生流淚的模樣，用詼諧的方式告訴我。

幸好她用詼諧的方式演給我看，如果她一臉嚴肅地說明這件事，我一定會放聲大哭。託她的福，我的反應僅止於靜靜落淚而已。

可是他居然把頭埋在凱特小姐的胸口，我不能接受。

真是不知羞恥！怎麼能對我以外的胸部……不對，我應該也沒那個勇氣……然而要是吉諾先生堅持……

吉諾先生一天退婚兩次的荒唐行為，讓我聽得笑出聲來。凱特小姐模仿吉諾先生的口氣真是維妙維肖，完全抓住了他的特徵。

至於我最擔心的孩子問題，別說是懷孕了，他們甚至沒接吻過，讓我打從心底鬆了一口氣。

雖然我保持淑女風範問得拐彎抹角，凱特小姐卻回答得直截了當，讓我有些膽怯。平民的作風真的十分開放呢。我第一次和平民聊天，實在沒想到女性也會用如此直接的表達方式。

在凱特小姐告知之前我都不曉得，但是除了家人和婚約對象之外，平民對親近的友人也會以小名相稱。對貴族女性而言，用小名稱呼異性的意義非常特殊，對平民來說卻沒有太大的意義，凱特小姐也會用小名稱呼從小玩在一塊兒的男性。

凱特小姐以小名稱呼吉諾先生，並不是因為她對吉諾先生心懷戀慕。明白她對吉諾先生沒什麼想法之後，我感到萬分慶幸。

凱特小姐的五官嬌俏可愛，活潑又充滿親和力，談吐風趣，胸部又大。在同為女性的我看來，她也相當有魅力。如果要和她爭奪吉諾先生，我一定毫無勝算。

我將這個想法告訴凱特小姐。

「什麼？不不不，妳在說什麼啊？吉諾先生長得這麼帥，溫柔體貼又有紳士風度，商業手腕一流，不會用下流眼神打量我的身體，又十分可靠。儘管我覺得這個人還不錯，根本贏不過大小姐，所以我才會放棄呀。」

凱特小姐似乎不是對吉諾先生毫無想法。她用了「放棄」這種說法，表示她沒有對吉諾先生展開熱烈追求。儘管如此，得知這麼有魅力的女性曾經對吉諾先生抱持些許好感，還是讓我忐忑不安。

話雖如此，她其實大可不必說出「放棄」一事，卻還是說了，果然是個心直口快的可愛女性。將臉埋在這位優秀女性的豐滿胸口時，吉諾先生在想什麼呢？

啊啊，我現在才發現自己很不甘心，這股漆黑的感情就是嫉妒。

一般的貴族少爺只會碰觸女性的手掌，吉諾先生或許也是第一次將臉埋在女性的胸口吧。假如可以，真希望我才是他的初體驗對象。

「我之所以想把這件事告訴大小姐，就是覺得吉諾先生太可憐了。他為了妳落入平民階級，還放棄商會，現在過著浮萍般的逃亡生活吧？吉諾先生明明沒有錯，未免太慘了吧。」

只有說到這句話時，凱特小姐一改方才的輕鬆口吻，變得相當嚴肅。

「我也這麼認為。再這樣下去吉諾先生太可憐了。我答應妳，一定會盡力幫助吉諾先生找回地位與名譽。」

凱特小姐連無須告知的細節都老實告訴我了。為了用誠意回報凱特小姐的直率，我也決定如實表達自己的心情，所以用小名稱呼吉諾先生。

而且，用小名稱呼也代表我的決心。我不會再放棄幸福，一定要再次喊出「吉諾先生」這四個字。

「拜託妳了，大小姐。因為我這個小平民實在無能為力。」

見過凱特小姐後，我在回程的馬車上淚流不止。因為凱特小姐用詼諧的方式說明，我才沒有崩潰大哭勉強撐到現在。

還以為吉諾先生對我沒有一絲情意了，沒想到他還愛著我，為我扛下所有罪過，甚至失去貴族地位，我實在沒辦法忍住眼淚。

這麼說來，吉諾先生以前問過我對第一王子殿下有何看法。當時我覺得自己的回答只是場面話，從來不認為那些話有什麼問題，然而如果吉諾先生知道提親的事，聽了我的回答自然會誤解第一王子殿下和我才是良緣佳偶。現在想想，吉諾先生的態度就是從那天開始改變。事到如今我才對自己的愚蠢感到懊悔，怎麼會說出那種糊塗的話呢？

回到家後，我沒更衣就直接來到母親身邊。看到我哭著從凱特小姐那裡回來、抱住母親後就像孩子般放聲大哭的模樣，母親嚇得不知所措。

母親摟著我的肩膀，耐心聆聽泣不成聲、說話吞吞吐吐的我解釋來龍去脈。我說著說著，母親的表情就越顯憤怒，並且吩咐僕人叫父親過來。父親過來後，我又把整件事說了一遍。

「所以那個臭小子要求退婚的原因不是外遇，是因為聽我說了兩位殿下提親的事嗎！」

父親一臉愕然。

「老公，我也聽說了第一王子殿下和王太子殿下提親的事，不過詛咒解除後就要締結婚約這種事，我可是毫不知情啊？」

母親臉上冒出青筋，笑容卻依舊溫婉。

「不是，可是我也沒想到他居然會研發解咒藥啊。」

父親臉上明顯寫滿了焦躁。

「就算沒料到他會成功研發出解咒藥，你也知道吉諾利烏斯去舊世界遺跡尋找替安娜解咒的方法吧？你到底在想什麼，怎麼會對努力想替安娜解咒的人說那種打擊士氣的話？」

母親的笑容變得更加深沉，似乎對父親的藉口不甚滿意。

「呃，那個……」

「貴為本國宰相，實在無法想像你會說出如此無知的言論，你也知道安娜被你這些話害得多痛苦吧？麻煩之後跟我好～好談一談喔？」

母親這麼說，臉上同時帶著優雅笑容與憤怒青筋。父親臉色鐵青，臉頰還不斷抽搐。

「那麼安娜，妳接下來想怎麼做？」

「吉諾先生為了我受盡眾人嘲諷，還失去貴族地位，我實在無法接受。我要盡力討回吉諾先生的身分地位，挽回他的名譽。」

「這方面無須操心，我們家自然有辦法。我問的不是這件事，是問妳對吉諾利烏斯怎麼想。發生過那種事，妳應該無法原諒他吧？」

「……詛咒解除後，有許多宮廷魔導士前來確認我是否真的解咒成功。每位魔導士看到我都大嘆奇蹟，還說吉諾先生的論文理論相當驚人，可能超前了現代魔法學數百年……當時我心想，原本在數百年後才會發明的解咒藥，吉諾先生居然現在就為我準備……一想到他為我創造奇蹟……我……我的眼淚就停不下來。」

我泣不成聲。在淚如泉湧的狀況下又想起當時的心情，我頓覺感傷，根本發不出聲音。母親沒有催促我繼續說下去，只露出溫柔的眼神靜靜等候。

「……我、我現在也還是想跟吉諾先生結婚……世上再也不會有人為我創造奇蹟，為我拋下一切了……能夠遇見他就是天大的奇蹟……他真的、真的太好了……我不想再考慮吉諾先生以外的人。」

雖然因為流淚說得吞吞吐吐，我還是努力把心裡話說出口。

「是啊，世上再也不會有人為安娜創造奇蹟，拋下一切了。安娜，妳絕對不能放手喔。」

母親同意讓我們重新締結婚約，所以接下來只要找到吉諾先生，再與他談論婚事就好。我實在太開心，眼淚掉得更凶了。

又可以和吉諾先生一起喝茶，在庭院散步，聊聊那些樸實卻快樂的閒話家常了。原來和樂又平凡的日常生活是如此珍貴，如今我對此深有體會。

我想找母親談談，便前往名為「雙色螢」的第五十五會客室。僕人開門後，我才發現房內不只母親，連父親也在。母親坐在沙發上，父親跪在地上。

「唉呀？你說你在反省，難道是騙我的嗎？」

可能是在乎父親的威嚴吧，父親一看到我就站起來準備在沙發坐下，不過聽了母親這句話又乖乖跪回地上。

父親重新跪好後，母親便開始列舉父親平常對待吉諾先生的態度有哪些問題。這次父親的問題應該只有將婚事重新考慮的可能性告訴吉諾先生，然而母親已經開始責備跟這件事並無直接關係的其他問題了。

我是不是該出去一趟再進來比較好？感覺母親接下來的怒火會大範圍延燒。

「這不能怪我吧？誰教那個臭小子馬上就抱住安娜，還對安娜沒大沒小。要是連我都把臭小子當成家人，他一定會越來越放肆。」

「唉呀，吉諾的態度全是你一手造成的吧？」

「什麼意思？」

父親和母親的對話內容讓我有些在意，忍不住開口詢問。吉諾先生對我的態度跟父親有什麼關係嗎？應該毫無關聯吧。

「這個人強行要求巴爾巴利耶家教育吉諾女性關係時，只教導最低限度的必要知識就好。」

「這！這怎麼能怪我呢！珍妮跟安娜都異口同聲地稱讚那小子很帥嘛！要是連女性關係都如魚得水，安娜豈不是馬上就被那臭小子迷得團團轉！」

「父親……」

天啊！真是器量狹小！居然用這種理由干涉別家的貴族教育，簡直難以置信。真是令人啞口無言的父親，他真的是本國的宰相嗎？

「我沒有錯！安娜……安娜是我一個人的小公主啊！」

父親激動地喊了幾句，母親則隨意敷衍過去。

回頭想想，吉諾先生也不知道用小名稱呼異性對貴族女性來說意義特殊。過了好長一段時間，吉諾先生跟巴爾巴利耶家的義兄閒聊時才發現這件事。我又想到吉諾先生好幾個可疑的舉止，可能都是受父親影響。

「我想想，對你的懲罰和挽回吉諾的名譽，這兩件事應該一起解決比較好，就這麼辦吧？」

雖然父親對母親的提議百般抗拒，依然徒勞無功，最後還是乖乖答應了。

◆◆◆

賽文森瓦茲家傾盡全力開始搜尋吉諾先生，然而一無所獲。綜合目擊情報，還有人說他一個晚上就移動了快馬加鞭也到不了的距離，情報相當混亂。

我們也直接找在王都跟丟吉諾先生的三位密探問過話，他們發現吉諾先生忽然鑽進巷弄便起身追趕，吉諾先生卻像煙霧般消失無蹤。那裡既沒有藏身之處，就算移動也應該在可見範圍內。

據說東方有個名為忍者的集團會使用忽然隱去身形的技術。因為在不可能跟丟的狀況下跟丟了，密探紛紛懷疑吉諾先生是不是會使用忍者的隱遁術，目擊証言的矛盾或許也是源自於忍者的隱遁術。

聽說忽然消失的技術相當困難，只有位居忍者集團上位的高階忍者才會使用。如果吉諾先生會使用高階忍者的技術，就表示他是隱遁術的老手了。如此一來即使是賽文森瓦茲家的密探們，也很難找到人。

聽完這些報告後，我的心情沉到谷底。

◆◆◆

「初次見面，我是林奇準男爵家家主黛菲，很榮幸見到您。」

如此開口向我問候的女性，是劇作家黛菲．林奇小姐。

女性通常不會獲封爵位成為貴族家當家，但是在藝術方面做出巨大貢獻的女性也有機會獲封爵位，這是為了防止高端優秀人才流往國外的特例。從她自稱當家的說法就能得知，林奇小姐也是王國首屈一指的劇作家。順帶一提，刺繡科的老師們也都有爵位。

為了替吉諾先生挽回名譽，母親想到的方法是舞臺劇。在畢業派對上宣布退婚後，吉諾先生的名譽一落千丈。母親希望以這場退婚風波為題材創作劇本，透過戲劇向世人宣導，正是因為吉諾先生人品優秀才會作出退婚的決定。

寫出優秀的劇本當然不代表這齣戲就能廣為流行，所以賽文森瓦茲家會出資補助使用此劇本進行演出的劇團，補助金額多到就算毫無觀眾也有相當可觀的收益，一定會有很多劇團願意持續演出。

雖然花了不少錢，這些錢都會從父親的零用錢和財產裡扣除。

「比起將吉諾利烏斯先生設為主角，我認為將安娜史塔西亞小姐設為主角更好。」

為了讓林奇小姐了解真相，我將退婚前發生的所有事情都告訴她後，她這麼說。

「把我的經歷寫成劇本應該很無趣，值得一提的只有與眾不同的詛咒和在學研究生身分而已。生活基本上都在家裡和往返學園中度過，單調至極，只是隨處可見的平凡人生，並不值得寫成劇本。」

我覺得吉諾先生比我更適合當主角。他十歲創立的商會如今已經躋身國內大企業之列，插班考試時拿到前所未有的全科滿分，而且解答其他問題時還不小心連未解決的數學問題都解開了。在學園舉辦了各式各樣的活動，受到眾人矚目與讚美，更在劍術大賽中勝過「王國五劍」。

我根本沒有如此耀眼的功績，人生既無趣又寒酸，跟吉諾先生相比只覺得無地自容。將吉諾先生設為主角，劇情應該會更加精采。

「假如彙整成寥寥幾行字，每個人的人生都很平凡。不管是平步青雲當上大官，還是跟女演員結婚，都只會被統整成『比別人更有出息』、『結婚對象比其他人還美麗』這種無趣的說法。然而，雖說簡單表達後稍嫌平庸，卻不代表妳的人生既平凡又無趣。」

林奇小姐這麼說。

「可是我的人生真的很無聊呀。」

「沒這回事。每個人的人生都有許多高潮迭起的亮眼時刻，只是藏在彙整的寥寥幾行字中而已。妳覺得無趣，卻不如妳想像中那般無趣，這就是人生呀。會說自己的人生平凡無聊的人，其實只是沒發現這件事而已。」

不愧是王國首屈一指的劇作家，字裡行間都充滿匠人氣息。

「說得太好了。還是交給專家全權負責吧。」

「這是什麼！我絕對不同意讓這齣劇上演！」

家中名為「紫珍珠」的第二十會客室中傳來父親的怒吼。

請林奇小姐創作劇本一星期後，林奇小姐就完成劇本送到家裡。父親是看完劇本後才氣得滿臉通紅。

因為是真實故事改編的劇本，我和父親登場時名字也略有不同，不過父親的角色居然是毫無形象的丑角。父親也是貴族，對名譽相當看重，在以真實故事改編且會盛大公演的劇中淪落為丑角，父親應該很難接受吧。

「唉呀，角色是根據我的意見安排的，你有什麼不滿嗎？」

「咦！妳、妳的意見嗎！我還以為是林奇小姐的主意……」

看到母親甜美的笑容，父親的臉色從通紅轉為鐵青。

「劇名《哥布林千金》還是侮辱安娜的言詞呢。連安娜本人都同意將這種侮辱詞彙當成劇名了，你到底還有什麼不滿？為了挽回吉諾的名譽，安娜都如此犧牲了。」

「不、不是，可是再怎麼說也太離譜了……賽文森瓦茲家出資製作的舞臺劇，居然把我寫成這樣……」

雖然父親百般抗拒，最後還是屈服了。因為是真實故事改編，會根據日後的現實發展不斷修正，不過目前決定以這個劇本製作。

父親現在已經完全失去精神，不對，是失去靈魂了。他茫然癱坐在沙發上的模樣好似枯萎的花草。

「安娜那句話好像很有用呢。」

母親笑個不停，就像惡作劇太成功反而傷腦筋的孩子。

見父親對角色如此抗拒，我說了這句話：

『父親怎麼完全不知反省呢？這樣我會瞧不起您喔。』

就是這句話讓父親臉上徹底沒了表情乖乖屈服，方才的抗拒就像從未發生過似的。

發現父親試圖妨礙吉諾先生挽回名譽後，我不禁怒火中燒，才會說出這麼殘忍的話。我實在不該對父親說出「瞧不起」這三個字，之後在父親的絲巾上刺繡，送給他表達平日的感謝，好好安撫他吧。

第七章 分隔兩地的日常生活

◆◆◆吉諾利烏斯視角◆◆◆

「欸，夸克，不好意思，你今天能不能來當保鏢？」

一位年約四十的微胖女性來到我家門口這麼說。她是推薦我保鏢工作的夜總會媽媽桑。

夸克是夸克萊爾的小名，指的就是我。如今我過著隱姓埋名的生活，名字不再是吉諾利烏斯，而是夸克萊爾這個假名。貴族女性用小名稱呼男性的狀況僅限於未婚夫或戀人，平民都會隨便用小名相稱，現在夜總會的女性全都用小名喊我。

「今天不是布魯斯當班嗎？」

雖然她是我的雇主，年紀也比我大，我沒有對她使用敬語，因為這位雇主堅持要我說話時輕鬆點不准用敬語。絕大多數的夜總會女性都不太喜歡敬語。

「布魯斯躺在床上起不來啦。好像感冒了。」

「好吧，我來處理。」

儘管保鏢工作不用一直待在店裡，仍然必須將所在位置據實回報。我婉拒媽媽桑想進我家門的要求，將所在位置指定為布魯斯家後就離開了。

布魯斯是年約六十的老人，雙腳不便行走，總是拄著拐杖。儘管如此他的本領依舊高強，能擔任夜總會的保鏢工作。我猜他應該是逃遁密探，不過當然沒有詳細追問。不探究他人底細是貧民窟的禮儀。這裡多的是有隱情的人，如同我化名為夸克萊爾，布魯斯應該也是假名。

我敲敲布魯斯家的大門後，老人就出來開門，抱怨我來這裡幹嘛。我直接從一臉不悅的老人身旁走過去，開始料理買來的食材。

「誰拜託你做這種事啦！」

「沒人拜託我，只是我想這麼做而已。」

以前還是獨居老人時，發燒後生活相當不便。我深知這種痛苦，所以才無法對他置之不理。這個國家沒有自來水，生活用水得去飲水區自行汲水來用。只有經濟狀況如貴族一般富裕的人才買得起冷藏魔道具，因此庶民幾乎不會囤置食材。這個時代的獨居老人比前世還要困苦，發燒後更是麻煩。

「你在想什麼啊？哪有人會蠢到闖進別人家煮飯？」

儘管滿口怨言，布魯斯還是乖乖吃起雜穀粥。

雜穀粥是將雜穀用石臼搗碎後炊煮的粥。用剝殼的雜穀熬煮的穀米湯是貴族料理，連殼一起用石臼搗碎炊煮的雜穀粥則是庶民料理。

這裡是租金便宜但離飲水區有段距離的集合住宅。布魯斯雙腿不便，就算沒發燒要汲水也很辛苦，所以我趁布魯斯吃飯時將水壺補滿，所剩不多的薪柴也補足了。補充薪柴對不便行走的老人來說可是重度勞動。

我像這樣無微不至地照顧布魯斯，在他退燒後和他成了朋友。在那之後，我偶爾會帶著酒和下酒菜去布魯斯家裡。我深知獨居老人的辛酸，所以不會讓他孤零零一個人。

「和我這種身無分文的老頭子當朋友一點好處也沒有吧？」儘管面帶苦笑如此埋怨，布魯斯還是會陪我小酌。

我帶了鹽漬香菇和雜穀酒到布魯斯家玩，像平常一樣小酌時，聊到了夜總會的那群女性。

「我說小子，你很受店裡那些女人歡迎吧？所有人都被你迷得神魂顛倒。」

「那是商業話術吧？她們把我這種無趣的男人捧得太誇張了啦，感覺很不自然。」

布魯斯看著我的眼神，就像在看什麼不可思議的東西。

「你沒想過跟店裡的人交往嗎？你還這麼年輕，交個女朋友怎麼樣？」

「我沒打算交女朋友。就算百般妥協，也沒辦法跟店裡的女性交往吧。」

「沒辦法接受特殊行業的女人嗎？」

「開始做這份工作之前，我覺得風俗業的女性很恐怖，不過現在已經不怕了。在工作上和她們接觸後，我發現她們不是稀奇古怪的存在，只是普通人。之所以沒辦法交往，是她們都很受男性歡迎。」

「廢話，畢竟讓男人墜入溫柔鄉就是她們的工作啊。有這本事的人才能扛住這個工作，男人當然都會喜歡她們。這有什麼不行的？」

「周遭有這麼多男性向她們示好，假如真的和她們交往，我這種沒有魅力的男人一定會馬上被拋棄。」

布魯斯又直盯著我看。

「……你這句話是認真的嗎？你長這樣耶？」

「是啊。」

「小子……你對自己太沒自信了啦。」

隨後一臉驚訝的布魯斯進入說教模式。我能夠理解老年人在酒席上遇見跟自己價值觀不同的年輕人就想說教的心情，所以乖乖配合。

「如果有個怎麼看都比你優秀的男人來追求你的戀人，小子，你會怎麼做？」

我忍不住想起安娜。第一王子殿下和王太子殿下都是我難以抗衡的高貴身分。

「……我會成全他們的幸福，選擇退出吧。」

「連爭都不爭嗎？」

「是啊。」

布魯斯一臉驚呆。

他對努力不懈的重要性進行說教時問了這個問題，我猜布魯斯大概是想從我口中聽見不肯服輸的答案吧。聽到這個答案後，他應該會灌輸「你平常就該努力精進自己，以免憾事發生」、「平常就要好好努力，才能對自己有信心」之類的觀念。

雖然理智上明白，我沒辦法給出他想聽的答案。浮現腦海中，那些與安娜共度的回憶不讓我這麼做。

「……你比我想像中還要奇怪耶。沒信心的程度太不尋常了。」

我不是沒信心，只是對自己有正確的理解。

「最根本的問題是，就算贏不過對方，男人還是應該為深愛的女人拚一把啊。你連這點認知都有問題。」

為深愛的女人捨身奮戰才是真男人——前世日本在很久以前也有過這種價值觀。這個國家除了文明以外，連價值觀都比日本落後很多。他們的價值觀在日本人看來已經相當落伍，應該很難理解我這種不奮鬥的心態吧。

「可是為了對方著想，退出為兩人的未來鋪路才是最好的做法吧？」

「不是只有未來才重要，過去的回憶也同樣重要啊。對女人來說，戀人為自己打了敗仗也是美好的回憶，為心愛的女人守護回憶也是很重要的事。男人有時候就是會碰上硬著頭皮也得裝腔作勢的場面啊。」

回憶啊？我倒是沒想過這件事……

「可是不管前女友和誰在一起，也不可能覺得那個人比我還糟。只要跟新男友相比，馬上就會發現我全身上下都是問題，怎麼可能對我有美好的回憶呢？」

如果情況允許，我也想成為安娜的美好回憶，然而對我這種底層男人來說，那根本是不可能實現的夢想。安娜很快就會和其中一位王子殿下訂婚，訂婚後應該馬上就會發現我這個男人有多沒用。就算臨時想製造美好回憶，也會立刻原形畢露。既然如此，還不如當個會讓安娜立刻變心的爛男人。

「所以你這方面的觀念有根本上的問題啊。你為什麼這麼沒自信啊？」

有問題嗎？我覺得這是依據過往經驗對自己的正確評價啊？

「還有，你得靠自己的力量讓心愛的女人幸福才行，為此男人才要拚命掙扎啊。怎麼能毫不掙扎，讓她和別的男人幸福快樂呢？太沒骨氣了。」

掙扎就有用嗎？要怎麼掙扎才不用放開安娜……我一點頭緒都沒有。

埃利克就是深愛姊姊苦苦掙扎。雖然這麼說不太好，那一戰他根本毫無勝算。即使如此他依然拚命努力，最終獲得了勝利。那才是男人該有的樣子嗎？

「我不知道你過去如何，不過重要的是未來。下次絕對不能再讓給其他男人嘍？這樣才是真男人。」

這樣才是真男人啊……選擇放棄安娜的我，果然是沒用至極的爛男人吧。是只能用託付他人的方式才能讓安娜幸福的可悲男人。我對自己一點信心也沒有，也想成為埃利克那種男人。

我的怯懦心態讓布魯斯也看傻了眼，所以他決定教我武術，**好讓我對自己有信心**。

「唉，我這麼做也不只是讓你培養信心而已啦。我從以前就發現，你打架時只會仰賴強到離譜的基礎性能，一點技巧都沒有，真是暴殄天物。」

這也沒辦法，我本來就不是武門貴族出身，在安東魯尼家時也只把劍術當成嗜好而已。直到先前的安娜誘拐風波後，我才真正開始鍛鍊。

「而且你原本是這個國家的貴族吧？」

我頓時一驚。他怎麼會知道……難道調查過我嗎……

「放心吧，我不會說出去。」

雖然布魯斯臉上帶著笑容，卻加劇了我的不安。難道布魯斯不是跟家族斷絕關係的逃遁密探，是現在還跟家族有聯繫，正在執行潛伏任務的密探嗎？情報是從那裡得來的？

「先把話說在前頭，我可沒有調查你喔。是你自己告訴我的。」

「我告訴你的？」

「種種跡象都看得出來，可是最關鍵的是你在武打時使用的步法吧。你直接展現出本國貴族的正統劍術步法，絲毫不加掩飾，根本就是在自我介紹嘛。」

原來是從這一點察覺的啊。我確實會下意識使用在學園鍛鍊的步法。

「別擔心，我教你一種戰鬥方法，讓人看不出你的身分。」

布魯斯露出愉悅的笑。原來如此。他教我武術的真正原因，是為了教我讓人看不出身分的戰鬥方法啊？這是他的好意吧。真是太感激了。

◆◆◆安娜史塔西亞視角◆◆◆

學園畢業後就算成年了，所以我也準備正式踏入社交界。因為還沒找到吉諾先生，我只好請父親隨行。

帶我踏入社交界似乎是父親的夢想，因此他非常開心。但是被母親斥責「也不想想這是誰害的」之後，他又變得有些消沉。

因為是初次登場，母親替我選了一場形式簡單的晚宴。這種晚宴無須繁瑣禮節，就算犯點錯也無所謂。由於形式簡單，不會一一唱名入場，到場後只要各自入場即可。

正式踏入社交界時，傳統上會將母親贈送的花冠戴在頭上，有進行這種花冠儀式的家族才算得上是上級貴族。我頭戴花冠在父親的帶領下入場後，全場一陣騷動。

父親既是宰相，又是第一公爵家家主，所以大家都認得他的長相，卻猜不到他帶領的這位「花冠少女」是何方神聖。

儘管如此，還是有人從頭髮、眼睛的顏色和年齡推測出「花冠少女」就是我的樣子。這些人看著我時，雙眼都瞪得比銅鈴還大。

由於第一場舞會由父親陪同參加，他會陪著我聊天。可是父親也必須談論公事，不久後就前往男性們聚集的地方了。

以往落單的我只能在一旁當壁花，這天卻有許多男性來到我身旁。人們紛紛向我邀舞，甚至還有人邀我去約會。

連以前和我相親過的人也上前攀談，不但讚美我的容貌，還熱情地邀我喝茶或觀劇。

『醜女閉嘴啦。』

『別再靠近我了，真噁心。』

想起相親時聽到的這些惡毒言語，就算他們熱情邀約，我也無法接受這種翻臉比翻書還快的態度。那些語帶諂媚的邀約讓我很不舒服。

邀我約會的那些人絕大部分都訂婚了。我深知被退婚的痛苦，看到這些不把未婚妻放在眼裡的笑容，只讓我心生不悅。

詛咒解除之前除了問候以外，根本沒有男性會與我搭話。派對時我總是悄無聲息地站在牆邊，一個人在遠處看著美麗千金被男性簇擁時露出的嬌豔笑容。

當時我好羨慕在男性圍繞下笑得燦爛的千金，可是實際體驗到類似的狀況後，老實說我心中只覺得煩悶。

與眾多男性交談過後，我覺得每個人都像喜歡吹噓的小孩子。

吉諾先生明明有高超的逃脫技術，甚至逃得出賽文森瓦茲家密探的追捕，卻從來沒向我炫耀過。既然技術精湛到連被譽為國內第一的賽文森瓦茲家密探都讚不絕口，真希望他也能告訴我。

因為我一點也不可靠，難怪吉諾先生不想跟我訴苦，但是至少可以跟我炫耀呀。他都不告訴我這些事，讓我覺得好寂寞。

除了愛吹噓之外，這些年齡相仿的男性對事物的看法和思維都太過衝動、自私又狹隘，真的很像小孩子。包容力極強，有時甚至會誤以為他比父親還要年長的吉諾先生，果然是個特別的人。跟越多男性談話，我就越思念吉諾先生。

回家後我想創作要送給吉諾先生的刺繡。現在還沒找到吉諾先生當然無法致贈，可是為了吉諾先生創作刺繡，多少能排遣心中的寂寞。

我要精心製作，這樣才能盡可能長時間感受我與吉諾先生的羈絆。我要不停創作，與他重逢要贈送刺繡時才不會傷透腦筋。

我身上還有凸瘤時，所有男性對我的態度都十分冷淡，如今卻一百八十度大轉變，瘋狂對我示好。這讓我不禁陷入沉思。

吉諾先生會如何呢？我身上還有詛咒時，吉諾先生總是稱讚我可愛，而且對我溫柔體貼。外貌改變後，許多男性對我的態度頓時轉變，吉諾先生對我的態度也會變嗎？畢竟他也是男性。

如果是以前的容貌，吉諾先生還是會稱讚我很可愛，所以我不擔心，但是現在的容貌又如何呢……如果吉諾先生看到現在的我大失所望該怎麼辦……

大概在學園畢業前一個月，吉諾先生就對我不理不睬。對我失去興趣、變得冷淡又漠不關心的吉諾先生，會不會也變成那樣呢……

光是想像，我就嚇得雙手頻頻顫抖。

對了！應該有可以改變容貌的醫術！找我的主治醫生蘇珊娜談談吧！

◆◆◆

「蘇珊娜醫師，我有些問題想請教。」

我在名為「孔雀」的第六十一會客室，對主治醫師蘇珊娜．維爾加這麼說。接到我的通知後，醫師就趕來了。

「沒問題，您儘管問。只要是我知道的事，我都會為您解答。」

「詛咒解除後，我身上的凸瘤就消失了。」

「是呀，恭喜您。您變得好漂亮。」

「我就是想跟妳商量這件事……可以再幫我做出凸瘤嗎？」

「……抱歉……您說什麼？」

「我想再製造出凸瘤，變回以前的模樣。醫師的技術辦得到嗎？」

「…………」

蘇珊娜醫師嚇得目瞪口呆說不出話。我往旁邊一看，發現布麗琪也瞪大雙眼看著我。

「蘇珊娜醫師？」

「咦？……啊……是，我有辦法製造出類似的凸瘤。要去除凸瘤較為困難，但是製造並不難，只要在皮膚下注射液體即可。」

「哇啊，辦得到嗎？那麼能將部分肌膚變回原本的綠色嗎？」

「…………」

「那個，醫師？」

「……是、是啊，沒問題。用紋身的方式就可以了。」

「天呀，太棒了。既然如此，那就趕快幫我處理吧。」

「請、請、請、請等一下，小姐！」

布麗琪神色驚慌地說。

「唉呀，怎麼啦？」

「我覺得這種事還是跟老爺和夫人談一談比較好。您說是吧?蘇珊娜醫師?」

「沒、沒錯。還是得到老爺和夫人許可後再治療比較好。」

「唉呀,那我馬上去請示父親和母親。」

是啊,母親因為沒能生一張漂亮的臉蛋給我而自責。這次是我自己要改變容貌,所以母親不需要再難過了,得先跟母親說清楚才行。

「所以妳才來找我啊。」

這麼說著,母親長嘆一口氣。

「安娜,妳聽我說。妳隨時都可以用醫術改變容貌,所以要不要讓吉諾先生決定哪一種比較好呢?」

「母親真是英明。說得也是,我是為了吉諾先生改變容貌,讓他決定才是最好的選擇。」

看到我的笑容,母親又長嘆一口氣。

儘管如此,人生還真是難測。我居然想變回以前那麼討厭的綠色肌膚和長著凸瘤的臉。可是對現在的我來說,和吉諾先生破鏡重圓才是最重要的事。

在派對上被男性簇擁的夢想,我也經歷過了,才讓我發現那種事沒有想像中那麼快樂,反而還心生厭煩,即使變回以前的模樣也無所謂。

◆◆◆

我收到來自王家的晚宴邀請函，這場晚宴僅限未婚者參加。

「妳可以拒絕喔。畢竟現在的處境比較艱難。」

雖然母親這麼說，這封邀請函是王家送來的，缺席會造成政治上的損失。母親說的「可以拒絕」，代表她會處理拒絕後衍生的所有問題。

我已經是個成熟的淑女了，不能一輩子依賴父母親，這樣的女性配不上吉諾先生。我得像一名獨立的成熟女性，自行處理問題。

「如果安娜想努力讓自己成長，我當然無條件支持，不過千萬要小心，王太子殿下和第一王子殿下都盯著妳。」

王位繼承權鬥爭越演越烈，賽文森瓦茲家也被捲入其中，兩位殿下都想和我締結婚約。這次的晚宴由第一王子殿下主辦，他肯定會要小手段吧。

舉辦僅限未婚者參加的晚宴，就是為了排除父親和母親。我猜他在密謀些什麼，但是身為宰相的父親和別名「女帝陛下」的母親在場就會失敗。

然而我不會讓他得逞。為了再次和吉諾先生締結婚約，我一定會避開所有陰謀，我要加油！

「天啊，您變得比以前還要楚楚動人呢。」

「真是光彩奪目的美貌，比之前見面的時候美多了。」

「各位的讚美讓我備感榮幸。」

「啊啊，簡直如女神般貌美。我有這個榮幸為您獻唱一曲嗎？」

「難得的好意我就心領了，這份榮幸我愧不敢當。」

一走進派對會場，所有男性就將我團團包圍。人人都對我讚不絕口，我也毫無感情地用幾句標準的場面話應付。

最近我在穿搭和保養方面下足苦心。因為沒辦法馬上將容貌恢復原狀，下次就必須以這副長相和吉諾先生見面。不知道吉諾先生喜不喜歡現在的我，不過我還是想用最完美的狀態見他。之所以這麼努力，就是為了能隨時見到吉諾先生。

聽到人們的讚美讓我有些困惑。過去身懷詛咒時，我總是努力不讓他人心生厭煩，成效卻不彰。然而現在只要稍微努力一下，他人對我的評價就迅速飛漲。

過去吉諾先生稱讚我「可愛」時，我總是覺得害羞不已，開心到想蹦蹦跳，心情也難以平復，真的好辛苦。可是如今在眾人的讚美聲中，我的心情不僅平靜無波，還因為想起吉諾先生而悲從中來。

好想再聽吉諾先生稱讚我「可愛」，好想聽到吉諾先生說我「可愛」的低沉嗓音。吉諾先生現在在做什麼呢……

因為有些疲倦，我便離開男性的包圍網，結果瑞拉德小姐前來向我攀談。

「妳一定很委屈吧，我能理解妳的心情。因為各方都對他讚譽有加，我還以為他有多好呢，結果也是差勁透頂的爛男人。賽文森瓦茲小姐沒有任何責任，所以千萬不要沮喪。」

「謝謝妳的關心。」

所謂的「委屈」，指的是在畢業派對上被退婚的事。雖然那句「差勁透頂的爛男人」讓我相當憤怒，我拚命告訴自己不能將情緒寫在臉上。瑞拉德小姐不明白退婚的真相，以為吉諾先生外遇才是主因。

許多家族都知道吉諾先生能力出眾，現在卻沒有任何一家敢收留吉諾先生。所有人都誤以為賽文森瓦茲家依然對吉諾先生相當憤怒，所以認為吉諾先生不可能恢復貴族身分，將吉諾先生攬進家門就會連帶遭受賽文森瓦茲家報復。

外界有此誤解，是因為賽文森瓦茲家沒有對外公開退婚真相和解咒藥的製作者，現階段他們肯定不知道真相。對於認為吉諾先生恢復身分會帶來不利的家族來說，吉諾先生現在連護衛的騎士都沒有，正是暗殺他的大好機會。對於渴望收留吉諾先生的家族來說，現在吉諾先生不屬於任何一家，同樣也是大好機會。只要得知真相，眾家族就會各懷鬼胎，開始搜索吉諾先生的下落。

「和那種品性低劣的男性解除婚約才是正確的選擇，我被退婚後也覺得痛快多了。」

「品性低劣的男性」這句話又讓我怒火中燒，可是我告訴自己不能表現在臉上。瑞拉德小姐幾年前也是在畢業派對上被王太子殿下宣布退婚。在她眼中，王太子殿下就是品性低劣、差勁透頂的爛男人吧。

「我現在依然深愛著他，他在我心中是獨一無二的白馬王子。」

由於無法說出真相，我只能用這種方式進行反駁。真不甘心，吉諾先生明明是這麼、這麼優

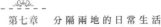

秀的人！

瑞拉德小姐用憐憫的眼神看著我。

「哎呀，玩得開心嗎？」

此時第一王子殿下前來攀談。

「第一王子殿下，賽文森瓦茲家長女安娜史塔西亞向您請安。」

「別用第一王子殿下這麼見外的稱呼，妳直接喊我克里斯吧？」

他在胡說什麼呀，克里斯可是殿下尊名克里斯托法的小名。貴族女性只會在未婚夫、戀人或家人面前才用小名稱呼異性。儘管第一王子殿下是我的表兄，在派對這種場合只會客氣地寒暄幾句，並不是能以小名相稱的熟稔親戚關係。

「不敢當。」

我當然拒絕了。隨後殿下又邀我飲用果實酒。

「非常抱歉，可惜我杯中的飲品尚未飲盡。假如殿下不介意的話，這杯果實酒就請您自行享用吧？」

男性邀酒時，若是女性還拿著杯子就必須婉拒，再請邀酒的男性自行享用。我現在還拿著杯子，便請殿下自行享用。

殿下的笑容明顯透露出幾分焦慮。

女性提出要求後，必須一口飲盡才是禮貌。原以為他會馬上喝掉，結果他一口也沒喝，還自顧自地聊了起來。過了一會兒，他才將完全沒碰的那杯酒交給僕人。

即使無視禮儀也不肯喝……看來那杯酒做了什麼手腳……

我在淑女教育中學過，必須對男性邀約的飲品抱持百分百的戒心，母親也特別提醒我今天最好一直將杯子拿在手中。沒想到這些知識居然會派上用場。

好可怕……儘管我帶著吉諾先生送的解毒遺物魔道具，還是害怕極了。

「感謝在場的各位今日蒞臨。這場派對難得將未婚者齊聚一堂，所以接下來我想進行『花鳥舞會』。」

就在我嚇得膽戰心驚、低調躲在角落時，第一王子殿下在會場中央如此宣告。

居然要做到這種地步……

貴族大多都是策略聯姻，儘管數量不多，還是有人會自己尋找對象。「花鳥舞會」就是以這些人為對象所舉行的晚宴。

舞會名稱源自於繪畫或刺繡中經常將花與鳥畫在一塊兒。雖然平常可以當不跳舞的壁花，在「花鳥舞會」就必須跳上一曲。而且鳥兒停在花開的枝枒上也代表邂逅的象徵，之後一定得跟跳過舞的對象見一次面。

在場所有人都十分困惑。若要舉行「花鳥舞會」，當初就必須在邀請函上標明旨意，臨時宣布舉辦「花鳥舞會」是相當違反禮數的行為。

第一王子殿下絲毫不顧現場的困惑，命令樂團進行演奏。他如此強硬舉行「花鳥舞會」的目的並非舞蹈本身，而是之後的會面吧。只要跟我跳過舞，往後兩人私下會面，他會派人到處宣傳我們會面時有多親密，藉此剷平所有阻礙。

我站在牆邊看著大家的舞姿時，發現潔奈兒小姐瞪著我看，她是格里瑪蒂侯爵家千金。我走向潔奈兒小姐。

得向她謝罪才行。潔奈兒小姐是第一王子殿下的未婚妻，原本預定在畢業後馬上開始籌備結婚事宜。因為第一王子殿下想跟我成婚，現在卻不好說了，她對我一定相當不滿。

「我明白這不是安娜史塔西亞小姐的錯，可是看到妳還是會覺得煩悶焦躁。」

我上前謝罪後，潔奈兒小姐這麼說。

「是呀，我能理解妳的心情。我只是想跟妳說聲抱歉，等等會馬上離開妳的視線。」

我原本要離開現場，潔奈兒小姐卻開始發牢騷，我便留下來聆聽。她似乎忍很久的樣子。

潔奈兒小姐跟我從初等科以來都在特級班。雖然不像艾卡特莉娜小姐那樣親如朋友，也是從六歲就同班至今，可以隨意傾訴煩惱與話題。

「我啊，過去都乖乖遵守家族的行事方針，大家都說貴族千金這樣才能得到幸福。結果呢，我連婚都結不成，還要淪為愛妾，實在太過分了吧。」

「愛妾！」

「對啊。」

要是和潔奈兒小姐結婚，第一王子殿下就要以繼承人身分入贅格里瑪蒂家。可是一旦降低臣籍加入格里瑪蒂家、放棄王族身分，就會從王位繼承權鬥爭中淘汰，第一王子殿下才為此延後婚期。到目前為止我都明白，但是從未聽說過愛妾這個提議。

如此殘酷的提議大可一口回絕，格里瑪蒂家卻猶豫了。大多數上級貴族都會在成年前訂下婚約，若是要尋找和潔奈兒小姐年齡相符的下一個對象，除非要「橫刀奪愛」，否則找到的可能性非常低。既然無法結婚，當國王陛下的愛妾或許也不錯，這就是格里瑪蒂家的想法。

不可原諒！貴族首重名譽，倘若貴族女性被輕蔑至此，就算服毒自盡也不足為奇。

我請眼眶含淚的潔奈兒小姐千萬不要輕率行事，也答應會找父親幫忙，讓賽文森瓦茲家協助解決問題。

聽潔奈兒小姐抱怨的同時，第十一首曲子也來到尾聲。在十二首曲子演奏期間至少要跳一次舞，是「花鳥舞會」的規矩，所以我一定要跳最後這首曲子。

第一王子殿下始終沒有走向此處，大概是因為我一直跟潔奈兒小姐在一起，害他不方便搭話吧。不過在最後一首曲子開始前，他終於走了過來，還帶著勝券在握的笑容。

「安娜，要與我共舞嗎？」

他居然用小名稱呼我！而且還是在潔奈兒小姐的面前！能用小名稱呼我的男性只有吉諾先生而已！

「第一王子殿下，非常抱歉，麻煩別用小名稱呼我。而且被您邀舞實在讓我愧不敢當，請容我斗膽婉拒。」

我笑著這麼說，便走過第一王子殿下身旁前往舞池。一站上舞池，第十二首曲子就開始了。

我下定決心開始獨舞。

社交舞通常是雙人舞，沒有獨舞形式，不過也沒有規定不能獨舞。我確實在十二首曲子演奏期間跳過舞，所以也沒有違反「花鳥舞會」的規矩。

能感受到大家驚訝的目光都集中在我身上，眾人的竊竊私語逐漸演變成巨大的吵雜聲。做這種沒有人會做的事，自然會引來眾人目光，真的、真的好丟臉。我的臉應該紅成一片了。

可是我只想和吉諾先生結為連理，就算丟臉，我也要努力跳完這支舞！我要加油！

樂曲結束後，我偷偷瞥了第一王子殿下一眼，發現他愣在原地。他應該完全沒料到我會選擇獨舞的樣子。

再來就輪到我了……第一王子殿下，做好心理準備吧。

「各位，『花鳥舞會』的十二首曲子至此演奏完畢，可是還有人尚未跳舞。樂團老師們，麻煩演奏第十三首曲子。」

我用響徹全場的巨大音量如此宣告。

這也是「花鳥舞會」的規矩。在「花鳥舞會」中每首曲子都只會演奏第一小節，所以十二首曲很快就結束了。有些人因為害羞不敢邀舞，就會以追加的第十三首曲子強迫他們跳舞。男女人數不符時也會與同性共舞，假若只剩下一個人，主辦人就要充當那個人的舞伴。

現在只剩下潔奈兒小姐還沒跳舞。在「花鳥舞會」中不論男女都能主動邀舞，然而潔奈兒小姐並不是敢向男性邀舞的人。而且潔奈兒小姐是第一王子殿下的官方未婚妻，在之後必須私下約會的「花鳥舞會」中，自然沒有人敢邀請王族的未婚妻共舞。

既然剩下潔奈兒小姐一個人沒跳舞，她的舞伴就是主辦人第一王子殿下。

殿下原本想含糊帶過有人沒跳舞這件事，只用十二首曲子結束舞會吧。我可不會讓他得逞。

我並非主辦人卻要求演奏第十三首曲子的行為違反禮儀，邀請函上並未標明卻擅自舉行「花鳥舞會」的行為也違反禮儀，這下就扯平了。

看著兩人共舞的模樣，我忽然覺得寂寞又鬱悶。追加第十三首曲子的策略也是潔奈兒小姐的心願。明明遭到如此無禮的對待，潔奈兒小姐還是想和第一王子殿下共舞。

那位男性究竟哪裡好呢？啊，長相是很俊美，不過也僅止於此。在我看來只是個差勁透頂的男人。

跳完舞後，第一王子殿下瞪了我一眼。在王家主辦的晚宴中，我並非主辦人卻忽視禮儀要求演奏第十三首曲子，此舉不但宣示了賽文森瓦茲家的權勢，同時也帶有強烈的訊息。

——賽文森瓦茲家樂見第一王子殿下與潔奈兒小姐的婚姻——

我帶著賽文森瓦茲家的權威向參加者如此表明立場，在場所有人應該都感受到了。

這樣第一王子殿下在繼承權鬥爭中就大幅落後了。就算王太子殿下真的被廢黜，第一王子殿下也不會馬上被立為太子吧。

「追加第十三首曲子這方法簡直太絕了，很有姑母那種『女帝陛下』的風範喔。」

「花鳥舞會」結束後，參加者又開始暢談起來，這時王太子殿下面帶笑容上前如此與我攀談。他說的姑母就是母親。母親是陛下的妹妹，所以是殿下的姑母。

其實這是母親的策略。母親還是不放心讓我一個人參加，所以給了很多建議。沒在邀請函上標明卻舉行「花鳥舞會」，以及不演奏第十三首曲子等狀況，母親早就猜到了，還教我好幾種對應方法。

我還不成氣候。原本以為第一王子殿下應該不至於做得這麼絕，結果每件事都出乎我的預料，到頭來還是都被母親說中了。

我自己只想到獨舞這個策略。母親原本建議我找政治立場相對安全的人共舞，可是一旦在「花鳥舞會」上共舞，後續就必須私下見面。我不想跟吉諾先生以外的人約會。

我還得多加努力。只會依賴母親的建議，無法獨立完成任何事的成年女性，根本配不上吉諾先生。

「第十二首曲子的那支獨舞也讓我很感動。我也有心愛的人，所以能理解安娜史塔西亞小姐的感受。換作是我，可能也會做一樣的事。」

「……您現在還是對馬利歐托小姐一往情深啊。」

陛下不同意王太子殿下和男爵千金馬利歐托小姐的婚事，殿下卻始終不肯放棄，今天在派對上也都陪在馬利歐托小姐身旁。

「是啊。不管旁人怎麼說，我都不會放棄。如果立場與妳相同，我應該也會選擇獨舞……不，不僅如此。如果她要和我分手，我一定會沒出息地抓著她嚎啕大哭，甚至用下跪磕頭這種平民的方式道歉，分手場面一定會鬧得比妳當時還要難堪。」

殿下面帶苦笑說的這句話讓我相當震撼，根本無法想像這是王家人會說的話。回顧歷史，哪有會在公眾場合下跪磕頭的王族呢？

……這個人真的不適合王族生活，不過我能理解他是真心深愛那位女性。

「為了向獨舞的妳表示敬意，今天就不聊側妃的話題，可是我還是不會放棄妳。為了和她結婚，我非得封妳為側妃不可，我需要妳為我倆的幸福犧牲。」

「這不是我能決定的事，麻煩去和父親商量吧。」

我才不想為你們兩人犧牲。我再也不會放棄自己的幸福了。我將這股意念融入話語中向殿下說道。

「好吧。雖然已經做好被妳怨恨的心理準備，可是要恨就恨我一個人，別對她出手。」

準備回到馬利歐托小姐身邊時，王太子殿下回過頭如此囑咐。

吉諾先生曾經說過，儘管王太子殿下放蕩不羈，本人卻沒有這麼壞。問題出在他會將馬利歐托小姐說的每句話照單全收，隨便將常識拋諸腦後。我好像能夠明白吉諾先生這句話的意思了。

雖然利害關係讓我們站在對立面，我完全能理解殿下這麼做的心情。

結束晚宴回到家後，我在房裡陷入沉思。這場晚宴給了我很多震撼教育，然而最讓我震撼的還是王太子殿下這句話：

『如果她要和我分手，我一定會沒出息地抓著她嚎啕大哭，甚至用下跪磕頭這種平民的方式道歉，分手場面一定會鬧得比妳當時還要難堪。』

被吉諾先生退婚時，我沒有抓著他嚎啕大哭，更沒有下跪磕頭。王太子殿下肯定會比我更拚命挽回這段感情。

不要放棄幸福——我將吉諾先生說的這句話當成心之所向，一路努力至今，可是似乎還不夠努力。王太子殿下心中始終抱持著絕不放棄幸福的覺悟。

凱特小姐說，吉諾先生一走出會場，眼淚就掉了下來。如果我當時抓著吉諾先生嚎啕大哭，拖延他走出會場的時間，他或許就會在我面前掉淚。

當時我根本沒發現那是吉諾先生的騙局，然而如果吉諾先生在我面前掉淚，我就能察覺到異狀。不要放棄幸福——如果我再努力一點，或許就不會走向退婚的結局。

……吉諾先生的幸福當然是最重要的事。如果吉諾先生真的想和其他女性結婚，我也明白這麼做真的能讓他幸福的話，我就會義無反顧退出。

可是我當時連這麼做是否能讓吉諾先生幸福都無法確認。一聽到凱特小姐懷上孩子，我就澈底絕望，甚至放棄思考了。

——不要放棄幸福——

為此我一定要更努力才行。

要不顧羞恥和他人的閒言閒語，抓住吉諾先生嚎啕大哭，向他下跪磕頭。

就算聽到其他女性懷了吉諾先生的孩子，也不能絕望放棄一切。

不管受到多麼大的打擊也要不為所動，為吉諾先生的幸福著想。

◆◆◆

吉諾先生失蹤後已經三個月了，至今仍未查出他的下落。

不管有多麼高超的逃脫技術，只要是人類就要過生活。那些密探說生活的痕跡不可能完全消除，只要有那些痕跡，就算是高階忍者也會被找出來。

吉諾先生的狀況更是如此。從過去的收入和支付給安東魯尼家與巴爾巴利耶家的賠償金額來算，吉諾先生幾乎交出所有財產。為了謝罪居然做到這種地步，他真的是相當耿直的人。

幾乎交出所有財產，就代表吉諾先生身上沒有資金，他必須賺取生活糧食。可是貴族很難融入平民生活，絕大多數淪為平民的男性貴族都會露宿街頭。在生活方面，吉諾先生有經營商會的經驗，可能會考慮靠經商生活。

於是那些密探將搜索範圍擴大至其他國家，鎖定露宿街頭，以及最近受僱於商會或創立商會的人。

可是至今完全沒有疑似吉諾先生的消息。他們說這種狀況很可能是早已身亡，或是遭到貴族家或其他國家囚禁。尤其吉諾先生又交出了所有財產，也可能做好最壞打算做出輕生之舉……

我心中滿是忐忑，忍不住以淚洗面。我能做的只有誠心祈禱，每天都到教會祈求吉諾先生平安無恙。

◆◆◆吉諾利烏斯視角◆◆◆

我為了夜總會的保鏢工作在家裡待命時，忽然傳來一陣猛烈的敲門聲。

「是誰？」

「我是蕾妮！拜託！快點開門！」

是我擔任保鏢的夜總會小姐。她今天應該休假才對。我疑惑地打開門，她就連滾帶爬地衝進我的房間。

她的模樣讓我十分震驚。在貧民窟中地位算高的她，身上的貫頭衣竟被狠狠撕裂。蕾妮淚流滿面、渾身發抖，一看就知道發生了什麼事，我從衣櫥中取出上衣披在她肩上。

「快關門！」

「可是……」

我一個人住，關上門就會變成孤男寡女共處一室。

「求求你！我可能會被那些人發現！」

她擔心暴徒會找上門嗎？那就沒辦法了，我只好把門關上。

我一個人住在貧民窟，所以房裡只有一桌一椅，除此之外能坐的地方就只有稻草鋪設的床。我讓蕾妮坐在椅子上，自己站著。由於水正好燒開了，我先倒了杯白開水給她平復心情。

「你好奇怪，居然會喝熱水。」

蕾妮小口啜飲熱開水這麼說。經過一陣沉默後，她似乎稍微冷靜下來了。

長時間的貴族生活讓我養成了喝茶的習慣，不過茶葉要價不斐，我只好改喝白開水。

「欸，夸克，你最近經歷了痛徹心扉的失戀對吧？」

雙手捧著木杯的蕾妮輕聲呢喃。

夸克是我的假名夸克萊爾的小名，現在夜總會的小姐都用小名稱呼我。

「為什麼這麼想？」

「看就知道了吧？你的背影充滿哀愁，經常露出遙望遠方的悲傷眼神。」

我完全沒有失戀的感覺。我現在還會送化妝水給安娜，還能為安娜有所貢獻，所以覺得這份戀情並沒有中斷。

只是無法再見安娜一面，才會覺得悲傷。

「你知道嗎？失戀的特效藥就是再談一段新戀情喔。只不過我應該沒有機會了。」

蕾妮嘿嘿嘿地笑了起來。

「……為什麼沒機會？」

「因為我在做這種工作啊。而且剛剛還被男人侵犯……我一定很髒吧。」

「沒這回事。」

「……你真的這麼認為？」

「那當然。」

「那麼……抱我吧。你敢不敢抱我，證明剛剛那些話不是在騙我？」

蕾妮將手裡的木杯放在桌上，從椅子上起身，緩緩朝我走來。

「妳要做什麼……」

我下意識往後退，一道冷汗流過背脊。

這時一陣敲門聲打斷我們的對話。敲門的人是衛兵，好像是接獲線報得知這裡有名女性涉及案件，所以才會找上門來。

我這個窮苦人家只有一間房間，蕾妮根本無處可躲，衛兵便將房裡唯一的女性蕾妮帶走了。

蕾妮一臉不悅的樣子。畢竟待會兒做筆錄時會被問到女性不願被提及的那些事，當然會不開心吧。雖然覺得她很可憐，我卻沒辦法保護她。因為不管貧民窟的居民如何解釋，那些衛兵都不會搭理。

第八章　重逢

◆◆◆安娜史塔西亞視角◆◆◆

「小姐！找到吉諾利烏斯先生了！」

衝進我房裡的布麗琪用興奮的語氣說，我也忍不住站起身。

「吉諾先生呢！他平安無恙嗎！」

「平安無恙。聽說他在亞莫倫區的餐廳當廚師。」

「太好了……」

得知吉諾先生可能遭遇不測後，我就一直忐忑不安，所以忍不住喜極而泣，並當場獻上祈禱感謝神明。被吉諾先生退婚後已經半年了。

不過，原來他在當廚師啊？沒想到吉諾先生還會烹飪。退居市井的貴族少爺居然以烹飪維生，未免太出乎意料了，難怪隔這麼久才找到他。

……既然廚藝好到可以擔任廚師，至少也該得意揚揚地告訴我一聲吧。吉諾先生都不告訴我，讓我好寂寞。

在晚宴遇見的那些同齡男性都很愛吹噓，吉諾先生卻完全不會。好想聽吉諾先生炫耀啊。真希望吉諾先生多聊聊自己的事。

在賽文森瓦茲家的要求下，巴爾巴利耶家也撤回了將吉諾先生逐出家門的決定。只要找到吉諾先生，接下來只要再次談妥婚禮事宜，與他正式訂婚即可。

唔呵呵呵，終於能見到吉諾先生了，我開心到快要哼起歌來。哎呀，這可不行。我竟然不知不覺轉呀轉地跳起舞來。

睽違半年的重逢，我想打扮得漂亮一點去見他，得重新訂製禮服和保養肌膚才行。即使不知道吉諾先生看到這副長相會怎麼想，我還是想竭盡全力。

「布麗琪，我想訂製一套新禮服，請幫我找裁縫師過來。之後還想保養肌膚，所以把美容師也叫過來吧。」

「小姐，您想穿新訂製的禮服去見吉諾利烏斯先生嗎？」

「是呀。這可是睽違半年的重逢，我想打扮得漂亮點去見他。」

「那可不行。您應該馬上去見他。」

「唉呀，為什麼呢？」

「吉諾利烏斯先生在那間餐廳基本上只負責廚房事務，但是經常會到外場上菜。有長相俊秀的男性負責上菜，搭話後又會親切回應，所以那間餐廳現在大受女性歡迎。每天一到吉諾利烏斯先生的下班時間，就會有好幾名女性在餐廳後門等候，爭相邀約吉諾利烏斯先生用餐。如果是餐廳常客，吉諾利烏斯先生也不便拒絕，所以有時會陪同用餐。」

「真、真、真、真的嗎？」

我難掩心中動搖，連嗓音都在顫抖。

「是的。就是因為街上女性都在討論那位擁有平民難得一見的俊俏臉蛋，閒聊也會親切回應的餐廳男員工，密探打聽到消息，我才會發現吉諾利烏斯先生的行蹤。」

「居、居、居然在街上引發話題嗎？」

「不僅如此。」

「什、什麼？還有其他問題嗎？」

「吉諾利烏斯先生現在白天在餐廳工作，晚上在紅燈區擔任保鏢。」

「保鏢？難、難道他受傷了嗎？」

「這點您大可放心。為了確認吉諾利烏斯先生是否在職，密探曾佯裝醉漢在店裡大鬧一番，結果一下子就被吉諾利烏斯先生壓制，根本不知道他對自己做了什麼。這個任務原本想測試吉諾利烏斯先生的空手格鬥術，如果實力不足，就考慮對店家施壓，逼店家立刻辭去吉諾利烏斯先生的保鏢工作，可是我們甚至沒能測出他的實力。他的技術熟練到連賽文森瓦茲家的密探都像小嬰兒一樣無力反抗，面對暴徒或醉漢自然不會受傷吧。」

……原來吉諾先生不只劍術高強，連赤手空拳的武術也很擅長，甚至出乎賽文森瓦茲家密探的預料。他明明可以把這件事告訴我，多跟我吹噓幾句呀。

這件事暫且不論。既然不必擔心他受傷，那還有什麼問題？

「吉諾先生擔任保鏢的地方，是由女性服務男性的夜總會。吉諾利烏斯先生五官端正，武術高超，年輕、親切又風度翩翩，許多女性都被他迷得神魂顛倒。她們可是風俗業的女性，是用美人計籠絡男人的專家。吉諾利烏斯先生不擅長與女性相處，應該撐不了太久吧。」

「妳、妳、妳、妳、妳說什麼！」

「風俗業的女性非常危險。這是密探開始監視吉諾利烏斯先生沒多久就發生的事情。有個在吉諾利烏斯先生任職的夜總會工作的女性，在吉諾利烏斯先生的家門前自行撕毀衣服，以半裸狀態闖進他家，聲淚俱下地說自己被暴徒侵犯。更裝出害怕暴徒追過來的樣子，逼吉諾利烏斯先生關門。」

「什麼！那、那、那、那、後、後、後來呢！吉諾先生該、該、該不會和那位女性共、共、共度一夜了！」

「沒有。賽文森瓦茲家密探立刻向衛兵舉報有個被暴徒侵犯的女性躲在吉諾利烏斯先生家，衛兵也將女性帶回值班室問話了，沒有共度一夜。儘管如此，還是要提防那位女性。後來她又多次邀吉諾利烏斯先生用餐，哭訴恐懼試圖引起吉諾利烏斯先生的同情。吉諾利烏斯先生果然不擅長對付女性，完全沒發現她在說謊。雖然吉諾利烏斯先生很善良，卻完全被抓住這個弱點。於是那名女性計畫得逞，吉諾利烏斯先生產生惻隱之心，對害怕落單的她心生憐憫，只要時間允許都會陪在她身邊。」

布麗琪鉅細靡遺地向我解釋，退居市井的貴族少爺有多容易墜入女性的溫柔陷阱。

貴族少爺基本上都是策略婚姻。不顧策略婚姻的花花公子另當別論，不過性格耿直不會出軌的少爺絕對不會和未婚妻以外的人交往。

跟未婚妻交往，也只是每月幾次的茶會，或是在隨行或跳舞時碰碰手而已，不會孤男寡女共處一室。

然而平民女性似乎會摟著男性手臂用胸部緊貼，還會熱情擁抱。面對這些貴族女性絕對不會做出的激烈追求，貴族少爺總會立刻淪陷。

「這、這、這、這下糟了。我、我、我、我、我該怎麼辦？」

「根據密探的調查，他身邊似乎還沒有特定女性。不過除了那名女性之外，還有許多女性會對吉諾利烏斯先生熱情示好，身邊有特定女性也是遲早的事。」

「妳、妳、妳、妳說這種女性還有很、很、很、很、很多嗎！」

「小姐，請您立刻動身。吉諾利烏斯先生個性耿直，一旦確定戀愛關係，就不會輕易拋棄那名女性。要是他對平民女性一見鍾情，一定會考慮放棄回歸貴族界，以平民身分和那名女性共度餘生。您得在吉諾利烏斯先生和別人定情之前把他搶回來。」

我從未想過吉諾先生不願回歸貴族界的可能性。這可不行，我一定要儘快見吉諾先生一面。見我入夜後仍急著出門，父親滿臉不情願，母親則面帶苦笑地同意。我乘上最快的馬車，為了以最快速度抵達，我派出快馬奔馳，還在中途停留的城鎮更換馬匹。

貴族在餐廳或夜總會工作的消息傳出去很不好聽，所以得做好隱蔽工作，負責處理的工作人員似乎會隨後趕上。他們是騎馬追趕而非乘坐馬車，所以預計會比我們早一步抵達目的地。

我在腦袋一片空白的狀況下奔出家門，一想到待會兒就要見到吉諾先生，便開始忐忑不安。退婚後又過了半年之久，如果是戀愛小說，這段時間已經足以讓失戀的主角找到新戀情。如果有許多女性對吉諾先生積極追求，就算他移情別戀也不足為奇。

屆時我得在這場戀愛戰役中勝過所有人，獲得吉諾先生的寵愛與他破鏡重圓。可是面對以風俗業女性為首的眾多女性，我似乎打不贏這場戀愛戰役……

「布麗琪，我覺得自己贏不了夜總會的女性……」

我忍不住向共乘馬車的布麗琪吐露不安。

「別擔心，吉諾利烏斯先生尚未與其他女性定情。」

「就算尚未定情，說不定他早已心有所屬呀。如果他有喜歡的人，我該怎麼辦……」

「也是，小姐缺乏戀愛經驗，靠欲擒故縱可能沒有勝算，還是該正面出擊。請您拿出勇氣，盡可能將最真實的心意好好傳達給吉諾利烏斯先生。只要有異性對自己示好，任誰都會忍不住在意。開始注意對方的一舉一動時，通常就會不知不覺喜歡上那個人。」

直接表達最真實的心意嗎……一言以蔽之，我最真實的心意就是「想和吉諾先生結婚」，可是我從來沒聽說過女性向男性求婚的案例。

「這麼做會不會讓他覺得我不夠端莊呢？」

「小姐，『戀愛是先講先贏』。能在更早的時間點將心意表達得更清楚的人才能取勝。」

勝利啊……說得也是，我必須全力一戰。而且我的對手是身經百戰的風俗業女性們，假如不逼自己一把，像我這種女人根本無法從眾多競爭者中脫穎而出。

……沒錯，我已經決定了。

——不要放棄幸福——

我一定要努力貫徹這個信念。就算知道有人愛慕吉諾先生，我也絕對不會放棄追求幸福。我要不顧羞恥和他人的閒言閒語，沒出息地纏著吉諾先生。

我要大膽嘗試求婚！我要加油！

我要竭盡所能，就算被吉諾先生拒絕也要抓著他問清楚。然後，一旦明白放棄才能讓吉諾先生幸福……我就會乖乖退出。

我不會放棄自己的幸福，可是吉諾先生對我也很重要。他在我心中真的是非常、非常重要的存在，我無論如何都希望他能幸福。假如吉諾先生得不到幸福，我也沒辦法幸福。

「除此之外，小姐，肢體接觸也很重要。要抓住男性的心，關鍵就是肢體接觸。」

「肢體接觸、嗎？我該怎麼做呢？」

「這個嘛，握住吉諾利烏斯先生的手怎麼樣？」

我從沒想過這件事。仔細想想，過去我總是被動接受吉諾先生付出的愛，沒有真正努力抓住吉諾先生的心。這樣不行，我一定要改變自己。

「謝謝妳，布麗琪，我會努力試試看。」

「還有一件事，您得儘快讓吉諾利烏斯先生搬家才行。自從夜總會小姐半裸闖進吉諾利烏斯先生家後，其他夜總會小姐也燃起競爭意識，想方設法想闖入他家。雖然目前能勉強將她們阻擋在外，吉諾利烏斯先生不擅長應付女性，隨時有可能被侵門踏戶。總之真的很危險，連負責監視的密探都嚇得膽戰心驚。」

「那、那、那、那、那樣太、太、太危險了。」

實在太嚇人了！這可是吉諾先生的貞操危機啊！

沒時間在旅店悠哉休息了。我決定在馬車上補眠，不分晝夜驅車前往。

馬車在貧民窟某個混雜組合屋和石造建築的區域停了下來。眼前這棟石造建築通往二樓的樓梯已經毀了大半，一樓的石牆也破了大洞，有間房根本不堪使用。吉諾先生就住在這棟建築二樓的某間房裡。

我不禁潸然淚下。如果當初沒有退婚，現在也住在巴爾巴利耶家的話，吉諾先生應該能過上自由無虞的生活，他卻住在這種地方……

我沒有勇氣踏出最後這一步，在建築前呆站了一會兒，就看見一名女性往吉諾先生住處走去。賽文森瓦茲家的男性密探跟布麗琪說了些什麼。

「小姐，是那位夜總會的小姐。」

什麼！那可不行！

聽到布麗琪的回報，我連忙將那名女性叫到身邊，然後以有要事相談為由給了她幾枚金幣，請她撥點時間給我。

「能拿這麼多錢，我倒是可以聽一聽。可是看妳這身打扮，應該是規模相當大的商家千金吧？要是想包養夸克，我勸妳別白費力氣了。因為那傢伙超討厭大貴族和大商家。」

夸克是吉諾先生假名的小名吧。聽說吉諾先生在這裡使用夸克萊爾這個假名。

我聽凱特小姐聊過一些平民的習俗。貴族女性只會在家人、未婚夫和戀人面前用小名稱呼男性，不過平民女性就算沒有特殊關係，也會用小名稱呼異性。

平民用小名稱呼對方時，通常也會加上敬稱，會捨棄敬稱的對象只有戀人或相當於手足的兒時玩伴……這種關係匪淺的人。

……看來吉諾先生已經在這裡建立起人際關係了吧。緊密到對方足以捨棄敬稱喊他小名……或許早已沒有我的容身之處……

「儘管機會不大，妳還是可以盡全力試試。要恨就恨出生在富貴人家的自己吧。」

見我沮喪地低著頭，那名女性露出勝券在握的笑容，留下這句話便離開了。

……不，我絕不會放棄。我已經決定要沒出息地纏住吉諾先生了，就算吉諾先生早已心有所屬，我也會堅持努力到底！

◆◆◆吉諾利烏斯視角◆◆◆

結束廚師的工作後，我像平常一樣讓女性請客吃飯後回到家。在家中悠閒放鬆時，忽然傳來一陣敲門聲。晚上會來這個家敲門的人，通常都是來委託保鏢工作。雖然時間比平常還早，說不定偶爾也會有這種狀況，於是我戴上移除利刃的臂甲並打開房門。

結果站在門前的不是我擔任保鏢那間店的店員，而是一位女性。她穿著與貧民窟格格不入的禮服。

「請問哪……」

話還沒說完，我就因為過度震驚而啞口無言。

這名女性將一頭亮麗銀髮編得端整，嫩綠色的眼眸噙著淚水，那張優雅又夢幻的美麗臉龐跟賽文森瓦茲家的岳母相當神似。雖然她的笑容帶著珠淚，卻依舊耀眼奪目。

「吉諾先生……」

用銀鈴般悅耳的懷念嗓音如此呢喃後，安娜就撲上前緊緊抱住我。

「賽文森瓦茲小姐？」

「叫我安娜。」

不斷啜泣的安娜抱著我如此回答。

「不可以，請您放開我。您貴為王妃，這麼做會引發醜聞。」

因為身分相差懸殊，我沒辦法將安娜強行扯開，只能用這種說法請她鬆手。

「我才不要當王妃！」

「咦？」

「吉諾先生以前不是告訴我『不要放棄得到幸福的機會』嗎？所以我絕不放棄！我要再次抓住吉諾先生的心！」

那怎麼行！既然想得到幸福，怎麼能選住在貧民窟的平民呢！

我將安娜強行拉開。平民對貴族做這種事相當無禮，但是我毫不猶豫。我明白這是為了安娜著想。

「我是平民！跟我結婚的話，只會離幸福越來越遠！」

我情緒激動，忍不住放聲大喊。

「不必擔心這件事。雖然尚未公開，在賽文森瓦茲家的要求下，巴爾巴利耶家已經撤回逐出家門的決定了。吉諾先生並不是平民。」

「什麼！」

怎麼回事？我當時可是公然侮辱了賽文森瓦茲家。那對公爵夫妻是貴族中的貴族，碰上攸關家族名譽的問題，怎麼可能輕易放過我……

「……就算賽文森瓦茲家允許，我也已經身敗名裂了。跟我這種醜聞纏身的男人結婚，賽文森瓦茲小姐絕對不會幸福。」

「即使如此也不成問題。賽文森瓦茲家已經準備好替你挽回名譽的方法。」

「解決方法？」

「是的，你儘管放心。」

……憑賽文森瓦茲家的能力，確實有辦法洗清我的醜聞。雖然不知道賽文森瓦茲家這麼做的理由是什麼，只要他們有心應該就能辦到，然而還是不行。

「……您還是另尋他人吧。」

安娜一臉驚訝。

「……為什麼？」

「我……我辦不到！其他男人才能讓安娜過上更幸福的生活！」

我實在不想說這種話。我明明想和安娜長相廝守，卻還是咬緊牙關用怒吼的方式拒絕安娜。這是為了安娜著想。沒錯！一切都是為了安娜！

詛咒解除後，如今安娜的結婚路上再也沒有阻礙。她是權大勢大的賽文森瓦茲家獨生女，何止沒有阻礙，想跟安娜結婚的人應該多得是。

安娜不明白這件事，因為她親近的男性只有我一人。她不知道在眾多選項中挑選我是大錯特錯，也不知道還有很多男人比我更能為她帶來幸福。

我也想和安娜結婚，可是我是完全配不上安娜的爛男人。此刻我只能退出，這是對安娜最好的決定。

對了，讓安娜對我印象破滅吧。

「……而且，我有個會讓妳印象破滅的天大祕密……挑選我是最糟糕的選擇。」

「我知道吉諾先生心裡有祕密，即使如此對我來說也不是什麼大問題。我只要努力博得吉諾先生的信任，期盼你未來願意告訴我。」

「妳在說什麼！我怎麼可能不信任妳呢！我沒說出口……是害怕被妳討厭。」

「我絕對不可能討厭吉諾先生。」

安娜溫柔一笑。那張讓我的心如沐春風的溫暖笑容，充滿絕對的自信。

之所以沒說出口，是不敢讓安娜知道我的靈魂是個老人。沒有女性會喜歡老人，但是這次是個好機會。我本來就是個沒用的男人，靈魂還垂垂老矣，得知這個事實後，安娜對我的印象一定會破滅，轉而選擇其他男人。

「雖然為時已晚，請妳聽一聽吧。」

於是我說起前世的事。除了原本是個老人之外，連被女性視為蛇蠍鄙棄，人生孤獨又悲慘的事情也全都告訴她了。我的真實面貌就如在地底爬行的醜惡螻蟻，此刻全都攤在陽光下。

安娜靜靜聆聽，全程帶著溫柔又哀戚的眼神。

「這下妳明白了吧？成績優秀是因為有前世的知識，劍術高強是因為用了魔法。能解出數學的未解決問題，也是因為在前世早已被解開了。能將商會經營得有聲有色，是因為重現了前世存在的商品。」

「這就是吉諾先生缺乏自信的原因吧。」

「是啊，一切都要歸功於前世知識這個違規的技能，沒有一件事是靠自己的實力完成的。真正的我……是個超級沒出息的爛男人。」

「才沒有這回事。」

面帶慈祥笑容的安娜緩緩搖了搖頭。

「我認為吉諾先生會缺乏自信，是因為在前世飽嘗辛酸的委屈。我也是過來人，所以能理解這種感受。持續遭人否定，就會不敢高估自己的實力。」

布魯斯也說過我沒信心的程度非比尋常，原來在安娜眼中也是如此嗎？

「過去我也總是被他人嘲笑外貌，封閉了自己的心，而且變得不擅長與外人相處。」

「這樣啊，安娜也因為詛咒飽受辛酸吧。我也一樣，不敢靠近女性。」

「不只是女性而已。吉諾先生，你對男性和所有人都會保持距離。」

「什麼？」

「我聽大姊說過，吉諾先生在安東魯尼家人面前也不會輕易示弱，安索尼先生和賈斯汀先生也說過一樣的話。」

我實在不太懂。我只是做了自己想做的事，從來沒有刻意不在他人面前示弱。

「我……被欺負了無數次後，心中就產生恐懼，害怕自己會遭受不合理的傷害，而這種恐懼出現在內心深處難以察覺的角落。我對任何人都莫名懼怕，懷疑他們是否會傷害我，所以不只是男性，我對女性也會下意識保持一定的距離。這讓我交不到朋友，還對母親隱瞞霸凌的事實。」

我的確害怕女性，不過對男性或家人並不恐懼。我的狀況跟安娜應該不太一樣。

「套用母親說的話，如果是家族、夫妻、婚約對象……這種發自內心為彼此著想的關係，就不該顧慮對方的心情有所隱瞞。母親說，正因為替彼此著想，才更應該老實交代，家人就是這種關係。所以母親說我不該隱瞞霸凌的事實，希望我主動拿出勇氣坦然以對。」

我終於明白了。安娜是要我拿出勇氣，在人際關係更主動一些嗎？

……安娜說得或許沒錯。不只是女性，我也不會主動與同性交流。

得知兩位王子殿下向安娜提親，讓我為此苦惱不已時，安索尼他們說有心事都可以找他們談，還有些生氣且一臉不解地罵我為什麼都不肯說。即使如此，最後我還是沒告訴他們任何事，而是一個人思考所有事，一個人作決定。

我對姊姊也總是隱瞞。不只是前世的事，就算商會發生問題，我也不會對任何人說，全都靠自己解決。

原來如此。是我的心思太扭曲了……

然而我也因此下定決心，我還是不能和安娜破鏡重圓。雖然安娜說她的心思也曾經因為詛咒而變得扭曲，也不過是短短不到二十年的時間。而且安娜的心靈成長速度驚人，就算扭曲也能立即修正。

我就不一樣了。我的心思在前世已經被扭曲了八十二年，早已如鋼鐵般堅韌。而且我是老人靈魂，思想冥頑不靈，不可能像安娜這樣快速修正扭曲。

我的心思太過醜陋，得耗費長年歲月才有辦法導正。這樣的我不可能為安娜帶來幸福。

「妳說得對，我的心思太扭曲了。這種扭曲不是一朝一夕就能導正，所以才更不能接受妳，絕對不行。還有很多男人比我更能讓妳幸福，拜託妳去找他們吧。」

聽到這句話，安娜眼中出現強烈的光芒，彷彿是下定決心的眼神。隨後她在我面前跪下。她到底要做什麼？

「和我結婚吧。我發誓一定會讓吉諾先生幸福，所以你也別放棄自己的幸福。」

唔————！

安娜在我手背落下一吻並這麼說。這是男性求婚時的儀式。

這個國家的規矩是男性向女性求婚。因為女性不得主動求婚，不存在女性求婚時的儀式，安娜才用男性的儀式向我求婚。

要在女性不得主動求婚的這個國家做這種事……需要多大的勇氣啊……

她是抱著多大的覺悟才敢跪在我面前……

而且還是聽到我說絕對不會接受她之後……需要多麼強烈的心意才能做出這種事……淚水湧上眼眶，使得我看不清安娜的模樣。

「可、可是！如同我剛才所說，這種扭曲沒辦法輕易導正啊！」

剛才我還意志堅決地告訴自己不能接受安娜，就算安娜窮追不捨，也要像將棋那樣一步步將她確實逼入絕境狠狠擊退。

安娜的求婚卻將我的計畫澈底粉碎。如今我只能說出毫無算計和策略的駑鈍話語，彷彿將感情照實吐露而出。

「如果吉諾先生想改變，我就會踏入你的內心深處改變你。我跟吉諾先生擁有同樣的心靈創傷，所以我辦得到。不必馬上修正也沒關係，因為我會一直陪在你身邊。要是你不想改變，當然也可以繼續維持原樣。現在的吉諾先生也很棒，所以千萬不要放棄自己的幸福。」

安娜語氣平和，跟情緒化的我截然不同。這句話既誠懇又溫柔，甚至讓我胸口緊揪，快要不能呼吸。

「為什麼要做到這種程度……」

我沒辦法把話說完。不斷跌出眼眶的斗大淚水讓我無法言語。

「因為吉諾先生也是這樣對我的呀。吉諾先生向我求婚，告訴我不要放棄自己的幸福，我才能改變自己。是你給我勇氣，讓我努力堅持追求幸福。和吉諾先生共度的日子，讓我明白何謂幸福。不管是讓我發現自己總和他人保持距離，還是勇敢踏出一步交到朋友，全部都是吉諾先生的功勞，所以這次輪到我了。如果吉諾先生想改變，我也會試著改變你，就像你對我做的那樣。」

她那溫柔無比的笑容，帶著彷彿能融化萬物的熱量。

安娜充滿包容力的溫和話語，用這股熱量融化了我心中的凍土。當冰凍的心靈恢復生命力，我才終於明白。

啊啊，這樣啊。原來我放棄了。

放棄讓自己得到幸福。

放棄和安娜一起得到幸福。

心靈找回活力後，對安娜的愛意立刻充盈我的胸口。

「另、另外一個理由，就、就、就是我深、深、深愛著吉諾先生！」

安娜抬頭看著我的眼神原本帶著耀眼光芒，此刻卻因為害羞而轉向別處。不只是臉，她連耳根子都紅了。

安娜居然克服羞恥心，當著我的面直率表達她的心意……

怎麼會有這麼優秀的人？

怎麼會有這麼可愛的人？

妳是我在這世上最珍惜的人。

我發自內心……深愛著妳。

「安娜！我也一樣！打從心底深愛著妳！」

我不知不覺如此大喊出聲，將滿臉通紅跪在地上的安娜攙扶起身，緊緊將她擁入懷中，就這麼吻上她的脣。

「對不起，安娜，我再也不會離開妳了。」

「好，請讓我與你共度一生吧。」

結束脣吻後，我和安娜交換誓詞。這兩句話更加深了我對安娜的愛意。

我還是想陪在我最珍惜的這個人身旁。

直到遙遠的未來。

直到未來的彼方。

我們又再次吻上對方的脣。

第九章 最珍貴的平凡日常

◆◆◆吉諾利烏斯視角◆◆◆

「非常抱歉，讓妳受了這麼多委屈。」

我在貧民窟的家中以右腳單膝跪地，將左手放在胸前謝罪。這是貴族最高級的謝罪方式，相當於前世的下跪磕頭。

「請起身吧。畢竟你的所作所為都是為了我，你無須謝罪。」

安娜的笑容宛如萬里無雲的春日晴空，能看出她心無芥蒂，對我那些殘忍的行為選擇了原諒。這個人的包容力真的如大海般廣闊深沉，是我完全配不上的高貴女性。

「恕我失禮，吉諾利烏斯先生。我們溫柔的小姐說不出口，所以由我代為發言。今天！我必須得跟您說清楚才行！您知道自己稚拙的行為，把小姐折磨得多麼痛苦嗎！」

說出這些話的人，是從安娜身後走出來的布麗琪。她氣得渾身發抖。

雖然貴族沒有跪坐的習俗，賽文森瓦茲家有。這似乎是接受訓斥時的家族獨門傳統姿勢。被迫跪坐在地的我聽著布麗琪的說教。儘管安娜試圖阻止布麗琪，我卻制止了安娜。

漫長的說教結束後，我和安娜聊了聊往後的打算，決定和她一起回去。

閒聊也告一段落，因此我決定去洗個澡。我今天還沒清洗身體，店裡還要過一段時間才會忙起來，這個時間應該還有很多空浴室。

夜總會的一樓為飲酒處，在一樓被女性攻陷之後，就到二樓去行男女之事。二樓有好幾個房間，每間房都有衛浴設備，只要自行打掃和補充熱水，店內員工就能隨時使用。因為是高級夜總會，設備也相當豪華，對喜歡洗澡的我來說是求之不得的好地方。

因為安娜問我要去哪裡洗澡，我經常在擔任保鏢的夜總會借用浴室，就回答了那裡。

「我、我！我也要一起去！」

「咦！」

「咦？……啊！那、那個、那個、你、你、你、你誤會了。我、我、我不是想跟你一起洗澡，那個、那個、那個，我想跟你一起去那間店。」

安娜滿臉通紅地揮揮手，整個人驚慌失措。

嚇我一跳……我的心臟可能停了好幾秒。安娜連耳根子都變得通紅，我恐怕也不惶多讓吧。

「不，我自己去吧。」

夜總會有些喝醉的客人看到女性就會抱上去，我可不能一個人悠悠哉哉地去洗澡，讓安娜在那種地方等我。

「這樣啊……」

「安娜？」

安娜看起來有些不安，臉色鐵青。

「太沒常識了！小姐還在這裡，您竟然想去風俗店！」

布麗琪神情擔憂地摟著安娜的肩膀，用彷彿要射殺敵人的眼神看著我。

其中似乎有些誤會，於是我向兩人說明自己從來沒做過那種事，也不是以客人的身分去風俗店，單純只是去借浴室而已。比起這件事，安娜好像更在意我有沒有對夜總會的小姐動心，因此我立刻否認，安娜這才露出安心的表情。

看樣子安娜似乎很擔心我和夜總會小姐的關係，所以我向她解釋，我不只沒有對那些小姐動心，也沒有任何夜總會小姐對我抱有好感。我解釋得一清二楚，我們之間完全沒有那種關係。

雖然這些解釋是為了讓安娜放心，我越解釋，安娜的表情越顯得不安。

「還、還是別去吧，太、太危險了。」

安娜不禁淚眼汪汪地說。

女性去那種地方確實危險，不過我是那裡的保鏢，應該十分安全。然而既然安娜擔心到這個地步，我還是別去好了。雖然很可惜，我只能放棄洗澡。

再過不久紅燈區就要熱鬧起來了。安娜她們需要找個地方留宿，沒辦法住在我家。這裡不僅只有一間房，連寢具都只有一張稻草床。我問她們要住在哪裡，她們說已經預訂了本區最高級的旅店。

雖然她們也邀請了我，我還是拒絕了。就算是最便宜的房型，一晚的住宿費可能也比我的月薪還高。前世我是平民，所以馬上就融入貧民窟的生活，連金錢觀都變成貧民窟等級了。住宿費比月薪還高的旅店，我是絕對不會住的。

然而安娜覺得這個家太過危險，不能讓我一個人留在這裡，堅持要我過去住。我說我好歹也是夜總會的保鏢，就算強盜闖進來也不成問題，安娜卻說就因為我在夜總會工作才危險，可能是擔心之前被我解決過的那些醉客「上門報復」吧。安娜的神情滿是不安，我也無法置之不理，只好聽從安娜的要求去旅店投宿。

餐廳和夜總會方面，賽文森瓦茲的密探都為我打點好了。這個國家有許多貴族會做生意，我也經營過商會，貴族做生意本身沒什麼問題，貴族被平民差使就大有問題了，所以需要隱瞞。

階級社會強制規定，每個階級的人都必須做出合乎身分地位的行為。平民不得指使貴族，貴族也同樣不能唯唯諾諾地遵從平民的命令。一旦違禁，平民會被當即斬殺，貴族則會在社交界飽受非議。

假如貴族想試試員工的工作，只能找爵位和自己相當或更高階的貴族經營的商會工作，所以貴族在市井能做的工作寥寥可數。這種受限於階級覺得綁手綁腳的心情，平民和貴族都一樣。

此外，我無論如何都得隱瞞在夜總會工作的事。除了在平民底下做事有損貴族榮譽的傳聞，我私生活糜爛的謠言也會在社交界甚囂塵上。

賽文森瓦茲的員工們試圖以「商家家主來帶回離家出走的兒子」這個設定粉飾問題，他們也早已做好準備，扮演商會家主的微胖密探和扮演護衛的凶狠密探，甚至帶著真實存在的商家紋章和安娜一同前來。

我也聽說過這個商會，這時我才終於知道這是賽文森瓦茲家用來處理黑箱工作的商會。

我對他們的手腕深感佩服，稱讚他們「不愧是賽文森瓦茲的密探」，那些密探面有難色。原來跟我有關的任務都失敗連連，在王都被我甩掉的密探，十分懊悔地向我訴說自己的失敗經歷。

我想起來了。離開巴爾巴利耶家後，因為一直有密探尾隨在後，我確實用隱密魔法隱去身形。我用的是在前世深受登山男女喜愛，經常在賞鳥時使用的隱形魔法。

我也沒辦法親自去工作的店家，連一聲道別都沒有就離開了。今天的保鏢工作則會以「臨時要把離家出走的兒子帶回去，今天會讓商家的護衛頂替保鏢工作以表歉意」的設定向店家解釋。

要是有人對「商家離家出走的兒子」這個設定起疑逼問我，臨時抱佛腳的我可能會有說溜嘴的風險，不和他們見面才是最安全的做法，說服力也很強。我覺得沒有人對我執著到會對「離家出走的兒子這個設定」追根究柢，安娜和密探們卻完全不這麼想。雖然沒說一聲就走很不禮貌，為了貴族家的名譽，這也是無奈之舉。

移動到旅店後，我請安娜立刻休息，這幾天她舟車勞頓一定累壞了。

可是我還是想跟安娜聊一聊。儘管在安娜的就寢準備完成之前只有一小段時間，我還是借用旅店的談話間與安娜單獨聊聊。

想說的話應該很多，我卻因為心中充滿熱意難以言語。安娜似乎也一樣，導致這段對話斷斷續續，沉默的時間反而還多一些。即使如此，我還是開心到想掉眼淚。

無須言語，只要安娜陪在我身邊就夠了。

「不介意的話，請你看看這些吧。我在馬車上已經讀過了。」
當僕人前來告知就寢準備一切就緒，我和安娜一同踏出談話間時，安娜這麼說著，然後遞給我幾本書。
今天我被禁止外出，因為他們正在暗中消除我存在過的痕跡，當事人隨意走動會造成不便。安娜就寢後，不能外出的我就會閒得發慌，她才為我準備書本排遣無聊。
真是一點也沒變。她還是能體察到細微之處的溫柔女性。
順帶一提，安娜就算在馬車裡看書也不會暈車。因為她熱愛閱讀，從小就會在車內看書，才鍛鍊出這種實力。
幸好安娜借書給我看，平常這個時間我都在做保鏢工作，根本一點也不睏。回到房間後，我拿起其中一本。
是迪比．托馬斯的歷史小說，我在貴族史上學過，所以知道這個人。他在餐飲界中分店無數，還獲封準男爵。安娜的閱讀領域十分廣泛。
迪比原本是孤兒，所幸六歲時被平民夫妻收為養子，然而兩年後養父母因為馬車事故撒手人寰。養父母過世後，養子照理來說要回到孤兒院，養母的母親卻收留了他。為了報答養育之恩，迪比努力奮鬥，順利拓展餐廳事業版圖，最後還獲得準男爵位。
養祖母臨終前，迪比含淚向她表達感激，養祖母卻笑著說自己才是被拯救的人。當時她因為女兒身故痛苦不堪，因為有迪比在，她才能重新振作。養祖母拯救迪比的同時，也拯救了自己。
——拯救他人，就是拯救自己；讓他人幸福，就是讓自己幸福——

這本書以這句話結尾。

我淚流不止。我對這種家族題材非常沒抵抗力，忍不住想起再也見不到面的前世家人。

沉浸在這本書的餘韻中時，我忽然想起還有很多事應該做。這麼說來，凱特小姐不知道怎麼樣了。雖然我已經作好對策以免她受到賽文森瓦茲家制裁，難保百密一疏。明天趁旁人迴避的時候問問安娜好了。

◆◆◆安娜史塔西亞視角◆◆◆

能和吉諾先生破鏡重圓真是太好了，之前我在馬車裡滿心不安，根本沒怎麼睡，所以現在累壞了。可是我的心情幸福至極，而且十分激昂，忍不住想跳起舞來。

「小、小姐？」

糟糕，我居然真的轉圈跳起舞來，嚇到布麗琪了。

「小姐，您對吉諾利烏斯先生做的是男性的求婚儀式吧？我當時退到聽不見對話的位置，所以沒聽見您說了什麼，可是遠遠看也知道您在向他求婚，太令我驚訝了。」

布麗琪為我張羅就寢時的準備工作，同時帶著燦爛的笑容說。

「咦？是布麗琪建議我求婚的吧？」

布麗琪陷入沉思。難道她忘了嗎？

「啊啊，是在馬車裡說的那件事吧。我確實建議您將真實的心意傳達給他，不過我的意思是向他表達喜歡的心情即可，怎麼可能給出女性向男性求婚這種不合常理的建議呢？」

「是這樣嗎！」

這種事拜託妳早說嘛……害我完全誤會，言行似乎失控了……好丟臉呀……臉好像快噴出火來了……

「可是結果不是很圓滿嗎？儘管只能在遠方觀察，小姐的求婚似乎就是決定性的關鍵。都是小姐的誤會，才促成了二位結合的運命呀。」

我羞得用臉摀住臉龐，布麗琪如此安慰我。

「……說得也是。」

只要結局完美，就代表一切圓滿。就把我的誤會當成好事一樁吧。雖然臉頰熱到快燒起來似的，我還是如此說服自己。

「是呀。反正那個呆頭鵝也聽不懂正常的示好方式，連夜總會小姐的愛慕之情都完全沒發現不是嗎？」

呆頭鵝……布麗琪還是對吉諾先生這麼不客氣。他們倆的感情真好。

布麗琪說得沒錯，我確實該直接表達我的心意。不管是聲稱被暴徒襲擊，哭訴沒有值得信賴的男性陪在身邊就會害怕的那位女性；還是忽然罹患手部麻痺的病，哭著哀求必須有男性幫忙下廚的女性。吉諾先生完全沒發現這些是騙局，也沒察覺到女性的好感。

因為吉諾先生根本沒發現夜總會小姐的心情，聽到他說要去夜總會的時候，我真是擔心得不得了，彷彿要將幼貓扔進一群猛獸當中，所以才忍不住說了那句話。

『還、還是別去吧，太、太危險了。』

我真的好後悔。肯定只有煩人的女性才會說這種話。要是這種狀況一再發生，吉諾先生可能會對我厭煩。

但是我真的擔心極了。聽到吉諾先生忽然說要去夜總會洗澡的時候——

『我、我！我也要去！』

『咦！』

啊啊啊啊啊啊啊啊啊啊啊！不小心想起來了啦啊啊啊啊啊啊！

「小、小姐！」

看到我開始在床上用力翻滾，布麗琪嚇呆了。

今天吉諾先生和我要返回王都。從王都趕來此處時有更換馬匹，所以馬車幾乎是沒日沒夜地奔走。我們在回程中將馬匹歸還給來時的租借處，再取回租借時暫時寄放的馬匹，反覆進行這項程序。

由於定期更換精力充沛的馬匹，馬車也能在不休息的狀態下返回王都，不過我們不趕時間，而是以緩慢的步調往王都前進。

畢竟隔這麼久才與吉諾先生重逢，我想和他來一場悠閒的馬車之旅。

今天我有一個大目標！在馬車裡跟吉諾先生獨處時，我想和他牽手！

過去我對自己的未婚妻地位太過傲慢。像安東魯尼家大姊那樣被退婚的案例比比皆是，我明知這一點，卻總是抱著隔岸觀火的心態。不過在親身經歷過退婚的痛苦後，我才不再置身事外，打從心底明白這種感受。

而且吉諾先生深受女性喜愛，在貧民窟的人氣也依然旺到讓我忐忑不安的程度。我必須努力抓住吉諾先生的心，所以才需要進行肢體接觸。

今天一整天都會和吉諾先生待在馬車裡，屆時我想和他牽手。這真是一場大冒險。不過我會加油！

要牽手的話，馬車的座位至關重要。如果像平常那樣和吉諾先生相對而坐就很難牽手，因為太遠了。我得坐在吉諾先生旁邊才行。

「謝謝。」

吉諾先生領著我搭乘馬車。平常先上車的我都會先行入座，這樣不行。否則吉諾先生會坐在我對面。為了坐在吉諾先生身旁，得先讓他上車才行。

「你先請吧。」

「嗯？喔喔，那我就先上車了。」

吉諾先生入座後，我便坐在他身邊。做平常不會做的事讓我好緊張，但是我要加油！我一定會跨越這個難關！

「嘿！」

……功虧一簣！因為我做好心理準備挑戰，總算成功坐在他身旁了，卻因為氣勢過猛不小心喊出聲來。哪有淑女會在入座時喊出聲音……

吉諾先生看向窗外假裝沒注意到這件事，肩膀卻抖個不停……

好丟臉呀……

馬車行駛後過了一段時間，我卻還沒成功牽到他的手。吉諾先生的手就在旁邊，只要稍微伸手就能觸及，我卻沒有付諸行動的勇氣。

如果有引領這種理由，我就能毫無抗拒地牽住他的手，可是要我沒有任何理由主動牽手，還是太困難了。

「安娜，那裡有熊耶。」

吉諾先生這麼說，於是我也朝窗外看去。

「哇啊！」

外頭有一隻約三共尺高的大熊。從橋上的馬車裡能看見牠在河岸邊悠閒地曬太陽。

「好棒呀！我第一次看到真正的熊！體型真是大得驚人！」

吉諾先生面帶微笑。他看的不是熊，而是站起來將身體探出窗戶的我。

「呵呵，真可愛。」

唔——！

……我一直、一直在期盼這一天，總是夢想吉諾先生能再次用「可愛」一詞稱讚我。

詛咒解除後，我的容貌隨之改變，不再是吉諾先生過去會讚美的那張臉了。即使如此……吉諾先生卻一點也沒變，還是用以前那種低沉的嗓音稱讚我「好可愛」……

不行，我太高興了，根本止不住淚水。

「安娜？妳怎麼了？」

「我真的、真的好開心。就算長相變了，你還是稱讚我很可愛。」

儘管淚水不斷跌出眼眶，我還是面帶笑容對吉諾先生如此說道。

「……跟長相沒關係，安娜，妳就是可愛。」

吉諾先生用柔情似水的眼神這麼說。這句話震響了我的心弦，讓我哭得更凶了。

我輕輕伸出手握住吉諾先生的手。剛剛還做不到的事情，現在卻成功了。因為吉諾先生給了我勇氣。

我心裡果然只有這個人，再也不會與他分離了。我懷著這個想法，緊緊握住吉諾先生的手。

◆◆◆吉諾利烏斯視角◆◆◆

從貧民窟前往王都的馬車中，安娜忽然哭了起來。我連忙安慰安娜，然而她！握住了我的手！嚇我一跳！

我看向安娜，發現她連耳根子都紅了，一看就知道她在強逼自己主動握我的手。

「安娜！妳太可愛了！」

「請適可而止！吉諾利烏斯先生！」

衝動難耐的我想將安娜抱在懷裡，卻被狠狠刺向我臉旁邊的短槍嚇得停下動作。用閃電般的速度使出刺擊的人，就是坐在對面的布麗琪。

搭乘馬車時，平常安娜和我都是相對而坐，布麗琪坐在安娜那一側。今天不知為何是安娜坐在我身旁，所以布麗琪一個人坐在我們對面，還把配在身上的護身短槍拿出來放在手邊。

我與安娜重逢時情不自禁地吻了她，在那之後布麗琪就對我採取最森嚴的戒備措施。拿著短槍狠狠瞪著我的布麗琪，彷彿作好廝殺覺悟準備上戰場的士兵。

「抱歉，安娜實在太可愛了，讓我失去理智。」

我重新坐回椅子上，被殺氣直擊的背部還冒著冷汗。

在那之後，安娜又不斷展現出可愛到無與倫比的一面，將我的理智趕跑了無數次。每當我失去理智，光是想像槍尖的銳利度就讓人寒毛直豎的短槍槍尖，就會伴隨著銳利破風聲刺到我的臉旁邊。

安娜之前馬不停蹄地趕到我所在的街區。雖然昨天提早就寢了，聽說還是因為太過亢奮而沒睡好。安娜在馬車裡睡得很熟，感覺非常疲憊。

看到安娜握著我的手，將頭靠在我肩上睡得十分香甜，布麗琪不斷用手帕擦拭泛紅的眼眶。安娜在布麗琪心中的地位一定很重要。

基於安娜的要求，我們決定在回程放慢步調。太陽還高掛天空時，我們住進位於河邊的高級旅店。辦完住房手續稍事休息後，我和安娜一起到街上輕鬆閒晃。

「哎呀。」

安娜在販售木雕飾品的攤位前發出讚嘆。她看的手環是以黃楊木材雕刻成可愛版的小熊頭，然後再以皮繩穿過。此物不但廉價，又不適合禮服，根本不是貴族千金會佩戴的飾品，安娜卻非常喜歡可愛版小熊。

「就買這個吧。」

安娜喜愛小熊的可愛模樣讓我胸口暖洋洋的，於是我買下了那個飾品。這是平民等級，而且還是攤販而非店家販售的飾品。若是這點程度的金額，我身上的錢還是買得起。

逛了一會兒，我回到旅店和安娜一起去酒吧小酌。

這個國家在飲酒方面沒有法定年齡限制，可是學園派對只會在高等科以上的學年提供酒水，酒精濃度也很低。等到從學園畢業成年後，才會開始飲用高濃度的成年人烈酒，這是本國上級貴族的慣例。

過去我都在成年人的圈子經商，所以不同於一般的上級貴族，我喝過成年人的烈酒。我也曾經在安娜面前獨飲一杯高濃度烈酒，然而這是第一次和安娜一起飲用成年人的烈酒。因為我在可以飲用烈酒的畢業派對上向安娜退婚後，就再也沒見過她了。

酒吧位在旅店最高層，我在其中最高級的包廂內看著窗外那片廣闊的河流。分成兩道的河流經過細長沙洲後又再次匯聚，夕陽餘暉完整倒映在平靜水面上，與水面幾乎同高的平坦沙洲上則有白色水鳥棲息，日暮斜陽將河川和水鳥都染成朱紅色。

我和安娜並肩坐在沙發上共同眺望此景，悠閒地飲用葡萄酒。

現場沒有旁人，我便向安娜打聽凱特小姐的事。

「當然平安無事。她是向賽文森瓦茲家告知實情的有功之人，現在有許多賽文森瓦茲家密探隨行，保證百分百安全。」

聽到她平安無事，我鬆了一口氣。要是凱特小姐隱匿實情，賽文森瓦茲家為了問出真相，可能會對她嚴刑拷問。我之前叮囑過凱特小姐，要是被逼問就以自身安危為最優先考量，毫無保留地說出實情，看來她照我的話做了。

「……凱特小姐似乎很希望吉諾先生回去呢。」

安娜和凱特小姐聯絡時，凱特小姐託她向我轉達，她想歸還商會的六成股份，拜託我回去當商會會長。她願意只拿四成股份，有個副會長頭銜就好。她這個副會長會負責處理經營雜務，經營方針的決策和商品開發就交給我處置。

凱特小姐知道我過去帶領商會大幅成長。與其獨自經營商會，她認為好好運用我的能力更為有利吧。比起地位寧願選擇獲利，真的很像凱特小姐的作風。

安娜將葡萄酒一口飲盡。她還好嗎？連續喝了兩杯。聊起凱特小姐之後，安娜喝酒的速度就提升許多。

「吉諾先生……你想怎麼做？」

怎麼做才是最好的方法呢……如果跟安娜再次訂婚，我就得以公爵繼承人的身分參與實務，沒時間經營商會。然而要是有人替我處理所有經營相關的雜務，就可以兼顧公爵家的事務了。

我創立的商會目前已躋身國內大企業之列，以賽文森瓦茲家的立場考量，放手也是巨大的損失。而且就算我只是偶爾參與，商會也會更加蓬勃發展，能兼顧的話自然是最佳解方。

我給出「會積極考慮」這個答案後，安娜不知為何一臉不滿。明明在談論商會經營的事，安娜卻把話題轉移到凱特小姐的胸部尺寸。

「吉諾先生，你也喜歡凱特小姐那種胸部豐滿的女性吧？」

安娜這麼說完就將臉別向一旁，臉頰氣鼓鼓的。

凱特小姐的胸圍相當傲人，不過安娜比平均尺寸稍大，曲線也比別人更加優美，我覺得根本不是問題。為了讓她消氣，我將話題拉回商會經營，可是安娜又把話題扯回凱特小姐的胸部。

「胸部那麼大，長得又可愛，個性開朗談吐風趣……凱特小姐真是無可挑剔呢。」

安娜又把氣鼓鼓的臉別向一旁。沒辦法，只能徹底改變話題了。

聊了一會兒後，安娜的口音變得越來越怪。應該是剛剛在討論商會話題時喝太快的關係，她的心情似乎非常好。

「嘿！剪刀！」

安娜比出猜拳時的剪刀手勢，用食指和中指夾住我放在桌上的手。

「安娜！妳太可愛了！」

「請適可而止！吉諾利烏斯先生！」

我不知不覺又想將安娜緊擁入懷。因為我們將旁人支開，布麗琪便站在牆邊待命，此時卻像瞬間移動般忽然來到我眼前制止。安娜實在太過可愛，讓我的心臟都快跳出來了，才會不小心失去理智。

「您居然在酒席上試圖擁抱女性！吉諾利烏斯先生，您是禽獸嗎！」

我頓時啞口無言。這確實是貴族絕對不會觸犯的失禮舉動。

「好了，小姐，趕緊離開這個禽獸所在的房間，今天就此休息吧。」

布麗琪不讓我引領安娜，帶著心情愉悅且腳步蹣跚的安娜離開房間。

◆◆◆

我在沿途的城鎮收到巴爾巴利耶家快馬送達的衣服和飾品，還附帶一封巴爾巴利耶義父的親筆信。信上要我先到賽文森瓦茲加解釋原委，晚點再回巴爾巴利耶家。

所以我現在穿著巴爾巴利耶家的貴族服飾來到賽文森瓦茲家。抵達王都後，我第一站就先來到這裡。

公爵夫妻在名為「孔雀」的第六十一會客室中等我，安娜則不在現場。不習慣長途旅行的她已經累壞了，所以先去休息。

「好久不見，吉諾。」

聽到「吉諾」這個稱呼，讓我十分感動。我和安娜的婚約已經解除，照理來說應該喊我「吉諾利烏斯」，這個人卻還是用家人的稱呼喊我，於是我也決定喊她「岳母」。

「實在萬分抱歉。」

我以右腳單膝跪地，將左手放在胸膛低下頭。這是貴族男性最高級的謝罪禮儀。

「你還敢回來啊，蠢貨。」

「老公？不對吧？你應該有其他話要說吧？」

儘管公爵露出賭氣的表情，看到岳母的微笑，臉上又寫滿恐懼。

「你先起來坐在沙發上，一起喝杯茶吧？」

在岳母的催促下，我坐上沙發。賽文森瓦茲家家人聚會的時候，岳母都會像這樣負責主持。這種感覺也是久違了，我的心情不知不覺愉悅起來。

「啊啊，那個。呃……對不起。」

「……公爵為何要跟我道歉呢？」

「唉呀？安娜沒告訴你嗎？」

「是的。我沒有問得太細，因為我想聽公爵和岳母親口告訴我巴爾巴利耶家為何取消逐出家門的決定，以及賽文森瓦茲家想和我再次締結婚約的理由。我們半年沒見了，這段期間能聊的事情很多，所以也不缺話題。」

只要談起凱特小姐，安娜就會不高興，所以我儘量不提跟凱特小姐有關的話題。我將這件事告訴岳母。

「真受不了那孩子。」

岳母輕聲笑道：

「那麼我來跟你解釋吧。都是因為我老公跟你說安娜解除詛咒後就能當上王妃，你才會選擇退婚並失蹤吧？這麼做的目的是為了成全第一王子殿下或王太子殿下和安娜的婚事，我說得應該沒錯吧？」

「是的，沒錯。」

「儘管他說了這種話，我希望你澈底忘記。就算現在安娜的詛咒解除了，賽文森瓦茲家還是希望安娜能和你結婚。」

「……選我一點好處也沒有啊。」

不管安娜選擇第一王子殿下還是王太子殿下，她選中的人都會成為下一任國王。而且安娜是獨生女，生下的長男會是下下任國王，次男以後的某個兒子也會成為下一代賽文森瓦茲公爵。如果公爵是國王的親弟弟，這個家的榮華就會代代相傳。公爵和岳母是貴族中的貴族，怎麼可能捨棄這份利益。

「呵呵，你完全沒注意到自己的價值呢。你有化妝水呀。」

「化妝水嗎？」

「沒錯。只要塗抹就能回春十歲以上，停用就會打回原形的化妝水。而且已經在市面上流通這麼久了，卻依舊沒有人能仿造出來，這可是無可取代的價值。王家甚至考慮將王女殿下許配給你呢。」

「咦？將王女殿下許配給我？」

我背上冒出冷汗。如果是勢力幾乎能凌駕王家的賽文森瓦茲家就算了，實力平平的巴爾巴利耶侯爵家根本不可能拒絕王家的提親。

「別擔心，這個也已經取消了。都是多虧了凱特小姐的功勞。知道吉諾為了安娜不惜捨棄貴族地位後，王太后殿下和國王陛下心想，要是強求這場婚姻，別說是開心了，你可能會對王家恨之入骨。這場親事本來是為了拉攏盟友，反倒樹敵不就沒意義了嗎？既然你可能會恩將仇報，王家才決定不介入方為上策。」

太好了，我摸摸胸膛鬆了一口氣。

「因此以賽文森瓦茲家的政治策略來看，讓吉諾繼承比成為王家外戚來得更好。除此之外，安娜希望和吉諾結婚當然也是一大考量。如果王子殿下和吉諾為賽文森瓦茲家帶來的利益不相上下，或是跟王家聯姻只是略勝一籌，我們當然會選擇能讓安娜幸福的你。」

原本是為了籌措製作魔像的資金才開始販賣化妝水，沒想到竟發揮了意想不到的效果。

考量到安全性，我直接將通過臨床試驗的魔法附加在化妝水上，還為魔法額外加上解析屏障。別說是現代魔導士了，連前世的人都沒辦法解析化妝水施加了什麼魔法，只有前世的專家才能解析。

女性很喜歡「適合自己的化妝品」這種說法，所以有段時期很流行分析市售化妝水的成分和魔法術式，再自行加工成自己喜歡的化妝水，甚至有許多業者推出外行人也能輕鬆做出化妝水的套組。

魔法藥師工會為此傷透腦筋。一旦消費者開始自行施加魔法，魔法藥師就會丟掉飯碗蒙受巨大損害，所以魔法藥師工會向執政黨施壓，提出必須對化妝品施加的魔法再加上一道解析屏障的法規，阻止消費者自行製作。

多虧前世既得利益團體的蠻橫行為，我和安娜才能再次訂婚，真是塞翁之馬焉知非福。

「還有安娜的狀況。雖然僕人會定期回報，她的情緒還是不太穩定。」

「情緒不穩定？」

「應該是退婚造成的心靈創傷吧。後來她接受了心理諮商，再過一段時間應該就能穩定下來，所以能不能請你暫時忍耐一下？」

一般貴族女性訂婚後，就會直接步入結婚的結局。雖然身不由己的下級貴族經常會被政局影響改變婚約對象，爵位越高級就越不容易受到微小政局變動影響，晉升大貴族之後幾乎不會改變婚約對象，所以退婚應該對安娜造成很大的打擊。

原本我已經做好傷害安娜的心理準備，可是實際讓她遭受心靈創傷後，我才明白自己根本沒作好覺悟，罪惡感讓我難受得近乎窒息。

而且感受到罪惡感的同時，我發現喜悅之情也同樣伴隨而來。能親自為安娜療傷，讓我開心得不得了。

住在貧民窟時，我曾想像過無數次安娜那顆被退婚傷透的心被新未婚夫撫慰的畫面。一想到安娜看著男人的眼神中慢慢浮現出信賴，我就感受到全身彷彿被灼燒的嫉妒。因為實在太痛苦，我還經常用頭撞擊或用拳頭搥打牆壁。

在心中橫行的這股情緒已非嫉妒，而是被稱為憎惡或怨念的感情。我能強烈感受到自己逐漸被這股漆黑的感情扭曲，覺得總有一天會變成那種將殺人的選項視為理所當然的人。

因為能親自撫慰被自己傷害的女性而開心，這種想法一點也不健全。或許我早已被變異成怨念的嫉妒澈底扭曲，變得不正常了吧。儘管如此，能親自為安娜療傷還是讓我喜不自禁。我絕對不會放棄這個權利。

「完全無須忍耐。能親自為安娜療傷，簡直讓我欣喜若狂。」

「聽到你這麼說，我就放心了。關於安娜的症狀，只要看到你身邊有其他女性，她似乎就會馬上失去冷靜。儘管也要歸咎於布麗琪火上加油，即使如此安娜的狀況還是不太尋常。」

「那我就拚命寵愛安娜，讓她以後看到其他女性也不會爭風吃醋。」

「不必多管閒事！靠心理諮商就能解決！」

聽到我的回答，公爵氣得面紅耳赤，連忙否定。

我對安娜的症狀心裡有底。我要去夜總會借用浴室時，安娜曾淚眼汪汪地阻止我。聊到回去掌管商會時，安娜也對凱特小姐的話題格外介意。那就是安娜的心靈創傷吧，我卻完全沒意識到這一點，真是深感愧疚。

凱特小姐提議我回去掌管商會的事，還是拒絕好了。我不想造成安娜的負擔，一切都照安娜的心意走。

「唉呀，那可不行。商會的大半股份都在吉諾手上，只要付出一點點勞力就能讓商會更加蓬勃發展，還能為賽文森瓦茲家帶來巨大利益。」

「可是我跟凱特小姐走得太近，安娜會擔心。」

「死了這條心吧。你來到王都之後，商會就擴大規模，如今已是國內數一數二的大商會。就算是為了安娜著想，損失的利益未免太慘重了。你身為賽文森瓦茲家繼承人，就不能滿腦子只想著安娜。家裡還有許多人甘願為這個家犧牲奉獻，你立於家族頂點，就要考量到眾人的生計。別擔心安娜，她就是為此才去做心理諮商。」

我無可反駁。岳母的理論相當正確，把我轟得體無完膚。

之後的每一天都過著和平又快樂的生活。和來到賽文森瓦茲家玄關迎接我的安娜聊天，有時間就和安娜喝茶。我退婚之前把這些日復一日的平凡生活視為理所當然，然而失去過一次後，我才徹底明白這是多麼寶貴的時光。為了抓住這些貴重的片刻，我要好好疼愛安娜。

◆◆◆

我接受凱特小姐的提議重返商會會長職位，最近會以一星期兩次的頻率到商會露臉。

「會長，你知道大姊在哪裡嗎？」

「應該去跑外勤了吧。」

一位年約五十的員工半開會長辦公室的大門詢問我。大姊指的就是凱特小姐。這位員工明明比凱特小姐大好幾歲，卻還是用這種方式稱呼她。

年長男性不喜歡被年輕女性下指示，這點不管是前世還是今世都一樣。不過與前世不同的是，這個國家是階級社會，雖然年長平民男性不願遵從年輕平民女性的指示，如果對方是貴族千金，就算是五歲女童也會乖乖服從，這種男性的不滿只會出現在階級相同的狀況下。

商會員工會甘願順從凱特小姐，得力於我這個貴族全權委任。平民通常不會干涉貴族的內部糾紛，就算我之後被逐出家門，推翻最初那位貴族下達的指示這種火中取栗的風險也沒人敢擔。所有人都會乖乖服從當初貴族指派凱特小姐擔任會長的指示，這就是凱特小姐的會長工作能如魚得水的理由之一。

「凱特小姐好慢啊。這時間差不多該回來了呀。」

坐在會長辦公室沙發上的安娜說。

依照岳母指示接下會長職位後，我將這件事告訴安娜並向她道歉。

『那、那、那我想跟你一起去商會。』

當時安娜用充滿懇切的眼神說。因為被退婚的心靈創傷，安娜才會說出這種話。身為加害者，我得時刻提醒自己留意安娜的心靈創傷。我的理智明白這一點。

可是當時的安娜真的可愛得不得了，連這種想法都瞬間消失無蹤。失去理智和思考能力的我不知不覺又想擁抱安娜，回過神才發現被布麗琪阻止了。

因為這樣，當我去商會的時候，安娜也會與我同行。

為了確認進貨的庫存量，我從椅子上起身，安娜也想與我同行，於是我們一起前往倉庫。經過員工休息室時，我聽見裡頭傳來笑聲，而且十分喧鬧。我基於好奇便往房內看去。

「現在開始進行分店長例行會議，依序向我報告。」

凱特小姐這麼說，還伴隨著彷彿能聽見「啪嚓」聲的誇張手勢，一看就是在模仿我。一同休息的員工們看得哈哈大笑，跟我一起觀看的安娜也在努力憋笑。

剛剛讓我好奇的就是這個。裡頭傳來行蹤不明的凱特小姐的聲音。

「哦？妳在模仿誰啊？」

「呃呃！吉諾先生！」

聽到身後傳來聲音，回頭查看的凱特小姐嚇得驚慌失措。

「那個、那個啊、這是……欸嘿嘿嘿嘿嘿。」

這傢伙想一笑置之吧。

「現在應該在跑外勤的人，怎麼會在這裡呢？」

「呀啊啊啊，好痛好痛好痛～～！」

我用拳頭在凱特小姐的太陽穴上用力扭轉。這樣應該不會很痛，凱特小姐卻誇張地拚命喊疼。看到凱特小姐的反映，員工們哄堂大笑。

這就是凱特小姐在商會如魚得水的另一個理由。這位女性擅長深入人心，很快就和員工們建立良好的關係。

提醒凱特小姐儘快回到工作崗位後，我確認完庫存就再度回到會長辦公室稍事休息，幫我處理工作的安娜也一起休息。我們坐在會長辦公室的沙發上一起品茶。

安娜面有難色，拿起茶匙就往地上一扔。這突如其來的詭異舉止讓我看傻了眼。

「吉諾先生，我把茶匙弄掉了。」

「啊啊，別放在心上，我馬上派人清掃。禮服沒弄髒吧？」

「……沒有。」

不知為何，安娜沮喪地低下頭去。

「好痛！」

布麗琪竟用力捏起我的耳朵。

「您在做什麼？為什麼不對小姐使用轉轉頭攻擊？小姐實在太可憐了。」

布麗琪在我被捏起的耳邊悄聲說。

「什麼意思？」

「嘖，真是個呆頭鵝。」

「咦？」

「沒什麼，我在自言自語。您聽好了，吉諾利烏斯先生，方才您對凱特小姐使用轉轉頭攻擊，讓小姐吃醋了。小姐之所以弄掉餐具，就是希望做錯事後能被您用轉轉頭攻擊懲罰。請您立刻對小姐使出轉轉頭攻擊。」

什麼？安娜？為我？吃醋了嗎？

「安娜！妳太可愛了！」

「請適可而止！誰要你做這種不知羞恥的行為了！」

回過神才發現我將安娜緊緊抱在懷裡，布麗琪立刻將我扯開。

我害安娜受傷又沮喪，所以我得好好反省向她謝罪。然而看到安娜為我吃醋，讓我大受震撼，於是對安娜的愛意將我的心連同這個想法澈底淹沒，害我完全忘記謝罪的事情，將她緊緊擁入懷中。

當天晚上，我躺在房間床上思考。聽到對安娜瞭若指掌的布麗琪說安娜在吃醋，得知這個真相時，雖然我當下開心得不得了，過了一段時間卻心生疑念。

安娜真的會為我吃醋嗎？世上真有女性會為我吃醋嗎？

看到我身邊出現其他女性，安娜就會惶恐不安。原先我以為她是害怕自己的將來受到威脅，也覺得這種推測相當合理，然而似乎不是這麼一回事。難道不希望我去夜總會和靠近凱特小姐，都是安娜吃醋的表現嗎？原來安娜之前對我如此執著嗎……

比起「或許如此」的期待，「不可能如此」的現實感更為強烈。

布魯斯曾經說我沒自信的程度非比尋常，安娜也說過我對自己太沒信心。不相信布麗琪說的話，也是我缺乏自信的表現，抑或是心靈的扭曲。

可是就算我有自覺，也無法說改就改。既然是我的心靈扭曲，就不是短短二三十年一蹴可幾的結果，而是歷經更長的歲月，踏踏實實造就而成的異常性。

就算長年幹盡壞事的罪大惡極之人某天忽然改過向善，人們也不可能立刻對他產生信賴。儘管看見他的善心深受感動，時間久了還是會質疑他的善良。我的情況也一樣。就像罪大惡極之人的人眾評價不會立刻改變，我也無法馬上改變對自己的看法。無論何種價值觀，只要是長年累積而成的事物，就很難輕易改變。

總之我必須改變對待凱特小姐的態度。我知道自己為何會不經意用直來直往的態度對待她。固然凱特小姐待人親善的個性也是原因之一，還有另一個更重要的理由，那就是看到她就會讓我想起前世的妹妹。不論是待人親善、放蕩不羈還是樂天的態度，幾乎都一模一樣。

儘管如此，我絕對不能讓安娜擔心受怕，所以不能再透過凱特小姐思念前世的妹妹了。我和妹妹再也無法相見，也必須將思念澈底斬斷。我得時時刻刻用這句話說服自己才行。

◆◆◆

將十指交疊放在胸前，跪在地上閉著雙眼的安娜，宛如獻上祈禱的聖女。安娜在別名為「星蒼玉」的第十會客室地板鋪上祈禱用的跪墊，維持雙膝跪地的姿勢好長一段時間。

結束冥想睜開眼的安娜「呼」地嘆了口氣，看向我露出燦爛如花的笑靨。安娜起身坐在沙發上後，布麗琪便配合地送上熱茶。

「原來魔法的訓練方式是『祈禱』呀，真令人驚訝。」

和安娜坦承前世的事情後，我也順便教安娜學習魔法，方才安娜做的就是魔法訓練。

「正確來說不是祈禱，而是冥想。魔法修練的基礎階段是形成氣脈和魔力脈，這些脈絡需要靠冥想才能形成。」

「我所屬的門派武功有『站樁』這種鍛鍊方法，必須維持同樣姿勢長時間站立，感覺和那個很相似呢。」

布麗琪興味盎然地說。會使用魔法和教安娜學習魔法這些事，我也告訴布麗琪了。畢竟她平常都跟安娜在一起，要瞞著她不太容易。

不過我沒提到前世的事，這件事只有安娜知情。

「我猜站樁的目的也是為了形成脈絡，才會如此相似吧。不過安娜所做的訓練是同時形成魔力脈和氣脈，相較之下武功的訓練方式只是為了形成氣脈吧。武功和魔法的冥想姿勢不同，就是因為需要的脈絡循環不一樣。不只是站樁，這個國家的宗教祈禱方式以及其他國家的宗教座禪也是如此。雖然是用不同的姿勢冥想，都是為了形成各不相同的經脈絡。」

宗教或武功的冥想，在魔法近代化的前世已經有人解釋過其中的合理性。使用魔法時必須先在體內建構魔力脈和氣脈，打造出能施展魔法的軀體才行，打造的方式就是冥想。安娜現在正在構築脈絡。

當然，光是形成脈絡還不能使用魔法。必須記住無數種魔術迴路，還要有能正確描繪的技術，也得記住對應魔術迴路的混元魔力——融合氣的魔力——的生成方法才行。魔法必須修練的領域相當廣泛，不是一朝一夕就能使用。除非出現「開悟」的奇蹟，否則安娜還得耗費好長一段時間才能使用魔法。

「虔誠信徒有時會顯現奇蹟，就是這個道理吧。」

布麗琪感佩地說。她會如此熱心聽講，是因為我也在教她魔法。

我教她的內容跟安娜不一樣。安娜體內尚未形成脈絡，所以我教她的是前世號稱最有效率的脈絡構築法。相較之下布麗琪體內已經形成氣脈，要是讓身懷脈絡的人建構其他脈絡，會導致衝突雙雙失去機能。所以我不是教布麗琪脈絡構築方法，而是既存氣脈可能發動的魔法魔術迴路。

如我所料，布麗琪體內果然有氣脈。修練武功超過一定水準的人，體內通常都有流派獨門經絡的氣脈。

令我意外的是，她居然也有魔力脈。魔力脈無法靠武功修練形成，沒修練過魔法卻擁有魔力脈，表示布麗琪體內的魔力脈是與生俱來。就像戰鬥獸天生就能使用魔法，也有極少數天生就能施展魔法的人類。

雖然也有許多家族將這種人稱為「不祥之子」百般厭棄，也有部分家族將這種人稱為「先天魔導士」求賢若渴。布麗琪是奧德蘭子爵家的養女，被收養之前曾經四處流浪。她的命運會如此多舛，或許是因為生來就會使用魔法吧。

「是啊。有很多術者在無意間使出魔法，卻連本人都誤認為是神的奇蹟。不過，由於確實也發生過光用這個道理也無法解釋的案例，我認為世上真的有神。」

「哎呀，世上果然有神明呀。」

安娜開心地笑了。看來她的信仰十分堅定。

魔法訓練結束後，接下來要學習古代語。

我為安娜做了一款魔像，可以將出土水晶球內記錄的書籍頁面熱轉印到獸皮紙上，安娜就用這種方式製作而成的書籍學習日語和魔法。

除了教安娜魔法之外，我也希望她學習治癒魔法。只要脈絡構築完成、脈絡循環，也就是周天循環便大功告成，魔力就能透過脈絡開始高速循環。

安娜是魔力量遠高於常人的「準魔導王」，一旦完成周天循環，「魔導王」就無法接受一般人的魔法，光是密度極大的魔力高速循環就會形成強力的魔法障壁。一旦演變至此，別說是攻擊魔法了，連治癒魔法都對安娜起不了作用，如果安娜生病或受傷就會發生問題。

唯一對「魔導王」有效的魔法，只有魔力密度高達「魔導王」等級的魔法，基本上只有安娜自己施展的魔法。所以安娜學完基礎理論後，我希望她馬上學習治癒魔法。

可是比起治癒魔法，安娜對其他魔法更有興趣。她現在正在看小學生的休閒童書，充滿熱情地讀著飄浮魔法那幾頁。

既然安娜沒興趣，那也只好作罷。雖然技術難度很高，只要我提前做出能提高治癒魔法魔力密度的超高壓魔力壓縮機就好。魔力的原型是名為「魔素」的極微型粒子，比電子還要小。由於是粒子的集合體，可以靠工業技術壓縮。

「吉諾先生，這裡的文字發音是『休閒魔法』吧？可是聽吉諾先生的發音，你說的好像是『悠閒魔法』耶。」

對喔，年輕人會把休閒說成悠閒。安娜會參考我的發音，往後得多加注意才行。

之後還得讓她記住前世的年輕人用語才行。安娜現在最想看的是日本戀愛小說，她遲早會向我詢問輕小說常用的年輕人用語吧。

學完語言後，安娜接下來要幫我做心理諮商。安娜本身也在接受心理諮商，不過為了導正我扭曲的心靈，她也正在學習相關知識。

儘管這個國家的文明水平只發展到靠馬車代步的程度，卻存在心理諮商技術，大概是因為必要為發明之母吧。這個時代的人與前世不同，必須與魔物進行生存競爭，每個國家幾乎每星期都在發生賭上性命的戰鬥。雖然有精神創傷的騎士或士兵比比皆是，他們是花費大量時間與金錢習得戰鬥技術的寶貴存在。能讓這些心靈受創無法再戰的勇士回歸戰場大展雄風的技術，在這個時代確實需要。

在貧民窟和安娜重逢時，我在激動情緒驅使下向她說了前世的事，然而在清醒狀態下很難表達，所以我只能在能說的範圍內一點一點告訴安娜。即使在能說的範圍內，也有很多不能說的事情。而且當時我本身的情緒太過複雜，根本無法用言語表達。即使如此，我還是用自己的方式整理情緒，在能說明的範圍內吐露當時的心情。

安娜帶著溫柔的笑容傾聽我吞吞吐吐的話語，並且用溫暖的言詞回應。在這樣的安娜面前，我才能好好說出口。如果是願意包容一切的安娜，我就能說出口。

和安娜聊過以後，我的想法也逐漸改觀，比如我對「和他人保持距離，不建立太過深入的人際關係」的看法也開始改變。過去我把保持距離視為成熟的應對方式，現在不一樣了。我開始認為是心靈不夠成熟，才會因為害怕受傷而與人保持距離。

和安娜聊過以後，那些為了掩飾脆弱刻意營造、似是而非的理論消失，我慢慢變得能坦率地思考。思想改變越多，能和安娜訴說的話語也就變多了。

我也向安娜坦承自己不知道如何和女性對話。在我告訴安娜之前，她就知道我不擅長和女性相處。就算知道我是這種男人，她從來不曾輕蔑我，始終不離不棄。不僅如此，聽到我坦承真相後，安娜非常開心，還說要幫助我改善與女性的交流模式，真是讓人心靈都要融化的溫暖女性。

「我這種男人既老成又幼稚，妳不覺得噁心嗎？」

「每個人心中都有成熟和童真的一面，這很正常呀。父親和母親平常處事成熟，可是也有童真的一面。同時擁有成熟面與童真面，才算是人類吧。」

不管我展現出多麼醜陋的一面，安娜都會像這樣包容般欣然接受。每當我像這樣碰觸到安娜深沉柔軟的體貼，憂鬱的心情就會一點一點消失。

世上只有安娜知道我悽慘的過去，只有安娜願意接納我被長年屈辱扭曲的思緒。原本就讓我無比珍惜的安娜，如今變成更加無可取代的重要存在了。

——安娜就是我的全部，我當然要為了她奉獻所有——

最近這個想法總會極其自然地浮現心頭。

「……吉諾先生，你的想法呢？在你眼中我應該只是個孩子，你討厭和孩子相處嗎？我總是努力想變得更成熟一點，卻還是覺得自己仍有不足。」

安娜的神情透露出幾分不安。

「哪有，妳比我還要成熟，根本不需要努力。」

我的人生經驗如此漫長，早就明白肉體年齡和精神年齡不一定相符。比如像國中生容易惱怒的老人，或是像小學生任性妄為的中年人，過去我已經看過太多了。

所以我不在乎實際年齡，精神年齡才重要。這一點安娜比我成熟多了。

「而且妳根本不必在乎年齡。不管妳是五十歲還是十歲，我都深愛著妳。」

安娜滿臉通紅低下頭去。好可愛，實在太可愛了。

安娜的魅力不是精神年齡，而是她的心。無比堅強、直率又美麗……簡直完美到讓人不得不為之著迷。

◆◆◆

岳母送我舞臺劇的門票，說這是讓我挽回名譽的策略，於是我和安娜一同去觀劇。

安娜直到最近才開始外出，不過她的觀劇經驗還是比我豐富得多。

如果是賽文森瓦茲公爵家，歌劇、舞臺劇、歌舞劇、交響樂等表演都不必移駕至劇場觀賞，而是將劇團或樂團請來自家劇場表演。即使不出門，安娜也經常鑑賞戲劇。

「吉諾先生。」

看到我走進賽文森瓦茲家玄關大廳後，安娜立刻笑得燦爛如花。

因為要私訪市井，今天安娜穿著商家千金風格的樸實洋裝。果然安娜不管穿什麼都好可愛。

這個世界的貴族女性不會露出腳踝，通常都會用禮服遮到腳踝處，平民女性就不太一樣了。雖然不會露出小腿，卻會穿重視機能性的短裙襬洋裝。今天安娜穿上平民的服裝，腳踝以下都露了出來。

「別、別一直盯著我看啦。」

回過神才發現我一直盯著安娜的腳踝。可能覺得很害羞吧，安娜整張臉都紅了。

好可愛，實在太可愛了。

我被安娜的可愛模樣打得心花怒放，看到面色猙獰的布麗琪才恢復正常。我真是太沒規矩了，紳士可不能緊盯著女性的腳看。

「啊啊，對不起。因為實在太有魅力了，我才移不開目光。」

安娜好像聽出有魅力的是自己的腳踝，臉變得更紅了。

所謂的羞恥心，就是平常掩飾的部分展露在外時的感受。據說在習慣遮掩胸部的國家，女性露出胸部就會覺得萬分羞恥；然而在平常穿得跟全裸沒兩樣的國家，女性就算被看到胸部也不覺得羞恥。

對安娜來說，平常都會遮住的腳踝被凝視的感覺，就跟穿著泳裝被凝視差不多吧。我真是太失禮了。

這時我忽然發現，我有多久沒凝視女性的身體了呢？前世我是個醜男，光是被我的視線掃過，女性就會表現出厭惡感。如果風吹起女性裙襬讓我不小心看到內褲，女性就會對我狠瞪、痛罵，有時還會報警。幾十年來的遭遇，使得我會無意識將女性排除在視野之外，最後對女性軀體產生厭惡感。

這樣的我凝視安娜的腳踝時，竟然沒有心生厭惡。我不是第一次看到安娜身穿商家千金風格的洋裝，她的腳踝也看過好幾次了，卻是第一次凝視。

對我來說，女性和我是不同世界的人，就像畫面另一頭的虛構角色，是絕對無法越界的另一個世界的居民，只有安娜從畫面另一頭衝出來，立刻陪在我身邊。而安娜的存在，最近也發生了巨大的變化。

我想原因就是心理諮商吧。越向安娜坦承我的祕密，就越能確切感受到安娜的體溫。每當我向安娜吐露辛酸的過往，心中的感受就更加強烈。安娜不是CG描繪的插圖，而是伸手就能觸及的存在。

為了讓安娜坐上馬車，我伸手引領安娜。過去總能輕鬆做出的引領動作，此刻光是從手上感受到安娜的體溫，就能讓我心中浮現暖意。

感覺我比過去更深愛安娜了，好想緊緊抱住她。

因為想在觀劇前先去街上逛逛，我們在王都的大馬路走下馬車。

「妳想去哪裡？」

「我想去烤內臟店。」

「妳敢吃嗎？那不是貴族會吃的食物。」

「我聽凱特小姐說，吉諾先生之前吃烤內臟時吃得津津有味呢。」

「啊啊，確實有這麼一回事。」

「我也想看看。只有凱特小姐看過的吉諾先生……還有吉諾先生的一切……我都想知道。」

「安娜！妳太可愛了！」

「請適可而止！吉諾利烏斯先生！」

我又失去理智被布麗琪教訓了。安娜真的好可愛。每當我被她的可愛模樣迷得神魂顛倒，就會覺得她不可能再更可愛了，然而她馬上就會輕鬆超越之前的表現，可愛到突破天際。

想珍惜她的心情——總在不斷攀升。

我帶安娜來到之前和凱特小姐來過的烤內臟店。凱特小姐當時每個種類都買了一大堆，今天我每個種類只各買兩串。

我們跟店家借了餐具，因此安娜將烤內臟從竹串取下後，再用叉子食用。

「天啊，真的好好吃。」

安娜笑容滿面地吃著烤內臟。太好了。我儘量選擇腥味不重的品項，看來這個方法奏效了。

「吉諾先生，我被選為主任研究生了。」

安娜高雅地用雙手捧起杯子，喝了一口平民拿來當水喝的低酒精濃度飲料克瓦斯後，對我這麼說。

「太厲害了，恭喜妳。」

研究生中也有序列排行。居然畢業沒多久就被選為主任，真不愧是被提拔為在學研究生的天才。聽到安娜的活躍表現，我開心極了，同時向她打聽細節。

「吉諾先生，我在跟你炫耀喔。」

「嗯？是這樣嗎？」

「是呀。所以吉諾先生也跟我炫耀一下嘛。」

「……妳想聽我炫耀啊？」

「我想聽。」

既然安娜想聽，就得搬出幾件事來炫耀了，不過我該炫耀什麼才好呢？能讓我炫耀的，只有和安娜變親近這件事而已。

「那麼，我想先聽你炫耀空手格鬥術。」

既然用了「先」這種說法，表示她還想聽其他炫耀事蹟嗎？一般人應該會不喜歡吧。

於是我聊起和布魯斯學習格鬥術的事。炫耀真是一件難事，單純炫耀會變成平淡無奇的無聊閒話，想為話題收尾又會變成失敗經驗談；說得太專精又怕安娜聽不懂，變成無趣的話題。光是組織話題架構，就讓我煞費苦心。

雖然很辛苦，安娜聽得津津有味，只要她開心就好。

吃完烤內臟後，我們在王都大馬路上閒逛。我跟安娜對王都的街道都不熟悉，問巴爾巴利耶家的義兄有哪些推薦的約會景點後，他告訴我們幾家雜貨舖和珠寶店，所以我們決定都去逛逛。

上級貴族幾乎不會上街採買。他們想買東西的時候不會親自去店面，而是把店家叫來家裡。也不會從陳列的商品中挑選適合自己的款式，而是請店家訂做。安娜沒什麼櫥窗購物的經驗，似乎覺得陳列的商品十分新鮮，興奮的樣子可愛得不得了。

我們穿過大馬路，在攤販櫛比鱗次的王都西市場閒逛時，看到走在前方的平民女性親密依偎般挽著男朋友的手。

「我也想跟安娜那樣挽著手走。」

我一時大意，不小心將心裡話脫口而出。安娜一臉驚訝，之後又低下頭去。

「可……可以呀。」

我驚訝得啞口無言。

滿臉通紅低著頭的安娜，居然挽著我的手臂！

貴族女性頂多只會用手掌觸碰異性的身體。比如接受引領時將手掌搭在男性手臂上，或是走下馬車時將自己的手掌放上男性伸出的手。這個世界的舞蹈沒有像前世的社交舞貼得那麼近，跳舞時也只會用手掌相觸，根本沒有貴族女性會挽著異性的手臂，更遑論還是在眾人面前。以這個國家的價值觀來看，安娜的行為十分大膽。

安娜面紅耳赤，恐怕我也一樣吧。因為太害羞了，我們一句話也沒說，就只是挽著手臂走在一塊兒。手臂傳來安娜的柔軟和體溫，行走時能確切感受到安娜就在我身邊。

幸福——除此之外我想不到任何詞彙。然而用這種程度的詞彙，根本無法形容這種幾乎能飛上天際的心情。

我們在河岸的餐廳用餐，時間到了就往劇場走去。安娜第一次來到市井劇場，看到固定座位和洶湧人潮顯得十分興奮。

在賽文森瓦茲家的劇場，僕人會依照家人們想觀看的位置排好寬敞舒適的沙發，沒有固定座位，我和安娜一起觀劇時會坐在同一張沙發上。對我來說，在寬敞劇場中只擺一張豪華沙發，座位旁就有擺放飲料和零嘴的桌子反而不自然。這就是生長環境的差別吧。

雖然也有提供給貴族的包廂座位，今天我們故意選擇固定座位。不過護衛和侍從都圍坐在我們身旁，所以周遭都是熟悉的面孔。

這部劇名為《哥布林千金》，號稱依據真實故事改編，主角原型就是安娜。

少女安娜希戴著滿是腫瘤的面具，因為外貌而飽受欺凌，有位名叫吉諾凡的少年經常在她被欺負時給予幫助。吉諾凡永遠為自己挺身而出，有時還會與她單獨玩在一塊兒，於是安娜希愛上了吉諾凡。

◆◆◆

不過安娜希沒打算將這份心意告訴他。吉諾凡是位美少年，深受少女們喜愛，反觀安娜希卻是人稱「哥布林千金」的醜陋少女。安娜希覺得自己完全配不上他，所以從來不抱希望。

隨著兩人成長，父親為安娜希帶來了一樁親事。安娜希過去每一場相親都以失敗告終，對方一看到她就會罵她醜陋不堪並拒絕相親。沒想到居然有人向安娜希提親，而對方正是吉諾凡。

儘管安娜希開心極了，父親卻拒絕了這場婚事，因為雙方的家族地位相差太多了。

「想和安娜希結婚的話，就拿出我能接受的聘金。」

安娜希的父親向吉諾凡索取根本準備不出來的巨額聘金。

「給我一點時間，我一定會帶著聘金來找妳。」

吉諾凡對安娜希這麼說，之後就此離去。

吉諾凡創立商會，爭分奪秒地拚命工作，好不容易存到足夠的聘金後，又再次向安娜希的父親提親。開出天價聘金要求的父親反倒被自己過去的言論所害，只好不情不願地同意安娜希和吉諾凡的婚事。

訂婚以後，安娜希依舊被嘲諷為「哥布林千金」且受人欺凌。

「我會讓大家看清楚妳有多麼優秀，這樣妳就不會再被欺負了。」

吉諾凡舉辦刺繡大賽。看到安娜希創作的刺繡時，所有人都驚呆了。

「我要將安娜希同學選為在學研究生。」

扮演老師的女演員這麼說完，飾演學生的眾多演員們也紛紛向安娜希獻上喝采。

「安娜希，妳的刺繡技術真好，也教教我嘛。」

「太厲害了，居然被選為在學研究生，恭喜妳。能和我做朋友嗎？」

安娜希身邊的人增加了，再也沒有人欺負她。

在舞臺邊看著這一幕的一群女性心生嫉妒。

「醜女，少自以為是了！」

「住手！」

嫉妒安娜希的那群女性開始欺負她時，吉諾凡現身救援。

「安娜希，妳沒事吧？可惡，那群臭丫頭！我絕對不會放過她們！」

「別這樣，不要生氣……因為我……真的很醜啊。」

「才沒這回事！安娜希很可愛！」

「吉諾凡？你在說什麼？我可是『哥布林千金』喔？」

「你不相信我嗎？那麼我就說上無數遍，直到安娜希相信為止。安娜希，妳好可愛！好可愛！好可愛！好可愛！好可愛！好可愛！好可愛！」

「知道了啦……謝謝你……我好開心。」

安娜希淚流滿面地笑了起來。

有位穿著占卜師服裝的老人對吉諾凡說：

「為安娜希解咒的方法，就藏在舊世界遺跡裡。」

「真的嗎？」

吉諾凡向安娜希謊稱要留在商會處理工作，獨自挑戰舊世界遺跡。儘管遍體鱗傷，吉諾凡還是得到了解咒藥的製作方法。

看到吉諾凡回家時滿身是傷，安娜希十分擔憂。

「我不小心跌倒了。」

吉諾凡只是笑著隨口敷衍。

後來吉諾凡又為了收集藥的材料四處奔走。有時要和半獸人戰鬥，有時要和食人鬼戰鬥，就算遍體鱗傷也要收集材料，最後終於成功製作出藥品。

吉諾凡帶著藥來到安娜希家，卻不小心聽見安娜希父親的自言自語。

「真可惜，要是安娜希身上沒有詛咒，和王子殿下的婚事就不會破局了。」

「什麼意思？」

原本在一旁偷聽的吉諾凡，忍不住詢問安娜希的父親。

「本來只差一步就能談成的婚事，卻因為詛咒被拒絕了。」

「如果安娜希的詛咒解除了呢？」

「我會讓她跟你退婚，和王子殿下訂婚。安娜希加入王族一定會更幸福，到死之前都能享盡榮華富貴，還會受萬民景仰喔？愛情這種東西變幻莫測，轉眼間就會冷卻，長遠來看當然是跟王子殿下結婚比較好。對了，到時候你就用出軌這個理由主動退婚吧？因為是你出軌，是你擅自退婚，才不會損害安娜希的名譽。這是為了安娜希的幸福，你當然辦得到吧？」

聽了安娜希父親這番話，吉諾凡相當震驚。

「安娜希的幸福嗎……」

一個人站在舞臺上的吉諾凡低聲呢喃。

場景轉換，安娜希和吉諾凡兩人站在舞臺上。

「欸，安娜希，妳對王子殿下有什麼看法？」

在只有兩人的舞臺上，吉諾凡詢問安娜希。

「咦？是相當優秀的人呀。」

「那如果王子殿下跟妳求婚呢？」

「當然是備感光榮。」

「……這樣啊。」

這麼說著，吉諾凡從舞臺上消失。

「擅自批評王子殿下可是大不敬，所以我才那樣回答，難道我做錯了嗎？我其實一點也不想和王子殿下結婚，我喜歡的人只有吉諾凡。」

獨自站在舞臺上的安娜希如此自言自語。

「安娜希，我要跟妳退婚！我的新未婚妻就是這位凱小姐！」

在所有人都穿著派對禮服的場合中，吉諾凡這麼說。

「你不再愛我了吧？也對，因為我是『哥布林千金』嘛。恭喜你，祝你幸福。」

儘管安娜希獻上祝福，還是忍不住哭著回家，到家後竟收到吉諾凡贈送的解咒藥。吃下解咒藥後，詛咒轉眼間就解除。只見女演員摘下醜陋的面具，露出美麗的臉蛋。

安娜希變成美女後，許多男性都對她送上讚美，安娜希卻一點也不開心。

「我喜歡的人只有吉諾凡。吉諾凡……我好想你……」

眾多男性圍成一圈跪在安娜希身邊，安娜希卻如此悲嘆。

「對了，我去找他感謝解咒藥的恩情吧。只要能看到吉諾凡一眼，我就能再努力一陣子。」

為了答謝解咒藥的恩情，安娜希來到吉諾凡的商會。結果從凱口中得知退婚是一場騙局，凱只是為了得到吉諾凡的商會經營權才幫忙演出這齣戲。

安娜希回到家後，發現父親已經談妥了與王子殿下的婚事。

王子殿下與安娜開始相親。

「妳真是太美了，能將妳這樣的人娶進門，我真的好幸福。」

「王子殿下，我不能和你結婚，我有喜歡的人了。」

如此說著，安娜希飛奔離開相親會場。

她在街上四處徬徨時，發現變成流浪漢坐在路邊的吉諾凡，並且將他擁入懷中。

「安娜希？不能這麼做，妳要跟王子殿下結婚得到幸福啊。」

安娜希逼吉諾凡和她破鏡重圓，吉諾凡卻拒絕了，兩人爭論了好一陣子。

「絕對不行！我絕對不會跟安娜希結婚！怎麼能跟這種流浪漢結婚呢，太離譜了！」

吉諾凡提高音量大聲怒吼，被吼的安娜希卻毫不畏懼，反而露出心意已決的表情。

安娜希跪在地上，往吉諾凡手背印下一吻。

「和我結婚吧，我會讓吉諾凡幸福的。」

「居然做到這個地步……我明白了，我會珍惜妳一輩子。」

兩人一同來到安娜希的父親面前。

「安娜希！妳居然做這種蠢事！我絕不允許妳和那種男人結婚！」

安娜希的父親相當憤慨。

「父親不認同的話，我就離開這個家，捨棄姓氏和吉諾凡共度餘生。」

「愛情這種東西根本撐不了十年，我這麼做是為了妳好。」

「不，這份愛會持續一輩子。永別了，父親。」

當吉諾凡和安娜希準備走出家門時——

「老公！給我適可而止！」

「哇噗！」

忽然登上舞臺的安娜希母親往父親屁股上狠狠一踹，父親誇張地摔倒在地。

「好啦，我同意讓他們結婚，所以不要……不要再踩我的臉了！」

在母親的無情踩踏下，父親同意了這門婚事。

吉諾凡與安娜希擁吻時，布幕也降了下來。

現場響起如雷的掌聲，淚流不止的我久久無法起身。往旁邊一看，安娜也在流淚。

我們來到咖啡廳討論觀劇感想，發現我和安娜流淚的原因，是分別對安娜希和吉諾凡產生了移情作用。

◆◆◆

「公爵的角色感覺有點……不，是非常可憐耶。」

「這是母親的意思。無法想像是本國宰相說出口的那些糊塗言論，讓母親大發雷霆呢。」

原來如此啊。不過貴族相當看重名譽，把這當成失言的懲罰好像太嚴重了。

「父親不只是隨便亂說話而已，連失言的場面都是他故意營造的。這種毫無計畫性的做法簡直無法想像他是宰相，這點也讓母親相當憤怒。」

雖然不太清楚，除此之外也是公爵幹的好事嗎？安娜應該也不想數落父親，這個話題就到此為止吧。

「話說回來，為什麼會選用那種劇名？」

這部劇名為《哥布林千金》，想也知道是侮辱安娜的詞彙。明明是用賽文森瓦茲家資金打造的舞臺劇，為什麼劇名會選用侮辱自家千金的詞彙呢？對安娜來說，名譽應該也很重要才對。

「因為是我同意的。」

「……為何要同意？」

「劇作家老師說，讓人印象深刻的劇名才會造成轟動。」

確實相當震撼。儘管這個國家的藝術領域可以批判貴族，通常會避免太過露骨的侮辱，更何況還是號稱真實故事改編的戲劇。用劇名侮辱堂堂第一公爵家千金的做法可說是相當大膽，光是這樣就製造了不少話題。

「可是安娜的名譽怎麼辦？」

「我不在乎。只要能挽回吉諾先生的名譽，我什麼都願意做。」

安娜握緊拳頭露出充滿慈愛的笑容。她的笑容溫柔到讓我有些鼻酸。

我再也無法忍耐，心中對安娜的愛意已經忍無可忍，便情不自禁抱住安娜，在她額頭上印下一吻。

「我只是稍微離開一下而已！請您適可而止！」

在稍遠處和護衛討論事情的布麗琪連忙衝回來將我拉開。她說著：「您在眾目睽睽之下做這種事，萬一對小姐造成醜聞怎麼辦？」狠狠訓了我一頓。

周遭群眾都投來好奇的目光，讓安娜羞得滿臉通紅，我們逃也似的離開咖啡廳。

「那個，對不起。看到妳的笑容，我就把持不住自己。」

「……不、不會。」

嘴上這麼說，安娜卻連耳根子都紅透，雙眼也淚汪汪的。雖然這個國家有親吻手背的習慣，卻不會在眾人面前親吻臉頰。貴族自不待言，連平民都不會這麼做。安娜應該羞得無地自容了吧，真對不起她。

◆◆◆

舞臺劇《哥布林千金》轟動大街小巷。不只國內，連國外的劇團都在上演這齣劇。因為演出就能拿到賽文森瓦茲家提供的贊助金，哪怕是國外劇團也一樣。

這個國家以往都是男性向女性求婚，受到《哥布林千金》的影響也隨之改變，開始出現向男性求婚的女性。

安娜開創了女性求婚的先例，而且她還是第一公爵家的千金。由於身分地位崇高，沒人敢批評她「不知檢點」，平民之間也掀起了女性主動求婚的社會現象。

受到影響的不只是平民。雖然貴族社會以策略婚姻為主流，仍有少數人會在社交界自行尋找結婚對象。在這些貴族女性當中也出現向男性求婚的人，在社交界引發巨大話題。

影響還遠不只如此。過去就算是不合意的對象，和家族決定的對象結婚才算是千金小姐的美德，是這個國家的常識。

可是《哥布林千金》的主角打破家族決定的婚事，抱著被逐出家門的覺悟也要貫徹這份愛情，甚至用主動求婚贏得愛情。這種意志堅定、不怕顛覆常識的生存態度，對貴族千金造成了巨大的影響。許多千金都對舞臺劇主角，也就是安娜產生共鳴十分嚮往，開始有許多女性邀請安娜參加茶會。

很多人看了舞臺劇主角的形象，以為安娜是霸氣十足的英勇女性。不過安娜其實是嬌憨可愛，擁有溫柔夢幻美貌的人。這些貴族女性都被安娜的反差感所震驚，變成了安娜的崇拜者。

我與安娜一起出席晚宴時，都會被許多貴族女性團團包圍，還要接受接二連三的質問攻擊。透過《哥布林千金》的劇情了解事實梗概後，這些女性都欣喜若狂地表示「太夢幻了」、「真是浪漫」，還有「真是羨煞旁人的愛情呀」。

在思想較為保守的女性當中也有人看這種革新的思想不太順眼，不過她們主要都是中高年齡的女性，而且絕大部分都愛用賽文森瓦茲家的回春化妝水。要是批判安娜導致化妝水供應中斷，那可是攸關死活的問題，所以她們在公眾場合都閉口不談。

巴爾巴利耶家的兩位義妹也深受《哥布林千金》的影響。

「真不愧是義兄，我看得好感動呀。」

「太了不起了。讓我肅然起敬。」

看完舞臺劇後，兩位義妹都淚眼汪汪地稱讚我，吵著要邀請安娜參加茶會。

邀請安娜來巴爾巴利耶家舉辦茶會時，兩位義妹就不用說了，連義妹的朋友們都帶著閃閃發亮的眼神專心聆聽安娜說話。

就這樣，在賽文森瓦茲家的幫助下，替我洗刷汙名的策略大獲成功，再也沒有人批評我在畢業派對上引發的騷動。不僅如此，我的評價還一舉衝高，特別是年輕女性，對我抱持敬意的人越來越多了。

◆◆◆

多虧舞臺劇的效應，雖然批判我的人減少了，卻沒有完全消失。王太子殿下就是其中一人。

在我退婚的幾年前，王太子殿下也在畢業派對上宣布退婚。明明做了一樣的事，世人對我的退婚行為大為讚賞，王太子殿下的評價卻一落千丈。

在王太子殿下將安娜納為側妃的計畫中，我本來就是一大阻礙，而且做了一樣的事情，待遇卻天差地遠。或許是這件事壞了他的好心情，王太子殿下的神情明顯不悅。

「你該不會要跟賽文森瓦茲小姐重新締結婚約吧？」

此刻我們正在參加王宮派對。當安娜被女性團團包圍，我獨自落單的時候，王太子殿下帶著男爵千金上前攀談。聽到對方這麼說，我如此回答：

「我正有此意。」

為了不讓對方抓住把柄，我回答得直截了當，沒有半點廢話。

「不覺得自己配不上她嗎？出身貧窮子爵家還不是嫡長子的男人，居然要跟賽文森瓦茲家的千金訂婚。」

「我認為是意料之外的幸運。」

我沒有回答「配不上」。因為他下一句話會是「那就推掉這門婚事」。王太子殿下此言是為了騙我做出失言之舉，他想阻止我和安娜的婚事。

「你不覺得婚姻也該考量身分差距嗎？」

如果是其他話題，我可能會選擇乖乖被對方駁倒；如果是衝著安娜來，那就另當別論了。我要向他反擊。

「原來殿下終於要放棄跟馬利歐托小姐結婚了，我都不知道。」

「你說什麼？」

「我說錯了嗎？您方才不是說婚姻應該考量身分差距嗎？我還以為您覺得王族和男爵家的身分差距太大，要放棄和馬利歐托小姐結婚呢。」

明明自己也想跟身分懸殊的對象結婚，卻否定別人身分懸殊的婚姻，未免太雙重標準了。殿下之所以沒發現自己有兩套標準，是沒料到有人會提出反駁吧，這我能理解。對方可是王族，正常人應該不會反擊，而是默默忍讓等待風波平息。

「馬利歐托小姐也別氣餒，妳一定會遇到更好的人。」

我對王太子殿下身邊的男爵千金這麼說。

在頌揚實力主義的學園中，不能根據身分地位改變敬稱，對女學生必須一律敬稱為「同學」。可是這裡並非學園，應該依照對方身分地位改變應有的敬稱方式。有別於女性可以一律使用「先生／小姐」，男性的敬稱區分規則較為複雜。

要是用男性貴族對未婚女性使用的一般敬稱，應該是「馬利歐托小姐」。如果是和王族有婚約關係的未婚女性，應更改為「馬利歐托殿下」。

陛下不同意兩人的婚約，所以馬利歐托小姐不是王族的未婚妻，照理來說應該喊她「馬利歐托小姐」，可是社交界的每個人都稱她「馬利歐托殿下」。這是因為用正確的敬稱稱呼，王太子殿下會大發雷霆。

然而故意喊她「馬利歐托小姐」，代表我沒把她當成王太子殿下的未婚妻。

「迪迪殿下，我好害怕。」

馬利歐托小姐一臉驚恐地抱住王太子殿下，王太子殿下也連忙安撫她。

迪迪殿下應該是迪托夫里特王太子殿下的小名吧。陛下明明不同意這門婚事，她居然敢在公眾場合用小名稱呼殿下，真是厚顏無恥。重點是她的肢體接觸也太離譜了，挽著殿下手臂時竟然將胸部緊緊貼在上頭。

男女之間的肢體接觸，僅限於跳舞或引領上下馬車時的牽手行為；還有在平坦地段引領時，女性將手搭在男性手臂上而已。就算在社交場合，夫妻也會遵循這項規矩。

雖然我偶爾會失去理智緊抱安娜，這其實是嚴重違反禮儀的行為。

「你這傢伙，竟敢置喙王家的婚姻！這可是大不敬！」

王太子殿下用怒氣沖沖的嗓音大吼。因為音量太大，周遭的視線全都聚集過來。

「恕我失禮了。」

「立刻推掉和安娜史塔西亞小姐的婚約，然後協助她成為我的側妃，這樣我就既往不咎。」

「恕我拒絕。」

「你說什麼！你這傢伙，竟敢無視王家的命令嗎！」

「這又不是陛下的詔令。」

「臭小子！你知道自己在說什麼嗎！區區子爵家還想忤逆王家嗎！」

「這既非陛下的詔令，也非全體王家的意見，為何說我忤逆王家呢？」

「這可是王太子的命令！你還想忤逆嗎！」

「請容我再次重申，我絕對不會推掉和安娜的婚事。」

如果陛下也有此意就罷了，這只是王太子殿下的個人意願，我根本不必遵從。再說就算真是陛下詔令，我也不打算遵從。我再也不會離開安娜，哪怕要與國家為敵，我也會拚死抵抗。

「臭小子！」

「怎麼回事？」

王太子殿下實在太大聲了，方才還在談笑風生的人們紛紛終止談話看向這裡。可能是為了收拾場面吧，王妃殿下來到我們身邊如此詢問。

「母后殿下，我說要將賽文森瓦茲千金納為側妃，這傢伙竟然無禮阻撓，我正想處置這個無禮之人。」

王太子殿下趁周遭鴉雀無聲，在眾人注目下大聲宣告，王妃殿下頓時面色鐵青。

基於宗教因素，這個國家奉行一夫一妻制，只有國王或王太子無法生育的緊急狀況才允許納入側妃。倘若一開始就以納入側妃為前提結婚，會遭到宗教否定。就算真有迎娶側妃的計畫，現階段也必須藏在檯面下。

如今事態暴露，立場親近教會的貴族自然會反彈。為了避免和教會勢力產生不必要的衝突，賽文森瓦茲家可能會正式提出抗議，表明他們和王太子殿下的計畫毫無關係。

王太子殿下和第一王子殿下的繼承權鬥爭進行得如火如荼，這時要是遭到賽文森瓦茲家抗議，在眾人心中留下兩家關係惡化的印象，恐怕會造成致命傷。

面色鐵青的不只是王妃殿下，我也一樣。

我故意喊出「馬利歐托小姐」，對話中也刻意選擇會惹怒殿下的言詞。總使他的痛罵正合我意，我並不想惹出這樣的結果。想盡辦法讓殿下大聲怒吼，抓住我的胸口就綽綽有餘了，沒想到他是這種是非不分的人，居然當場大聲宣告出側妃計畫。

「巴爾巴利耶少爺，抱歉驚動您了。迪托夫里特可能太累了。」

王妃殿下如此說完，便命令衛兵將王太子殿下帶走，被衛兵抓住雙臂的王太子殿下就這麼離場了。

「真的很抱歉，我會擇日設宴向您謝罪。」

臉色慘白地留下這句話後，王妃殿下就離開了。她應該很想大聲哭喊，卻絲毫沒有表現在臉上，真是了不起的人。

我好奇的是馬利歐托小姐的反應。當王太子殿下說出側妃計畫，旁人全都驚訝萬分。畢竟事關重大，這是理所當然的反應，可是只有馬利歐托小姐一點也不驚訝。

難道她知道王太子殿下會在這場晚宴說出側妃計畫嗎？那就表示這場風波也在王太子殿下的計畫之內。

……難不成王太子殿下想捨棄王太子的地位？

聽說安娜在「花鳥舞會」中選擇獨舞，明確表示無意和在場的參加者結婚。如果安娜貫徹這個理念守身如玉好幾年，屆時端看採用的手段，側妃計畫或許有成功的可能。可是我恢復貴族的地位後，安娜也不再貫徹單身的理念，側妃計畫難以實現。認清這個事實後，王太子殿下才修正了計畫吧。

王太子殿下和馬利歐托小姐的婚事不被認可，是因為馬利歐托家無法成為王妃的堅實後盾。這個國家的王權本來就不強，要是連王妃的後盾都不堪一擊，國家就會分崩離析。可是只要她當不了王妃，娘家就不必成為堅實後盾。只要捨棄王太子的地位，兩人成功結婚的機率也會大幅度攀升。

過去我以為王太子殿下是個性放蕩不羈，不論馬利歐托小姐說什麼都照單全收，一天到晚打破常規的大麻煩。難道殿下是為了捨棄王太子的地位，才故意營造出放蕩不羈的人設嗎？

假如真是這樣就太可憐了。拚命抗爭想和心愛之人結婚的王太子殿下，和努力收拾殘局只為了將兒子送上王位的王妃殿下，他們兩人都太可憐了。

旁人或許覺得殿下很愚蠢吧，不過我能理解殿下為了心愛女性不惜捨棄地位的心情。

「陛下請兩位過去一趟。」

聽近衛騎士這麼說，我和安娜便跟著他走，來到某個離晚宴會場不遠的王宮廳室。

「別客氣，坐吧。」

向陛下問好後，陛下催促我們坐在沙發上，我和安娜才與陛下相對而坐。

「真不好意思。」

陛下居然道歉了！對我這個前貧窮子爵家的四男來說簡直驚天動地！

……原來如此。因為不能在眾人面前謝罪，才會把我們叫到其他房間啊。

「如果您是向我致歉，那麼我接受您的道歉。」

既然陛下已經致歉，站在巴爾巴利耶家的立場也只能接受，無法再向王家提出抗議，然而賽文森瓦茲家就不一樣了。為了避免教會或親近教會的貴族誤會賽文森瓦茲家支持側妃計畫，進而發生嫌隙，應該會提出抗議吧。「向我致歉」的說法，表示這件事與賽文森瓦茲家無關。

「那就好。」

陛下笑了笑。「那就好」的言下之意，應該是無意阻止賽文森瓦茲家提出抗議吧。陛下似乎想擁立自己的後盾賽文森瓦茲家。

「安娜生得越發楚楚動人了呢。和以前的珍妮越來越像。」

「呵呵，謝謝您，舅舅。」

從陛下剛才的道歉舉動，就能看出現在並非官方場合，所以安娜也配合私人場合的規矩用「舅舅」稱呼陛下。陛下是岳母的親哥哥，對安娜來說就是舅舅。

安娜用「舅舅」稱呼陛下，陛下也用家人常用的小名稱呼安娜，讓我再次深刻體會到我與安娜的身分天壤之別。

詛咒解除後，安娜就變回了與岳母神似的美麗容顏。超級溺愛岳母的妹控陛下也相當疼愛這位與岳母神似的外甥女，對她百依百順。

「舅舅，你對第一王子殿下和王太子殿下的婚事有何看法？」

不愧是血脈相連的家人，竟然拋出一針見血的問題。這可是王位繼承權鬥爭的根本問題。

而且安娜用「第一王子殿下」和「王太子殿下」稱呼兩人。雖然關係不親，對安娜來說兩位殿下還是表兄弟，不能直呼其名，才選擇略顯客套的稱謂。在這簡短的質問中，也展現出不想與兩位殿下結婚的意志。

「王家的婚姻沒有雙親介入的餘地，全都在政治謀略中決定。」

這個國家的國王不像前世那種君主專制時代的國王王權薄弱，管理國家時必須掌握與貴族間的權勢平衡，以免國家分崩離析。國王立場本就艱難，又冊封了鮮少冊封的側妃。不僅如此，明明是在正妃膝下無子時冊封側妃，卻發生了王側妃兩人都誕下男嬰的離奇狀況。同母兄弟王子們的繼承權鬥爭就已經很激烈了，現在發生的還是異母兄弟的王子之爭。

身為王宮混亂時期的國王，陛下應該無緣體會普通的親子或夫妻關係吧。陛下就像放棄一般的眼神，感覺似乎很憧憬作為人類理所當然的幸福。

「迪迪應該不明白吧。」

陛下無力地笑了笑。

迪迪是王太子殿下的小名。從陛下的言詞中，感受不到對引發大問題的王太子殿下的怒意，反而隱約透露出父親對兒子的歉疚。

和心愛之人結婚——陛下應該也不希望兒子放棄普通人的幸福，對他強加管制吧。為了不讓國家分崩離析，陛下也已經竭盡全力。

這下可不能輕忽大意。如今陛下和王太后殿下都贊成我們的婚事，可是他們是以國家安定為第一考量的王族。要是判斷我和安娜的婚姻會為國家帶來負面的影響，可能會果斷改變心意。

從陛下的說詞來看，王子殿下的婚姻相當複雜，甚至連陛下都不得置喙。只要狀況複雜、國家變得越不安定，王家的意願就越容易改變。對於想得到安娜並在繼承權鬥爭中勝出的人來說，應該算是順水推舟吧。

但願這場鬥爭能在短時間內分出勝負。如果戰況延長，我連結婚後都不能掉以輕心，或許會出現想陷害我們離婚的人。因策略考量離婚的案例，在這個國家時有所聞。而且宗教上沒有嚴格禁止離婚，所以離婚門檻比前世更低，政治很容易介入。

我必須繼續成長。為了守在安娜身旁，我必須讓自己強到不會被謀略所擊垮才行。

果不其然，公爵以賽文森瓦茲家的名義正式向王家提出抗議了。

王妃殿下甚至親自拜訪賽文森瓦茲家，深深低下頭拜託公爵撤回官方抗議，可是公爵聽不進去。如今賽文森瓦茲家正忙著處理教會派勢力，此時若是不提出抗議，賽文森瓦茲家的損失就太大了。

教會和教會派貴族也連署向王家提出官方聲明，呼籲王家尊重宗教戒律。

教會和教會派貴族的抗議不是什麼大問題，賽文森瓦茲家的抗議卻相當致命。發表官方抗議後，世人就會認為賽文森瓦茲家要與王太子殿下明確保持距離。

一旦和賽文森瓦茲家對立，王太子殿下的王位繼承權就無望了。如此盤算的王太子派系貴族便全數離開王太子殿下，改為支持年幼的第四王子殿下。

王太子殿下派系轉移重心時，部分貴族也脫離派系，導致派系規模縮減。這樣第一王子殿下派系就有優勢了嗎？其實不然，連第一王子殿下派系規模也縮減了。安娜在晚宴上要求演奏第十三首曲子的策略起了效用。

支持者流失後，王太子殿下遭到廢黜，迪托夫里特王太子殿下變成了迪托夫里特第三王子殿下。面臨這個大好機會，第一王子殿下勢力也一落千丈，沒有成功冊立太子，王太子之位目前是空懸狀態。

我覺得王妃殿下太可憐了。為了讓兒子第三王子殿下穩坐王太子之位，王妃殿下總是在孤軍奮戰。

聽說王妃殿下很勢利眼，必要時甚至願意向下級貴族低頭。不過我認為她是為了守護兒子的地位，才不得不向下級貴族低頭。

雖然大家都說她對權力充滿欲望，我卻不這麼認為。不但獨自創建王太子殿下派系，始終都靠自己的力量維持統整。如此有能之人，一定會發現王太子的處境有如泥舟渡河。如今王太子殿下向瑞拉德公爵千金宣告退婚，導致瑞拉德家叛離，明眼人都能看出王太子派系敗象濃厚，她卻依然支持自己的兒子。

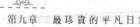

如果她只為了確保權力，就該切割第三王子殿下轉而輔佐其他有能的王子。我認為她心中不是對權力的欲望，而是對兒子的愛。

就算為了兒子拚命努力，最重要的兒子不但頻頻扯後腿，這位第三王子殿下還譴責母親，真是徒勞無功。

當第三王子殿下不小心說溜嘴，把安娜納為側妃的計畫曝光後，王妃殿下的臉都綠了。她在那一刻應該就猜到了這個結果，知道再也無力回天，所以臉色才會這麼難看吧。她真的是相當優秀的人。

「經常被世人批判毫無王族榮譽，偏愛權力的王妃殿下，吉諾先生居然會對她心生憐憫，真是太佩服了。這種充滿包容力的見解，實在太了不起了。」

我跟安娜說出這件事之後，她就露出陶醉的眼神這麼說。成天被巴爾巴利耶家的兩位義妹纏著頻繁舉辦茶會之後，安娜似乎也跟兩位義妹越來越像了。

第十章　安娜好可愛！

◆◆◆安娜史塔西亞視角◆◆◆

「吉諾！來這裡坐！」

我和吉諾先生再次訂下婚約，此刻我們身在王都大聖堂。剛才大姊和家人一起來到現場，看到吉諾先生劈頭就說出這句話。

安東魯尼家的家人各個都緊張得不得了，像裝飾品一樣乖乖坐在位置上，只有大姊的態度依舊自然。

「好痛！」

吉諾先生往大聖堂設置的椅子上一坐，大姊的拳頭就揮了下來。之所以要吉諾先生坐下，就是為了揍他吧。吉諾先生身材高挑，如果維持站姿，大姊的拳頭應該揮不到他。

「你這傢伙！為什麼一聲不吭就忽然失蹤！至少留句話再走啊！」

吉諾先生退婚後就立刻失蹤，失蹤前也沒有跟大姊聯絡，讓大姊相當氣憤。接下來就是大姊的說教時間。大姊強忍滿眶淚水對吉諾先生說教，吉諾先生則靜靜聆聽，這一幕讓人感受到姊弟強烈又溫暖的羈絆。

「姊姊。」

「幹嘛啦！」

「那個……我很愛姊姊，還有全家人。」

大姊嚇得張大嘴巴。

在心理諮商時，吉諾先生說自己從來沒對安東魯尼家人表達過深愛家族的心情，吉諾先生也答應我以後會試著慢慢表現。這就是他想說的那句話吧。

笨拙、直率又溫暖，這句話很有吉諾先生的風格。

「你、你是笨蛋嗎！幹嘛這麼突然啦！」

大姊說完這句話就跑出房間。明明儀式即將開始，要是她迷路就麻煩了，我連忙追上大姊的腳步。

結果是我多慮了，原來大姊在大聖堂外的走廊上哭了起來。由於她用禮服袖口擦拭眼淚，我將手帕遞給她。

◆◆◆吉諾利烏斯視角◆◆◆

我跟安娜的婚事已經談妥了。上次的訂婚儀式在賽文森瓦茲家附設的教會舉行，然而最後以退婚收場。由於不太吉利，這次包下了外部教會舉行儀式，地點就是王都大聖堂，是深寬總和超過一百五十共尺的大型建築。

訂婚儀式的見證人是教皇猊下。這位教皇平常都在華特迪士聖國，沒有要事就不會來這個國家，這次為了我們的訂婚儀式特地前來。

靠化妝水取得莫大利益的賽文森瓦茲家，為了將教會勢力納入旗下，提供了巨額捐款。對教會來說，賽文森瓦茲家可是上等客戶，大聖堂會爽快答應臨時包下大聖堂的要求，以及請教皇猊下直接擔任見證人，都是這個原因。

王太后殿下和國王陛下也以賽文森瓦茲家親戚身分出席，他們是安娜的外祖母和舅舅。雖然兩位過去也相當疼愛安娜，自從安娜的詛咒解除，變成神似岳母的美麗女性後，可愛程度似乎更勝以往，兩位跟安娜說話時都露出飄飄然的表情。順帶一提，兩位也知道我是化妝水的製作人。

如果將大聖堂當成演唱會場地，約可容納一萬人，賽文森瓦茲家不但包下整座大聖堂，連教皇猊下、國王陛下和王太后殿下都出席了。看到這豪華非凡的場面，安東魯尼子爵家所有人都緊張得不得了，坐在椅子上一動也不動，臉色已經超越鐵青，變成灰土色了。

其中只有姊姊跟平常一樣，剛剛我還挨了她一拳。

巴爾巴利耶家的列席者是義父、義母、義兄，以及兩位義妹。義父、義母和義兄這組成年人十分冷靜，兩位義妹卻興奮極了。

大義妹說「真不愧是義兄」，小義妹說「太了不起了，讓我肅然起敬」。他們都深受《哥布林千金》這部劇感動，今天的心情應該就像在看那部劇的後續吧。

上次參加訂婚儀式時，我心中只有興奮的情緒，這次卻不同。失去過未婚夫的地位後，我才深切感受到這份無可取代的珍貴。簽署文件時，光是看著契約書，我心中就湧起一股熱流。拿筆簽名時，湧上心頭的感動模糊了我的視線。安娜似乎也一樣，簽名時還用手帕壓著眼角。

訂婚儀式不會交換誓詞，不過我有些話無論如何都想告訴安娜，所以站在安娜面前。

「在上次的訂婚儀式中，我只對自己不會孤獨終老一事欣喜若狂，但是這次不一樣。我終於找到讓我不在乎孤獨終老的重要之人，安娜，那個人就是妳。這是我有生以來第一次找到一位女性，讓我看得比自己還要珍貴。我想讓妳幸福，也希望自己在妳身邊能得到幸福。妳告訴我不要放棄自己的幸福，所以我再也不會放棄了。我再也離不開妳，也不會再離開妳了，我要永遠陪在妳身邊。」

「叫我不要放棄幸福的人是吉諾先生呀。在上次的訂婚儀式中，我甚至無法想像自己未來會變得幸福。因為吉諾先生告訴我這句話，我才能有所改變。如今我已經明確知道得到幸福的方法，吉諾先生，如果我想幸福，你也必須得到幸福，所以我一定會幸福。我絕對不會放棄自己的幸福。」

在誓約書上簽名時，我們心中感慨萬千，早已流下淚水。交換誓詞後感觸又變得更深，大顆淚珠又不斷跌出我們的眼眶。

我們流著淚水凝視彼此。我默默將安娜擁入懷中親吻了她，安娜也沒有抵抗，甚至還緊緊回應我的擁抱，在我落下脣吻前就閉上眼睛。

「這、這、這是在做什麼啊啊啊啊！」

「哎呀，天啊。」

公爵怒吼連連，將我從安娜身邊拉開，岳母的表情則又驚又喜。

「年輕真好呀。」

「是啊，沒錯。」

國王陛下和教皇猊下如此交談。

「簡直就像戀愛劇的高潮場面！真不愧是義兄！」

「太了不起了！讓我肅然起敬！」

兩位義妹欣喜若狂。

訂婚是婚前儀式，必須在神明面前展示貞潔，所以新人在儀式過程中不能有肢體接觸。在大聖堂如此莊嚴的場地，國王陛下和王太后殿下也列席的場合，我竟然在教會權威體現者教皇猊下面前親吻安娜。見我犯下天大禁忌，安東魯尼家所有人都震驚到接連昏倒，只有大姊一個人笑得合不攏嘴。

◆◆◆

「讓、讓你久等了，吉諾先生。」

身穿白紗禮服的安娜帶著耀眼光輝出現在我面前，表情明顯緊張。純白禮服是公主蓬裙款式，還繡上無數金剛石(鑽石)，宛如夜空中的星辰。

以前安娜很在意身上的凸瘤，總是穿著遮到脖頸處的高領禮服。不過詛咒解除後，凸瘤和綠色肌膚都消失了，今天安娜穿著敞開至胸口處的禮服，大膽露出香肩。

在如陶瓷般光滑的肌膚前方，是安娜手上那束集結了可愛花朵，以白色為基調的捧花。這副模樣彷彿同時具備了清純與妖豔兩大要素。

賽文森瓦茲家是允許戴冠的大貴族，安娜頭上的皇冠是歷代千金小姐在結婚典禮上配戴過的貴重寶物，充滿歷史淵源，外型就像花冠一樣。不但莖條由白金打造，更是毫不吝嗇切割碩大寶石做出無數花瓣，精巧程度宛如鮮花，兼具莊嚴氣質與清純可愛，簡直就是安娜的化身。

亮麗銀髮，豪華皇冠，代表清純的白色基調捧花，以及安娜的美貌，此刻在無數耀眼金剛石點綴的淡白色頭紗下，變得夢幻又縹緲。

「……安娜……妳太美了……」

我不知不覺從沙發上起身如此低喃。

在頭紗底下若隱若現的安娜實在太美，彷彿下一秒就會消失。

好想將她緊緊擁入懷中，讓她哪兒也不能去——我拚命忍下這股衝動。

我看到女性也能分辨美醜程度，卻好久沒有被女性的美麗感動了，而安娜似乎也有同感。雖然不在乎自己臉上滿是凸瘤，凸瘤消失後也不曾被這副美貌撼動心靈。

可是今天的安娜實在太美，讓我感受到永凍土瞬間融化那種天搖地動的震撼。

「……謝謝。你還是第一次用『美麗』稱讚我呢。吉諾先生……你也很帥氣呀。」

安娜露出羞澀的笑靨。

她說得沒錯。過去我用「可愛」稱讚安娜的次數多到數不清，但是今天是第一次用「美麗」

來稱讚她。因為安娜治癒了我的心，我內心的扭曲也被導正了吧。過去在我眼中宛如點陣圖的女性，最近看起來也像活生生的人了。

安娜越療癒我的心，我對安娜的愛意就越發洶湧。

我的存在就是為了遇見這個人，為這個人奉獻所有。

這是我的命運。

命運不是取決於信與不信，而是理所當然的存在。

這股想法自然湧現心頭。

「新郎、新娘，請入場。」

聽神官這麼說，我領著安娜一起走進大聖堂。因為是賽文森瓦茲家的結婚典禮，廣大的大聖堂中有許多人出席，他們的目光全都聚集在我們身上。

這個世界的結婚典禮很簡單。新郎和新娘一同進場後，在教會派出的見證人面前宣誓，之後見證人會施展祝福魔法，屆時新人會交換誓詞與誓約之吻，僅此而已。換算時間大概是二十分鐘左右。

聽了見證人教皇猊下的提問，我回答「我願意」，安娜也給出相同的答案，隨後我們一同在宣誓書上簽名。

聖歌隊開始唱頌，教皇猊下也詠唱祝福魔法。魔法完成後，光如細雪般從空中飛舞而下，穿過屋頂灑落大聖堂，還能聽見宣布祝福開始的教會鐘聲。

要成為掌管大聖堂的主教，其中一項必要資格就是能對王都等級的大都市施展全城祝福魔法。這個祝福來自位階更高的教皇，應該至少會為王都全城降下光雪。

在飛舞而下的光雪中，我和安娜被七彩光柱包圍，光柱一路延伸至大聖堂天花板，應該也會穿過天花板升上高空吧。

我和安娜面對面，新郎和新娘在此交換誓詞。誓詞是由新人自行決定，我也選擇了飽含心意的文字。

「安娜，我愛妳。我向神明發誓，今生與來世都會永遠愛著妳。」

「吉諾先生，我真心愛慕你。我向神明發誓，這份愛慕會持續到永遠。」

我感動到淚流不止，安娜也淚流滿面地望著我。

安娜閉上雙眼。

我便親吻安娜。

光柱從七彩變為純白，閉著眼也能感受到光的變化。

包圍我們的光柱綻放出更加強烈的光芒後，光柱和光雪都消失無蹤。

以此為信號，我的嘴脣離開安娜，將她緊擁入懷。

「見證人教皇奧爾馬克利烏斯四世，以上帝名義宣布婚姻成立，一對夫妻就此誕生。」

教會鐘聲響起，這是宣布婚姻成立的獨特聲響。列席者起立鼓掌的同時，教會外也傳來讓彩繪玻璃為之震動的巨大歡呼聲。這是民眾透過鐘聲知道我們婚姻成立後發出的歡呼。

這樣我和安娜就結為夫妻了！我終於讓安娜成為終生的伴侶了！

我說不出話來……心中滿是感動。

結婚典禮結束後，就要在王都展開遊行。王族的結婚典禮通常都會舉辦遊行，這是為了振興經濟，民眾在這種活動中都會慷慨解囊。安娜也是陛下的外甥女，儘管順位不高，同樣也具有王位繼承權，所以還是會舉辦遊行。

「人還真多耶。比我們的結婚典禮還要誇張。」

我們準備坐進備於大聖堂門後的馬車時，岳母看到觀眾忍不住驚呼。

「嗯，也遠比我的結婚典禮還多吧。我當時可是王太子，觀眾居然比我的結婚典禮還要多。唔嗯——」

岳母身旁的國王陛下似乎無法接受觀眾比自己當時還多的事實。

「因為《哥布林千金》很受歡迎吧。鄰近的城鎮就不用說了，甚至有來自鄰國的大批觀光客，就為了一睹風采呢。」

陛下身邊的近衛騎士這麼說，應該是在安撫一臉不滿的國王陛下吧。

除了幾個例外的設施，通常平民要參見王族或王位繼承資格者時，都要行跪拜禮，只能看見他們的腳。不過遊行的用意就是為了讓民眾觀看，因此會破例免除跪拜禮。對《哥布林千金》的平民粉絲來說，這應該是能好好目睹安娜本人的唯一機會。

遊行開始後，我和安娜一同站在沒有車頂的馬車上，向擠滿王都大馬路的民眾揮手致意。

人數真的很驚人。大馬路就不用說了，沿路建築的窗戶也看得到人臉，甚至連屋頂都塞滿了人。還有不少人從屋頂垂降繩索，貼在牆壁上觀看。

「唔哇啊啊啊！『哥布林千金』公主殿下好漂亮啊～！」

坐在父親肩膀上的小女孩興奮大喊。

「來了！來了！那位就是『哥布林千金』！真不可思議！她好美啊！」

「唔哇！吉諾凡先生本人好帥啊！長相真是俊美！」

「祝兩位幸福美滿～！我們會支持你們的戀情～！」

市民紛紛送上聲援。平民通常沒辦法和王位繼承資格者搭話，今天卻能自由發聲。我們也揮手回應觀眾的聲援。

過去「哥布林千金」是侮辱安娜的詞彙，如今卻變成讚美之詞。在公爵與岳母的幫助下，安娜自己也扭轉了這個詞的意義，這可是非凡的成就。因為安娜擁有堅強意志和深切善意，才能成就這般豐功偉業。

我看向身旁的安娜，在陽光照射下，繡滿婚紗禮服的無數金剛石閃閃發光，安娜的亮麗銀髮在陽光下顯得璀璨奪目，安娜的笑容也無比燦爛耀眼。

怎麼會有如此美麗的人呢……

「安娜，妳真的好美。」

光用言詞表達也無法收束奔騰的情緒，我便衝動地在安娜臉上輕啄一吻。

「「「「呀啊啊啊啊啊啊啊！」」」」

女性觀眾發出近乎慘叫的歡呼聲。人實在太多了，簡直像地鳴一樣。
在眾人面前被親吻的安娜放下揮舞的手，緊接著面紅耳赤地低下頭去。
看到安娜如此可愛的反應，觀眾又爆出巨大歡呼和如雷掌聲。
聽到掌聲和歡呼聲，安娜可能害羞到頭昏腦脹，整個人站不穩。我連忙摟住她的肩膀，觀眾看了又欣喜若狂，再次爆出宛如雷鳴的歡呼聲。
我摟著安娜的肩膀心想。
安娜確實很美，今天我深刻體會到這一點。
可是比起美麗！
安娜的可愛程度！
還是輾壓眾人！
無與倫比！
超級無敵！
這麼可愛的人。
我要守護她一輩子。

後記

大家好，我是新天新地。繼第一集之後，感謝各位又購買了第二集。

因為有各位的支持，第二集才能發行上市。購買本書的讀者，在銷售網站留下評價書寫感想的讀者，在社群網站或個人網站寫下感想的讀者，在影片或廣播提到本作品的讀者……真的非常感謝你們。憑我一己之力根本無法發表續作，正因為有大家的支持，我才能完成這項成就。

順帶一提，知名銷售網站上的感想我全都看過了。買了著名作家的傑作小說想馬上翻閱的時候，看到有人對我的作品發表感想，我還是先把感想看完了。對我這種創作者來說，最想看的文章還是他人對自己作品的感想。

安娜在設定上是個醜陋的女孩，可是有好多人都稱讚安娜很可愛，每次看到這種感想，我就會一個人樂得笑嘻嘻。

吉諾有前世的記憶，所以也有不爭氣的一面，一點也不像異世界戀愛小說的男主角。儘管如此還是有很多人對吉諾抱有好感，這些感想也讓我很開心。

看到有人喜歡我所發掘的異世界角色，身為作者，沒有比這更開心的事了。

當然也有辛辣的意見，不過這些感想還是讓我很開心。有人願意讀我創作的作品並給出反饋，就算是批評也讓我十分高興。

至於第二集和網路連載版的差別跟第一集一樣，加入了大量額外的劇情，額外加筆的分量也跟第一集差不多。具體來說加寫的字數可能會被懷疑「已經可以再寫一部作品了吧？」的程度。

可是這些都是原本的劇情，為了讓網路連載版順暢好讀，我才將原本的劇情刪減縮短。用音樂來比喻的話，網路連載版只是副歌，書籍版則是整首歌。有人在感想中寫到「還是要看書籍版才能享受到樂趣」，我覺得形容得很精闢，因為我在創作時也是抱持這個想法。

額外加筆的篇幅是描寫吉諾的奮鬥，比如吉諾去冒險者公會調查這個世界的真相，還有吉諾挑戰「王國五劍」及魔物的故事。這一集吉諾做的所有努力，也都是為了安娜。

安娜也同樣為吉諾努力，和第一王子殿下對決。

除此之外，兩人和網路連載版沒出現的角色們也多了許多互動。和艾卡特莉娜一起逛街的安娜偶遇安索尼等人，大家一起商量煩惱的故事。吉諾親姊姊薇薇安娜進城的故事，吉諾在貧民窟的生活，以及凱特、安娜和吉諾在商會中發生的故事，這次都重新收錄了。

還有安娜和吉諾的甜蜜互動，去博物館約會，安娜幫吉諾進行心理諮商等許多網路連載版沒有的劇情。

這集的插畫也是由とき間老師繪製。柔和又美麗的插畫，完全貼合作品的世界觀，實在太完美了，請各位務必欣賞。

此外，這部作品的漫畫版也開始連載了！漫畫家是風守いなぎ老師。不論是安娜和吉諾的對話，還是安娜和母親的互動，用漫畫形式呈現真的栩栩如生，光看圖就覺得十分精采。吉諾的帥氣和安娜的可愛，在漫畫中更是魅力倍增，吉諾的戒指設計也畫得好好看，請各位務必購買欣賞！

延續第一集的傳統，第二集我也想在後記中聊聊故事中沒提到的細節。這次來談談吉諾的戒指。基本上都戴在左手食指上，不過手指挫傷時會改戴在右手食指。雖然寬戒的金屬部分是黑色，仔細看能發現其中有銀色金屬裝飾。為了在戴手套或赤手時都能配戴，指環底部有個可以調整戒圍的開口。

寶石是淡紫色，是有十片花瓣的花朵造型。因為黑色金屬部分和淡紫色的寶石形狀，安娜才以為是模擬黑冰花的造型，然而吉諾原先打造戒指時並非以黑冰花為原型。寶石部分有名為「雙重五芒星」的魔術迴路，只是形狀剛好跟黑冰花很像。寶石之所以是淡紫色，也是因為用來操控時空間的魔結晶晶圓是淡紫色而已。金屬部分的裝飾也是魔術迴路的一部分。吉諾沒這麼時髦，不會模擬花朵造型做出纖細裝飾的戒指。

魔道具則有兩種。一種是魔道具本身就有動力源，一種是用術者的魔力當成動力源運作。吉諾的戒指屬於後者，透過使用者從戒指內側注入混元魔力發動魔法。混元魔力就是融合氣與魔力的產物。

吉諾製作這個戒指，是因為干涉時空間的魔術迴路太過複雜，無法馬上描繪。石頭部分乍看是淡紫色寶石，然而石頭內部其實刻劃了用顯微鏡才能看清楚的細密魔術迴路。魔術迴路已經刻劃完畢，之後只需注入混元魔力就能施展魔法。

理論上來說，只要往這個戒指注入適合魔術迴路的混元魔力，任誰都能發動時間加速的魔法。但是複雜的魔術迴路需要複雜的混元魔力，也需要相當精湛的技術才能製造出符合時空間操作的混元魔力。就算在吉諾所在的前世，也要有研究所程度的實力才能操作時空間。所以在這個魔法文明落後的世界，其實算是吉諾專用，其他人就算偷了也無法施展魔法。

順帶一提，這個世界每個物體都有個別的時間場域。每個人、每個物體，以及每個星球的時間流逝速度都不一樣。如果是大質量星球和小石頭這種質量差距，就能計算出時間差，但是地球和人類的差異太小，根本算不出來，只能當作時間流逝速度一致。不過嚴格來說，每個物體依照質量都有個別的時間場域，時間流逝速並不同。戒指操作的是術者本身進行的個別時間。

希望看過這部作品的人都能擁有善良的心，這就是我的心願。如果各位心中能稍稍浮現出想對旁人善良的心情，我寫這部作品就有價值了。

第三集或許也有機會出版，希望屆時各位還願意陪伴這部作品。

©Yuka Tachibana, Yasuyuki Syuri 2023 KADOKAWA CORPORATION

聖女魔力無所不能 1~9 待續

Kadokawa Fantastic Novels

作者：橘由華　插畫：珠梨やすゆき

聖的首次異世界海外旅行，
是充滿中華風色彩的迦德拉！

聖和艾爾柏特訂下婚約，享受幸福的滋味。同時聖聽說以第一王子凱爾為大使的迦德拉使節團中，出現因神祕疾病而昏倒的人。由於無法置之不理，聖決定前往迦德拉！然而前來迎接的凱爾表示所有人都安然無恙，而且港口還關閉了，彷彿在阻止他們回去！

各 **NT$200~230/HK$67~77**

©Hiro Ainana, shri 2023 / KADOKAWA CORPORATION

爆肝工程師的異世界狂想曲 1~27 待續

Kadokawa Fantastic Novels

作者：愛七ひろ　插畫：shri

從攻略迷宮的最前線救出莉薩的朋友們吧！
〈聖留伯爵領再訪篇〉開幕！

佐藤一行人久違地造訪了由於迷宮出現而熱鬧非凡的聖留市。莉薩在那裡前去跟自己過去的奴隸同伴見面，沒想到她們在伯爵的指示下，竟然被派往了攻略迷宮的最前線。為了拯救獸人奴隸們，佐藤建議伯爵創立大幅強化領軍士兵的訓練營——！

各 NT$220~300/HK$68~100

©Kinosuke Naito 2023/ KADOKAWA CORPORATION

異世界悠閒農家 1~15 待續

Kadokawa Fantastic Novels

作者：內藤騎之介　插畫：やすも

密探們帶來的麻煩將大樹村捲入其中……！
「夏沙多市」附近發生大爆炸！

與魔王國之間的經濟能力和軍事力量持續拉開距離，導致人類國家陷入焦慮，相繼派出密探前往魔王國。然而入侵魔王國的密探們陸續在各地引發問題，甚至在「五號村」大鬧！村長因為拉麵問題被找去「五號村」！總而言之，在海的另一端對拉麵呼喊愛！

各 **NT$280~300/HK$90~100**

©Usata Nonohara 2019 / KADOKAWA CORPORATION

倖存鍊金術師的城市慢活記 1~6 完

Kadokawa Fantastic Novels

作者：のの原兎太　插畫：ox

這是居住在魔森林的精靈與魔物，
以及人類之間的故事。

對吉克蒙德失去信任的瑪莉艾拉從「枝陽」離家出走。就像是要「回老家」似的，瑪莉艾拉為了尋找師父芙蕾琪嘉，與火蠑螈及「黑鐵運輸隊」一同前往「魔森林」。然而……

各 **NT$260~300/HK$87~98**

國家圖書館出版品預行編目資料

哥布林千金與轉生貴族的幸福之路：為了未婚妻竭盡所能運用前世知識 / 新天新地作；林孟潔譯. -- 初版. -- 臺北市：臺灣角川股份有限公司, 2024.05-
冊；　公分. -- (Kadokawa fantastic novels)

譯自：ゴブリン令嬢と転生貴族が幸せになるまで：婚約者の彼女のための前世知識の上手な使い方

ISBN 978-626-378-932-6(第2冊：平裝)

861.57　　113003082

Kadokawa Fantastic Novels

哥布林千金與轉生貴族的幸福之路 為了未婚妻竭盡所能運用前世知識 2

（原著名：ゴブリン令嬢と転生貴族が幸せになるまで 婚約者の彼女のための前世知識の上手な使い方 2）

2024年5月22日　初版第1刷發行

作　者：新天新地
插　畫：とき間
譯　者：林孟潔

發行人：台灣角川股份有限公司
總　監：呂慧君
總編輯：蔡佩芬
主　編：林秀儒
編　輯：彭曉凡
設計指導：陳晞叡
美術設計：吳佳昀
印　務：李明修（主任）、張加恩（主任）、張凱棋

發行所：台灣角川股份有限公司
地　址：104台北市中山區松江路223號3樓
電　話：（02）2515-3000
傳　真：（02）2515-0033
網　址：www.kadokawa.com.tw
劃撥帳戶：台灣角川股份有限公司
劃撥帳號：19487412
法律顧問：有澤法律事務所
製　版：巨茂科技印刷有限公司
ISBN：978-626-378-932-6

※版權所有，未經許可，不許轉載。
※本書如有破損、裝訂錯誤，請持購買憑證回原購買處或連同憑證寄回出版社更換。

GOBLIN REIJO TO TENSEI KIZOKU GA SHIAWASE NI NARUMADE Vol.2
KONYAKUSHA NO KANOJO NO TAME NO ZENSECHISHIKI NO JOZUNA TSUKAIKATA
©Shinten-Shinchi, Tokima 2023
First published in Japan in 2023 by KADOKAWA CORPORATION, Tokyo.
Complex Chinese translation rights arranged with KADOKAWA CORPORATION, Tokyo.